D1642138

Hobbit
Presse
Klett-Cotta

PETER S. BEAGLE

ICH FÜRCHTE, IHR HABT

Aus dem Amerikanischen
von Oliver Plaschka

KLETT-COTTA

Hobbit Presse
www.hobbitpresse.de
Die Originalausgabe erschien unter dem Titel »I'm Afraid You've Got Dragons« im Verlag Simon & Schuster/Saga Press, New York

Cover: Birgit Gitschier, Augsburg
unter Verwendung der Daten des Originalverlags
Gesetzt von C.H.Beck.Media.Solutions, Nördlingen
Gedruckt und gebunden von CPI – Clausen & Bosse, Leck
ISBN 978-3-608-98828-4
E-Book ISBN 978-3-608-12354-8

Diese Geschichte ist für Jenella DuRousseau,
wo sie auch sein mag,
auf immer und ewig.

Aber da sie aus vielerlei Gründen
ohne die Hilfe meiner lieben Freundin Kathleen Hunt
nie den Weg zu irgendjemandem gefunden hätte,
ist diese Geschichte auch für sie.

PROLOG

Die Warnung kam in Gestalt eines kräftigen Windes, der an einem milden, völlig wolkenlosen Tag kalt und unversehens von den westlichen Bergen herabfuhr. Mit ihm kamen die Köhler, die Fallensteller und die übrigen Waldbewohner – Holzfäller, Schweinehirten, Kräuterfrauen, selbst vereinzelte Eremiten und noch vereinzeltere Gesetzlose. Alle suchten sie Zuflucht im nahen Dorf. Die Dorfbewohner nahmen sie gerne auf, konnten sie beim hastigen Verbarrikadieren der Türen, Fenster, Kammern und Keller doch jede Hilfe gebrauchen. Sie hängten Steine an Ränder und Traufen ihrer reetgedeckten Dächer und hofften, dass dies ihre Häuser im aufziehenden Sturm zusammenhalten würde. Und bei der Arbeit beteten sie, dass es tatsächlich bloß ein Sturm war.

Die drei Weisen Frauen des Dorfes – in einer größeren Stadt hätte es bis zu sieben gegeben – waren die Einzigen mit genug Mut, um ungeschützt auf der dem Gebirge zugewandten Seite des Dorfes auf dem Feld zu stehen. Ihre Haare und Kleider peitschten im Wind, während der nahe Wald sich beugte und bog wie von unsichtbaren Händen verformt. Die Luft war voller Staub und Zweige und losen Laubs, und über das wachsende Geheul hörte man der Bäume Leiber brechen und bersten wie alte Knochen.

Die Weisen Frauen beobachteten das Schauspiel mit Sorge und debattierten.

»Das ist kein Sturm«, sagte Uska, Jüngste der drei, und suchte mit ihrem guten Auge den seltsam klaren Himmel ab. »Die Könige kehren zurück.«

»Nonsens«, erwiderte Yairi. Mit dreiundsechzig war sie Uska um dreißig Jahre voraus. Sie ließ keine Gelegenheit aus, darauf hinzuweisen, dass Uska ihren Platz zu früh und ohne die nötigen Prüfungen erhalten hatte. »Die Könige verschwanden schon vor deiner Geburt, und keiner ihrer Nachfahren könnte so etwas tun. Außerdem ist dieser Wind kalt. Ich erinnere mich an die Könige. Der Wind ihres Fluges war immer heiß, fast zu heiß zum Atmen, als wären ihre Schwingen aus gestohlener Sonne gemacht. Diese Gewalten sind eine andere Angelegenheit. Vielleicht verlagern sich fern von uns Land und Meer, und wir spüren den Widerhall. Warte nur. Es wird sich rasch austoben und dann vergehen.«

»Welch Stoß oder Flut, ob nah, ob fern, bewegt Bäume, ohne sich am Himmel zu zeigen? Es *sind* die Könige. Wir müssen die Feuer entfachen, auf dass man uns bemerkt und verschont. Wir müssen die Runenpfeile bereiten und um Vergebung bitten, dass sie uns nichts tun.«

»Du bist jung und unbedarft.« Yairi machte aus ihrer Herablassung keinen Hehl. »Die Welt birgt viele Geheimnisse, die du nicht verstehst. Habe ich nicht recht, Brugge?«

Die Älteste der Weisen Frauen streckte die knochige Rechte aus und kippte sie leicht nach hier und nach da: *vielleicht ja, vielleicht nein.* Ihre Haut war fast durchscheinend vom Alter. Sie sah ihre Gefährtinnen ernst an und holte zweimal tief Luft, doch ehe sie etwas sagen konnte, brachte ein Gewirr gegenläufiger Böen den Sturm für einen Moment zum Erliegen. In der plötzlichen Stille drang ein neuer Klang vom Wald her: ein tiefes, dunkles Grollen, das in Wellen an- und abschwoll und aus vielerlei undeutlichen Lauten zu bestehen schien, alle durcheinander. Selbst als der Wind sich abermals erhob, vernahmen sie es noch, lauter und lauter. Es war, als hätte man alle Blitze der Welt aufgezäumt, und *etwas* ritt sie nun dem Dorf entgegen.

Brugges stolzer Stand und ungetrübter Blick straften ihr Alter – dessen sie sich noch als Einzige entsann – Lügen. Doch färbte Zweifel ihre Stimme, und dieser Wandel im Zentralgestirn ihrer Ordnung jagte den Schwestern mehr Angst ein, als sie den anderen eingestehen konnten.

»Verschieß nur deine Pfeile, Uska, wenn du denkst, dass sie uns nützen. Entzünde deine Feuer, wenn es das ist, was du willst. Und du, Yairi, die du das Unbekannte so rasch abtust, erpicht, all deine Sorgen zu zerstreuen: Ich glaube nicht, dass wir hierüber lachen werden. Nicht heute Abend, nicht morgen noch zu späterer Zeit.«

Die Brise wurde stetig wilder, und bang spähten alle drei Frauen einen Moment lang zum Dorf. Zog es auch bloß ein Herdfeuer den Kamin hoch, und sprang es dann von Dach zu Dach, mochte das gesamte Dorf in Flammen aufgehen. Doch wenigstens diese Katastrophe zeichnete sich nicht ab.

»Die Welt hat sich nicht laut im Schlafe gedreht wie ein Säugling, der in der Wiege weint, bis die schlechten Träume von ihm lassen. Die Könige in ihrem grenzenlosen Gleichmut kommen nicht plötzlich, um uns etwas anzutun. Etwas anderes geht hier vor – und es stinkt nach Magie.«

»Ach ja? Und was wird *er* wohl tun?«

So viel Ehrerbietung sie von ihren Gefährtinnen auch

verlangte – es war äußerst selten, dass Yairi die Autorität Brugges derart offen herausforderte. Für gewöhnlich fuhr sie die andere bloß beiläufig an und gab dann rasch mit einem unhörbaren Murmeln klein bei. »Wenn *jener* abermals kommt, um unsere angebliche Weisheit, unsere legendäre Kraft ein letztes Mal herauszufordern … was denkst du, wie wir ihm entgegentreten, meine Schwester?« Die letzten beiden Worte klangen beißend vor heller Verachtung, und das mit voller Absicht.

Die Älteste der drei Weisen schwieg derart lange, dass Yairi immer weiter zurückwich, wenngleich sie ihre Furcht so gut es ging zu verbergen suchte. Keine der anderen hatte Brugge je im Zorn erlebt, und Yairi wurde plötzlich äußerst bewusst, dass sie keinesfalls die Erste sein wollte. Doch als die Älteste schließlich Antwort gab, blieb ihre Stimme ganz gelassen, was in Augen der jungen Uska das Erschreckendste überhaupt war.

Ablehnend schüttelte Brugge ihr egrautes Haupt. »*Wir* werden tun, was wir Weisen immer tun, wenn uns die Weisheit verlässt. Wir singen und skandieren in jeder Sprache, die wir kennen, nutzen jedes Gebet, jede Beschwörung, die uns bleibt, auf dass uns das, was sich da nähert, verschont. Und *es* … wird tun, was immer es tut. Beginnt.«

Sie knieten sich nieder. Brugges Autorität war immer noch stark genug, um sie zu binden. Und wenn sie ehrlich waren, wohin hätten sie auch gehen sollen? Was sonst hätten sie tun können?

Stundenlange Gesänge verhallten ohne Effekt. Bei Anbruch der Nacht war der Himmel immer noch viel zu klar; unter seiner dunklen Decke tobte die Luft, und der Lärm aus dem Wald wurde rauher und lauter als alles, was es hätte geben dürfen in der Welt. Obgleich die drei Frauen dem brausenden Wind ihre Geheimnisse entgegenschrien, um ihn zu besänftigen, konnten sie einander, ja sich selbst schon nicht mehr hören. Ihre Worte wurden fortgerissen und verstreut, als hätten sie niemals je Bedeutung noch Gestalt besessen.

Und schließlich gab es keine Worte mehr, die blieben.

EINS

Robert träumte ...

Es war *der* Traum – der Traum, der so häufig zu ihm kam, dass er längst jeden Schrecken verloren hatte und so trist vorhersagbar wie jener geworden war, in dem ihn ein johlender, lachender Mob aus dem Ort scheuchte. Oder jener, in dem er Violette-Elisabeth, der Bäckerstochter, den Hof machte und auf einmal nackt und rosa wie ein Shrimp vor ihr kniete. Dennoch erwachte er mit einem seltsamen Schauer – der fröstelnden Art –, als seine Mutter ihn von unten rief: »Gaius Aurelius! Gaius Aurelius Konstantin!«

»Nicht jetzt, nicht jetzt«, murmelte er in sein Kissen und wälzte sich in vergeblicher Hoffnung auf eine letzte Mütze Schlaf. Doch schon war da Adelise auf dem Bett, zog ihm mit ihren winzigen Reißzähnen die Decke weg und kitzelte sein Ohr mit ihrer gespaltenen Zunge. Er hörte den ungeschickten Fernand, der scharrend nach Halt am wackligen Bettgestell suchte. Das hieß, dass Lux als Nächstes kommen würde, und dann Reynald – der arme, kleine Reynald, immer der Letzte.

Der Ruf erschallte abermals. »Gaius Aurelius Konstantin Heliogabalus!«

»Ich bin wach!«, wollte er rufen – doch nur ein Krächzen kam aus seiner Kehle, während er sich mühsam aufrichtete.

Was hab ich gestern da bei Jarold nur getrunken? »Geh weg, Adelise, ich bin ja schon wach, ich bin wach … Lieber Himmel, ich bin tot, aber wach.« Reynalds langer scharlachroter Kopf erschien über der Bettkante, begleitet von einem spitzen Schrei nach Aufmerksamkeit. »*Leise,* Reynald, mir geht es nicht gut.«

»Gaius Aurelius Konstantin Heliogabalus *Thrax*, es gibt Kastanienpfannkuchen – aber wenn du nicht in zwei Minuten in der Küche bist, gibt es Schweinefraß!« Die drei Ferkelchen, die verdrossen in ihrem kleinen Stall hinter dem Haus wühlten, ließen sich zwar kaum als gefräßige Schweine bezeichnen, doch Odelette Thrax war in jeder Hinsicht eine Optimistin. »Außerdem wartet Arbeit auf dich, Gaius Aurelius …«

»*Nenn mich nicht so!*« Das brüllte er laut genug, dass alle vier Drachlinge die Flucht ergriffen. Er taumelte aus dem Bett und zog sich ungelenk und steif die schwere Arbeitskleidung über. Roberts Mutter konnte mal seine beste Freundin und dann wieder eine Quelle von Kopfschmerzen sein, gegen die selbst die gegenwärtigen verblassten. Manchmal füllte sie auch beide Rollen zugleich aus – doch auf ihre Kochkünste ließ er nichts kommen.

Adelise sprang auf seine Schulter, und er stapfte die Treppe hinab. Ihre Krallen schabten auf der Drachenhautweste, die er für die Arbeit trug, deren Herkunft sie und die anderen aber nicht zu ahnen schienen. Er hasste die Weste und den Rest seiner Schutzkleidung, wie er keine Kleidungsstücke je gehasst hatte – gut, abgesehen von der albernen grünen Försterkappe vielleicht, die seine Mutter ihm als kleinem Jungen immer aufgesetzt hatte. Seine Klienten aber fassten bei dem Anblick Vertrauen; sie sahen es als Zeichen seiner Expertise, und so unbequem und steif sein Aufzug auch war, er besaß praktische Vorzüge im Einsatz. Umständlich griff Robert nach dem kleinen Drachling, der auf seiner Schulter schaukelte, und streichelte die tiefgrünen Schuppen, die so weich wie Federn waren; erst mit einem Jahr würden sie hart und schließlich beinahe undurchdringlich werden. *Genau so wollen die Frauen auf dem Drachenmarkt sie haben. Die Männer bevorzugen die Einjährigen.*

Der Gedanke an den Drachenmarkt drehte ihm den Magen um, während er am Tisch seiner Mutter Platz nahm. Sie stand am Herd und hatte ihm den Rücken zugewandt, während sie das mittlerweile dritte Frühstück des Morgens bereitete. Roberts jüngere Brüder, Caralos und Hector, halfen natürlich schon seit dem Morgengrauen einem Nachbarn bei der Arbeit mit dem Ochsen aus. Gerade schlangen Patience und Rosamonde ihr Essen hinunter. Wie üblich waren sie so spät dran, dass ihnen nicht mal Zeit blieb, ihn zu grüßen.

Robert liebte seine jüngeren Schwestern, beneidete sie aber auch schmerzlich. Er hatte es immer ungerecht gefunden, dass die Mädchen des Dorfes so lange zur Schule durften, während die Jungen schon früh in die Lehre gingen und sich glücklich schätzen mussten, wenn sie zu Hause noch Lesen und Schreiben üben konnten so wie er. Er lugte seinen Schwestern oft bei den Hausaufgaben über die Schultern, bis sie sich beklagten und ihre Mutter ihn wegscheuchte.

Als Patience und Rosamonde schließlich aufbrachen, unter vielen Versprechungen guten Betragens – die sie nur einhalten würden, wenn es unbedingt sein musste –, hatte

Robert seine Meinung zu diesem Tag revidiert. *Kastanienpfannkuchen, an den Rändern perfekt gebräunt ... Granatapfelsirup ... frische Milch ...* Vielleicht hatte das Leben doch etwas für sich.

Während er sich seinen dritten Pfannkuchen in den Mund stopfte, fragte er kauend: »Wer ist denn der Klient?« Er bezeichnete die Leute, die ihn entlohnten, nie als *Kunden* – das taten nur Gewerbetreibende, solche, die etwas verkauften, statt ihre Dienste anzutragen. Wenn er ehrlich war, war es ihm zwar eigentlich egal, doch seiner Mutter war es sehr wichtig. Sie war sich vollauf bewusst, dass das Geschäft ihres verstorbenen Mannes, das Robert nun von ihm geerbt hatte, ihnen die unterste Sprosse einer steilen und unbarmherzigen gesellschaftlichen Leiter zuwies.

»Medwyn und Norvyn, hinter der Kornkammer.« Odelette wandte sich ihm zu und musterte Adelise auf seiner Schulter. »Muss sie das mitkriegen?«

»Geh und hilf den anderen mit den Betten, Adelise«, sagte Robert sanft. Der Drachling züngelte und breitete die winzigen Schwingen aus, deren Innenseiten bläulich wie Gewitterwolken gefärbt waren. Dann glitt er zu Boden und krabbelte die Stufen zu Roberts Schlafzimmer hoch. Sein Bett machten die vier immer zuerst, sooft Robert ihre Routine auch aufzubrechen versuchte. Manchmal probierten sie es sogar, bevor er das Bett überhaupt verlassen hatte.

Sobald er sicher war, dass der kleine Drache außer Hörweite war, wandte sich Robert wieder an seine Mutter. »Medwyn und Norvyn? Das wird nicht schön. Ich würde wetten, dass es wieder ein Gelege *Serpens flamma vegrandis* ist – geschieht ihnen recht, nachdem sie mich den Laden letztes Mal nicht nach Eiern durchsuchen ließen. Wie viele

Jahre geht das jetzt schon, fünf oder sechs? Man sollte meinen, dass sie es mal lernen.«

»Deinen Vater mochten sie nicht – dich mögen sie. Vielleicht kannst du sie ja überzeugen.«

»Keine Chance, solange sie beide die Bücher führen. Sie sind zu sehr damit beschäftigt, einander übers Ohr zu hauen, um ein gutes Geschäft zu erkennen. Das heißt, bis ihnen etwas die Füße versengt.« Seufzend schob er seinen Stuhl zurück. »Mehr Essen auf dem Tisch, und neue Schriftrollen für die Zwillinge. Gibt schlimmere Arten, seinen Lebensunterhalt zu bestreiten.«

Doch als er später das Haus verließ, um Ostvald und sein Arbeitswerkzeug einzusammeln, musste er sich eingestehen, dass ihm keine einfiel.

ZWEI

Der Große Saal von Bellemontagne war voller Prinzen. Es war nicht allzu schwer, den Großen Saal mit Prinzen zu füllen, weil er so groß nun auch wieder nicht war; die Leute waren einfach kleiner gewesen, als man ihn vor gut vierhundert Jahren gebaut hatte. Überhaupt hatte Schloss Bellemontagne zweifellos bessere Tage gesehen, leider waren sie ihm entfallen. Die nach beiden Seiten hin offene Feuerstelle war so bemerkenswert konstruiert, dass sich ein ganzer Ochse auf ihr braten ließ, ohne jenen, die sich so nahe, sie es wagten, an sie kauerten, auch nur das geringste bisschen Wärme zu spenden. Das Dach war hoch wie das einer Kathedrale, nur bedeutend schmaler und nicht annähernd so anmutig gewölbt. Über die Jahre hatte es als Durchgangsstation Tausender Vögel und als Heimat noch mal halb so vieler Fledermäuse gedient, wie die schmutzverkrusteten Gemälde königlicher Ahnen an den Wänden stumm bezeugten. Namenloses Ungeziefer aller Art huschte fiepsend und piepsend in und über den Wänden entlang; und die Prinzen drängten sich eng auf ihren Plätzen, suchten Trost und Zuversicht und Wärme. Einmal hörte man jemanden aufbrausen: »Hör auf zu treten!« Doch meistenteils war es eine stille Zusammenkunft, die sich lediglich in scharfen Zischlauten erging. Denn jeder Prinz hatte noch ein Hühnchen zu rupfen oder Messer zu wetzen, Letzteres gerne im Wortsinn.

»Nein, ich leihe dir nicht mein Kettenhemd. Besorg dir selber eins! Wozu brauchst du es überhaupt?«

»Schlacht? Du willst ihr erzählen, du warst in der Schlacht? Du warst noch nie in einer verdammten Schlacht!«

»Du kannst auch gleich wieder heim – du bist viel zu klein für sie. Ich hasse – ich meine, sie *hasst kleine Männer.«*

Ohnehin zeichnen sich Prinzen gemeinhin nicht durch mustergültige Geduld aus. Zu vieren auf ihre Bänke gepfercht und nicht einmal ihrer eigenen Hackordnung gewiss, gaben sie ein Bild der Verzweiflung ab. Tatsächlich waren die meisten nach ihrer Ankunft binnen weniger Minuten erschlafft, und jene, die bereits mehrere Tage ausharrten, hatten alle Hoffnung auf ein neuerliches Aufblühen verloren. Die Deprimiertesten unter ihnen welkten regelrecht dahin; anders ließ es sich kaum beschreiben.

»Wer ist denn der Bursche da? Der Große mit den Wangenknochen – der gefällt mir ja gar nicht …«

»Du hast gestern beim Gesinde geschlafen? Mir gaben sie die Speisekammer, ganz für mich allein …«

»Aber ich hatte ein Bett! Na schön, eine Bank …«

Gute Manieren halten einer Belagerung nicht lange stand, besonders wenn dem Angreifer dämmert, dass die Mauern, die gerade einstürzen, die eigenen sind. Unter diesen Umständen stellt selbst ein Erstgeborener seine adlige Bestimmung und den Wert eines vorgezeichneten Schicksalswegs in Frage.

»Ich frage mich ja, wie sie das ein Königreich nennen können. Wir haben im Hinterland Baronien, die größer sind als das hier …«

»Wir haben größere Hinterhöfe …«

»Die Prinzessin aber auch, wenn sie denn jener ähnelt, der ich letzte Woche in Malbrouck den Hof … oh. Oh je!«

»Oh JE!«

Prinzessin Cerise war soeben hereingerauscht, um der monatlichen Charge Prinzen endlich die Gunst ihrer Anwesenheit zu erweisen. Begleitet wurde sie einzig vom Kammerherrn, einem kleinen und beleibten Mann, der stets ein wenig überforderter wirkte, als er sich fühlte, und es verstand, dies zu seinem Vorteil zu nutzen. Mit sich führte er einen Stapel gespanntes Pergament und einen Kohlestift.

Die wartenden Prinzen sprangen wie ein einziges Wesen auf die Beine und lächelten der Prinzessin erwartungsvoll entgegen, wobei sie eilig jedes Bändchen oder Schmuckstück, jeden Knopf und jeden Orden, jede Schulterklappe oder Feder richteten. Einer versuchte heimlich noch die perlenbesetzten Strumpfbänder seines Vaters hochzuziehen, doch zu spät; und einem war eindeutig entgangen, dass sein stolzes Käppchen nicht länger die kahle Stelle auf seinem Kopf verbarg.

Keiner sprach ein Wort. Die höfische Etikette kannte in dieser Situation keine Ausnahme: Nur die Prinzessin konnte das Schweigen brechen, solange es auch andauerte. In den Köpfen der Prinzen aber, in verschiedensten Sprachen, schwang ein einziger Gedanke wie die Saite einer Laute: *Goede/God/Gott/Mon Dieu/Good heavens, wie verflucht umwerfend sie ist!* Unglücklicherweise wusste die Prinzessin das nur zu gut und hielt es eher für ein Ärgernis als einen Segen.

Cerise ließ sich im einzigen bequemen Sessel des Saals nieder. Dieser stand leicht erhöht, sodass sie einen guten

Blick auf sämtliche Verehrer hatte. Der Kammerherr bezog an ihrer Seite Position und hielt Pergament und Stift bereit.

Nach einer wohlkalkulierten Pause, die die Bedeutung des Moments unterstrich, erhob Cerise das Wort. Ihre Stimme war leise, warm und klar, und – dank ihrer guten Vorbereitung – nicht zu belustigt. »Guten Morgen, die Herren«, trällerte sie. »Ich hoffe doch, jeder hat eine Nummer gezogen?«

Das hatten sie. Dennoch gab es viel Gemurmel und gegenseitiges Auf-die-Füße-Treten, bis sich alle sortiert hatten. Cerise wartete geduldig, bis wieder mehr oder weniger Ruhe herrschte und die Prinzen sich zur Inspektion aufgereiht hatten. Der Erste in der Reihe war der Junge mit den Wangenknochen, zweiter Sohn des Königs Denisov von Landoak.

Sein Name war Lucan. Er war groß, hübsch, herzlich, breitschultrig, schlankhüftig, wohlerzogen und exakt vom Verstand einer Steckrübe; leider waren seine Wangen das Raffinierteste an ihm. Schon bei der zweiten Frage des Vorstellungsgesprächs geriet er so sehr ins Schleudern, dass er kein Wort mehr herausbrachte – dabei stieg Cerise stets mit möglichst leichten Fragen ein, etwa: »Hast du ein Pferd?«, und: »Oh, wie heißt es denn?« Sie hatte zwar nichts anderes erwartet, ließ ihn aber trotzdem höflich ausreden, ehe sie ihn mit bedauerndem Lächeln und einer eleganten Geste ihrer Hand ans Ende der Versammlung verbannte. In seiner Verzweiflung fand er endlich seine Stimme wieder und rief: »Prinzessin, Euch zu Ehren habe ich den Mantikor des Gharialgebirges erschlagen! Er wird gerade noch fertig ausgestopft, aber wenn Ihr Euch nur ein wenig geduldet, schicken wir ihn Euch …«

Verächtliche Buhrufe erfüllten den Saal. »*Ooooh, du Lügner!*« »*Hast du nie!*« »*Ausgestopfte Mantikore, zwölf Pennys der Packen!*« »*Was hast du denn mit ihm gemacht – ihn zu Tode gelangweilt?*« Beschämt und verwirrt zog Prinz Lucan von dannen und wurde in Bellemontagne nie wieder gesehen.

Einzig der Kammerherr nickte zum Abschied, setzte den Stift an und strich den Namen des Prinzen auf dem Pergament.

Und so ging es weiter, Prinz für Prinz. Cerise ließ die monatliche Audienz nachsichtig wie immer über sich ergehen und erlag nie der Versuchung, einen Verehrer wissen zu lassen, was sie in Wahrheit von seinem einsamen Sieg über ein Dutzend geheimnisvoller Meuchelmörder oder Wölfe oder hundert schwer bewaffnete Söldner hielt. Selbiges galt für die Berichte prall gefüllter Schatzkammern und weiter Ländereien, der Prinzen Jonglierkünste oder Tanzdarbietungen (der Versuch, sie mit einer neuen Figur zu beeindrucken, geriet zumeist schon aufgrund der damit unvertrauten Hofmusiker zur Katastrophe). Nein. Sie meisterte den Empfang mit größter Grazie, lächelte, bis ihr der bezaubernde Mund wehtat, und sagte sich zum Zeitvertreib ihre liebsten Gedichte auf … bis zu dem Moment, in dem ihre Mutter und ihr Vater den Saal betraten.

Der Kammerherr versteifte sich.

»*Attendez!* Ihre Königlichen Hoheiten Antoine und Hélène, König und Königin von Bellemontagne!«

König Antoine war eine markante und eindrucksvolle Gestalt mit sturmgrauem Haar und Zügen wie aus einer verwitterten Felsklippe geschlagen. Seine Frau, die Königin, dagegen war dünn und blass. Ihre maßvolle Erscheinung legte nahe, dass sie ihr ganzes Leben nie ein richtiges Essen oder einen ungestörten Nachtschlaf genossen hatte und keiner ihrer Tage frei von Last vergangen war. Doch selbst die Lebensläufe von Cerises Freiern hätten von der Wahrheit nicht weiter entfernt sein können: Königin Hélène aß wie ein Alligator, schlief wie ein betrunkener Kutscher und nahm sich jeglichen Missstands, der innerhalb wie außerhalb der Mauern drohte, gerne persönlich an. Hübsche Augen hatte sie aber.

»Also, Tochter!«, rief König Antoine herzlich aus. »Wie läuft die Fuchsjagd? Schon einen aufgeschreckt?«

»Der junge Mann da links hinten in dem Gestreiften«, sagte die Königin. »Den kenne ich. Er ist der Neffe der Gräfin von Dortenverrucht. Ruf den als Nächsten auf, Cerise – angeblich weiß er viele interessante Lieder.«

»Mutter, bitte, sie haben doch ihre Nummern.« Cerise sah hilfesuchend zum Kammerherrn, doch der war zu schlau, um sich einzumischen, und wandte den Blick ab. »Vater«, fügte sie leise hinzu. »Ich komme wunderbar zurecht, so wie immer.« Auf ihr unausgesprochenes *Kannst du sie nicht wegbringen?* antwortete der König mit einem knappen Zucken seiner dicken grauen Braue. *Du kennst deine Mutter – was soll ich denn machen?* Die Prinzessin seufzte und nickte ebenso knapp.

Und damit hätte sie den restlichen Morgen höchstwahrscheinlich ohne Panne überstanden – es waren nicht mehr viele Kandidaten übrig –, hätte die Königin sie nicht mitten im Gespräch mit einem schüchternen, jungen Prinzen unterbrochen. Er war etwas tollpatschig, aber nicht unsympathisch und stammte aus einem Königreich, mit dessen Aussprache selbst er seine Probleme hatte. Gerade schwärmte er von seinem Lieblingsbuch, und Cerise lauschte mit aufrichtigem Interesse, doch die scharfe Stimme ihrer Mutter zerschlug den Moment. »Cerise. Liebes. Weshalb nur hältst du dich mit diesen Kindereien auf? Mach Schluss mit ihm und kümmere dich doch endlich um den Neffen der Gräfin, wenn ich bitten darf!«

Da erhob sich Cerise von ihrem Sessel und warf die Schultern wie Schwingen zurück. Ihr schönes Gesicht war rot vor Scham und Wut, ihre Stimme aber klang ganz kalt und ausdruckslos. »Tut mir leid«, sagte sie knapp und blickte auf die verbliebenen Freier herab. »Diese Audienz ist beendet.« Dann schritt sie vom Podest und aus dem Saal, ohne ihre Eltern eines Blickes zu würdigen. Die Tür schlug hinter ihr zu, und das verstaubte Portrait eines ihrer ältesten Vorfahren fiel von der Wand.

Cerise schaute sich kein einziges Mal um. Sie eilte aus dem Schloss und durch die Königlichen Gärten (die dank eines Befalls mit Fidelfraß reichlich kahl waren), weiter über den Königlichen Krocketrasen (König Antoine hatte eine gewisse sportliche Ader), vorbei an der Königlichen Laube, der Königlichen Grotte und dem Königlichen Ziertürmchen bis in die Königlichen Wälder. Königlich waren diese jedoch nur bis zu einem überwucherten Fleck, den die Prinzessin gut kannte. Dort, mehrere Meilen vom Schloss und vor neugierigen Blicken geschützt, sank sie unter dem Geraschel ihrer Vielzahl raffinierter Röcke neben einem klaren Bach zu Boden. Sie lehnte sich gegen einen Ahorn, dessen blank gewetzter Stamm ihr noch nie in ihrem Leben seinen Halt verwehrt hatte. »Hallo«, sagte Cerise und streichelte ihn sanft.

Eine Weile saß sie dort ganz still; dann warf sie einen

raschen Blick ringsum und grub unter leisem Summen mit den Händen in der weichen Erde hinter einem nahen Felsen. Nach ein paar Minuten hatten sie ein in Öltuch geschlagenes Bündel freigelegt. Darin befanden sich eine flache Wachstafel, ein spitzer Griffel und eine Rolle verschlissenes Pergament. Cerise hielt das Manuskript ins Licht und suchte nach einer bestimmten Passage. Sobald sie fündig geworden war, las sie mit lautlosen Lippen die Worte ab. Wenn sie auf eines stieß, das sie nicht kannte – und davon gab es einige –, übertrug sie es auf ihre Wachstafel. Oft brauchte sie dafür mehrere Anläufe; dann starrte sie die Buchstaben an, als hätte sie sie nie zuvor gesehen. Sie biss sich auf die Lippen und murmelte ab und an ein wenig prinzessinnenhaftes Wort. Einmal warf sie sogar den Griffel ins hohe Gras am Ufer, doch im nächsten Moment war sie schon aufgesprungen und suchte hektisch, bis sie ihn wiederfand. Und gleich, wie wütend und frustriert sie war, sie gab niemals auf. Prinzessin Cerise würde sich das Lesen beibringen, und wenn es das Letzte war, was sie tat.

Dieser dumme Junge mit seinem herrlichen Buch, dachte sie traurig. *Er hat ja keine Ahnung, was für ein Glück er hat.*

DREI

Kronprinz Reginald, einziger Erbe des Königreichs Corvinia, ritt mit einer freudigen, mannhaften Weise auf den Lippen in die Königlichen Wälder Bellemontagnes ein. Das Lied hatte eine Menge *Tirra-Lirras* und *Fa-la-las*, und Prinz Reginald mochte es nicht, da er freudige, mannhafte Weisen generell nicht mochte. Ihm war aber bewußt: Wenn er nicht sang, würde sein Leibdiener, der dicht hinter ihm ritt, das übernehmen, oder Reginald anderweitig daran erinnern, dass fahrende Ritter – schlimmer noch, fahrende Prinzen – *immer* freudige Weisen sangen, wenn sie auf Abenteuer gingen.

Was ihn persönlich anging, ersehnte sich Reginald Abenteuer in etwa so sehr wie ein drittes Nasenloch, und er wusste, dass seinem Diener Mortmain das klar war. Leider wusste Reginald auch, dass sein Vater, König Krije, Mortmain ausdrücklich befohlen hatte, ein Auge auf Reginalds Betragen während ihrer Fahrt zu haben und nach ihrer Rückkehr wahrheitsgetreu zu berichten. Also sang er – fürs Protokoll gewissermaßen.

Der Prinz und Mortmain verstanden einander so gut, wie das ihre verschiedenen Positionen nur zuließen. Doch einen der beiden konnte man für seine Versäumnisse auspeitschen, den anderen nicht; obgleich man König Krije mehr als einmal hatte grummeln hören, dass er sich wünschte, es verhielte sich andersherum.

»Was in Gottes Namen ist bloß los mit ihm?«, blaffte der König einen jeden an, der seinen Sohn getroffen hatte. »Sieht aus wie ein Mann – reitet wie einer – läuft wie einer – aber *nichts* dahinter! Bloß ein warmes Lächeln mit einem Körper drum herum. Und dem soll ich mein Königreich hinterlassen? Mein Königreich, für das ich durch Blut waten musste, einem Schwachkopf, der ohnmächtig wird, wenn er sich beim Rasieren schneidet? Ehrlich, ich verstehe nicht, wie jemand körperlich so Großes es nicht schafft, in meine Fußstapfen zu treten.«

Der König mutmaßte, dass ein Fluch dahintersteckte, und hatte allen Grund dazu. Die Details aber hatte er Mortmain nie mitgeteilt, und der Diener – einer der ganz wenigen Leute, die überhaupt Sympathien für den furchtbaren Alten empfanden – durfte aufgrund seines Standes nicht nachfragen.

Prinz Reginald seinerseits war einfach nur froh, der lautstarken Enttäuschung seines Vaters entkommen zu sein. Dies war einer der Vorzüge nicht näher bezeichneter Abenteuer: Man kam aus dem Haus. In der Fremde konnte er wenigstens das Leben genießen, wenngleich unter Mortmains Aufsicht; und diese entlegenen Länder waren immer derart aus dem Häuschen, den Kronprinzen eines so großen und mächtigen Reichs zu beherbergen, dass sie sich vor Freude regelrecht auf den Kopf stellten. Es war höchst befriedigend. Und es entlockte Mortmain ein Stirnrunzeln, was fast noch besser war.

Zu Beginn seiner Reise hatte der Prinz sich die Frage gestellt, ob er seine Ziele in alphabetischer oder geographischer Reihenfolge ansteuern sollte, und sich für eine wilde Mischung aus beidem entschieden, die sich wo nötig noch anpassen ließ, um ernste Herausforderungen oder ritterliche Pflichten zu vermeiden. Infolgedessen war er fraglos gerade der einzige Adlige auf dem Weg nach Schloss Bellemontagne, der es nicht auf die Hand der Prinzessin abgesehen hatte. Tatsächlich wusste er nicht einmal von ihrer Existenz und hätte andernfalls wahrscheinlich einen weiten Bogen um das Königreich geschlagen. Sicher, Prinz Reginald mochte Frauen, aber nicht so sehr, dass er sich davon sein beschauliches Leben durchkreuzen ließ. Sein Vater und Mortmain machten es ihm schon schwer genug.

Immerhin, trotz der dämlichen Singerei war der Tag doch sehr hübsch und die Sonne war warm. Er fragte sich, wie das hiesige Bier und der Aquavit wohl schmeckten.

Als der Weg durch den Königlichen Wald breit genug wurde, trieb Mortmain sein Pferd neben das seines Herrn und murmelte unterwürfig: »Die Tiere brauchen Wasser, Eure Hoheit. Wenn ich einen Vorschlag machen dürfte …«

»Himmel, natürlich, Mortmain. Heraus damit.«

»Ich höre einen Bach, Hoheit – dem Klang nach nicht fern. Wir müssten nur ein wenig den Pfad verlassen …«

Reginald legte den ansehnlichen Kopf schief. »Tatsächlich, ja … jetzt höre ich es auch. Tja, dann wollen wir mal kundschaften.« Sein sonst so zauberhaftes Lächeln wirkte ein wenig bemüht. »Kundschaften – ein ordentlicher Militärbegriff. Würde Vater gefallen.«

Kaum, dass sie den Weg verließen, bremste das Unterholz sie beträchtlich aus, peinigte ihre Gesichter und umschlang die Beine ihrer Pferde. Doch sie drängten voran, bis sie den Bach erreichten. Dann stiegen sie ab und ließen die

Pferde trinken. Während Mortmain bei ihnen blieb, wanderte Reginald ein Stückchen stromaufwärts. Dort entdeckte er Wildblumen, die in Hülle und Fülle am Ufer wuchsen, und machte sich mit dem Frohsinn eines Kindes daran, sie zu pflücken. »Nur ein kleiner Strauß für die örtliche Königin!«, rief er seinem Diener über die Schulter hinweg zu. »Gut, wenn man auf alles vorbereitet ist. Frauen lieben ja Blumen.«

Und so kam es, dass Cerise, die gerade grimmig mit dem Unterschied zwischen *weiße*, *Weise* und *Waise* rang, Reginalds Anmarsch erst vernahm, als er einen falschen Schritt tat und bis zum Knie im Wasser stand. Das plötzliche Platschen und der spitze Aufschrei des Prinzen ließen sie auf die Beine springen, den alten Ahorn schützend im Rücken. Sie entspannte sich ein wenig, als sie erfasste, dass es sich um einen vornehmen Herrn handeln musste; mehr noch, als ihr der Strauß Wildblumen in seiner Hand ins Auge fiel; und allzu sehr beim ersten guten Blick auf ihn. Tatsächlich reagierte die Prinzessin auf Reginald genau so, wie die meisten Männer auf den Anblick der Prinzessin reagierten. Erwartungsgemäß wurden ihr die Knie weich; sie errötete und erbleichte im Wechsel; und ihr Herz schlug so heftig, dass sie den Widerhall in allen Knochen spürte. Sich des königlichen Geblüts des schönen Fremden mit dem nassen Stiefel gewiss, vollführte sie einen wackeligen Knicks und flüsterte: »Eure Majestät …«

Zu ihrer Überraschung sah der junge Mann etwas verdrossen drein. »Nein, das wäre mein Vater. Ich bin bloß der Kronprinz. Reginald von Corvinia, erfreut, deine Bekanntschaft zu machen. Und du bist?«

»Oh, ich … Ich …« Cerise kam sich etwas verloren vor;

das vertraute Wort *Corvinia* klang in ihrem Herzen wie eine Glocke, und zum ersten Mal in ihrem Leben fühlte sie sich unterlegen. Die Ironie dieser Premiere entging ihr; die Verwirrung indes ließ sich schwer ignorieren. Baff stellte sie fest, dass ihr der eigene Name nicht über die Lippen wollte; nicht im Angesicht dieses Fremden, dessen lässige Reitkleidung prächtiger als alles in ihrem Kleiderschrank war. Sein Anblick allein schien sie in eine scheue Dienstmagd zu verwandeln. »Ich … ich wohne hier«, stotterte sie weiter. »Ganz in der Nähe, meine ich. Nicht hier direkt, Ihr versteht, sondern …«

»Ach so.« Der junge Schönling kratzte sich am Kopf. »Nun, womöglich könntest du mir ja sagen – gibt es vielleicht eine Abkürzung zum Schloss? Wir – mein Diener und ich – sitzen nämlich schon den ganzen Tag im Sattel, und ich scheue mich nicht zu gestehen, dass das einem etwas zusetzt. Verstehst du, Mädchen?«

»Aber sicher, Hoheit, das verstehe ich«, versicherte Cerise, erfreut, von etwas anderem als sich selbst zu reden. Sie beschrieb ihm sehr genau den Weg, und er wiederholte mehrfach mit Sorgfalt. »Mit Karten, Plänen und so was bin ich einfach nicht gut«, gab er zu. »Zum einen Ohr rein, zum anderen raus, weißt du?« Eine solche Bescheidenheit – denn dafür hielt sie es – war verglichen mit dem Prinzengeprahle, das Cerise sonst gewohnt war, geradezu überwältigend.

Mit gelinder Neugierde verfolgte er, wie sie Wachstafel, Griffel und Pergament einpackte. »Ein bisschen schreiben draußen an der frischen Luft, was? Ach, wie nett.« Er strahlte sie an, und wäre ihr der Ahorn keine Stütze gewesen, wäre sie gestürzt.

»Die Blumen«, brachte sie hervor, um das Thema zu wechseln. »Eure Blumen … die sind hübsch. Sehr, sehr hübsch. Wirklich.«

»Was?« Reginald blickte die Blüten an, als hätte er sie ganz vergessen, was sich bis zu einem gewissen Grad auch so verhielt. »Ach, die hier. Komm, meine Liebe, nimm du sie doch!« Er drängte sie ihr auf. »Waren für die Königin gedacht, aber bis wir bei ihr ankommen, sind sie wahrscheinlich schon ganz welk, also kannst du sie haben.« Ein weiteres Lächeln, und die wenigen Knochen, die ihr noch nicht weich geworden waren, wurden zu Butter. »Dann mach es mal gut, Mädchen, ja?«

»Gut. Ja. Ja, danke. Gut. Dankeschön!« Cerise drückte sich ihr Bündel und Reginalds Blumen an die Brust, knickste unbeholfen und eilte mit gesenktem Kopf in den Wald davon. Kurz hielt sie an, um ein verlorenes Gänseblümchen einzusammeln; dann sprang sie auf und hastete weiter.

Der Prinz sah ihr auf eine Weise nach, die für seine Verhältnisse schon Tiefsinn gleichkam. »Was für ein eigenartiges Mädchen«, sprach er laut. Dann rief Mortmain ihn von stromabwärts und er wandte sich um. »Schon auf dem Weg, mein Bester!«, antwortete er. Einmal aber schaute er noch über die Schulter zurück, ehe er sich auf den Weg zu seinem Diener und den Pferden machte.

~

Sobald sie sich außer Sicht des schönen Fremden wähnte, legte Cerise ihr Bündel und die Blumen nieder, nahm ihren Rock in beide Hände und rannte. Erst als sie das Schloss erreicht hatte, die Treppen hochgeflogen und in den Königlichen Ratsaal geplatzt war, hielt sie an.

Sie hatte rufen wollen: »Schickt alle heim! Ich habe ihn gefunden, ich habe ihn getroffen, sein Name ist Reginald, er ist schon auf dem Weg!« Überdreht, wie sie war, stolperte sie aber über das *sch* in »schickt«, und es folgte bloß ein zischendes, ersticktes Gurgeln.

König Antoine döste friedlich auf seinem zweitbesten Thron (der aber sein Lieblingsthron war). Er trug seinen drittbesten Morgenmantel (der aber sein Lieblingsmorgenmantel war) und hatte beide Füße in einem Eimer heißem Wasser. Nun fuhr er blinzelnd hoch und brummte: »Was?« Königin Hélène sah von ihrem Webstuhl auf und mahnte streng: »Liebes, geh gleich noch mal raus und klopf dieses Mal an – und erst wieder sprechen, wenn du geschluckt hast, was immer es ist. Ich sage dir das nicht zum ersten Mal.«

Die Prinzessin verließ gehorsam den Saal und lehnte sich keuchend gegen den Türrahmen. Drinnen hörte sie ihren Vater wiederholen: »Was? Was ist passiert?« Sie glättete ihr Kleid und Haar und zwang sich, an nichts als Blumenkohl, Brokkoli und ihre alte Benimmlehrerin zu denken – alles Dinge, die sie hasste. Sobald sie sich gefangen hatte und wieder ruhig atmen konnte, klopfte sie leise an die Tür, verharrte, bis ihre Mutter sie hereinbat, und trat ein.

Ihre Eltern warteten ruhig, bis sie das Wort ergriff. Ihr Vater hatte den Wassereimer weggestellt und wirkte belustigt; ihre Mutter weitaus weniger.

Völlig ungebeten ließ ihr Verstand das Gemüse fahren. Stattdessen, als trüge es sich vor ihren Augen zu, sah sie sich mit Reginald eintreten – Arm in starkem Arm! –, um ihn ihren Eltern als ihren Verlobten vorzustellen. Ob dieser Vision trieb ihr Luftsprünge vollführendes Herz ihre Lungen gleich wieder in die Enge, sodass sie kaum den Atem zum Sprechen fand. »Sein Name ist Prinz Reginald von Corvinia!«, stieß sie aus. »*Kronprinz* Reginald – und er ist der herrlichste Mann, den ich je sah! Er kommt *heute* her, und ich kann ihn morgen schon heiraten, wenn er nur …«

Sie endete mit einem entsetzten Quietschen und zeigte auf die Wand hinter ihres Vaters Thron. Dort saß ein kleiner Drachling, nicht größer als der Schuh, den die Prinzessin sogleich nach ihm warf. Das Biest verbarg sich in einer kaum wahrnehmbaren Spalte im Putz, streckte noch einmal den grün-schwarzen Kopf heraus, um sie anzuzischen, und verschwand.

»Oh Götter«, stöhnte Cerise. »Wir müssen alles sauber machen – *alles*, wirklich *alles*, und zwar gleich!«

König und Königin starrten einander an, diesmal gleichermaßen und zur gleichen Zeit verblüfft. »Mein Kind, ich kann das morgen verputzen lassen«, wagte der König sich vor. »Wenn es dir wirklich so wichtig ist …«

»Es muss heute noch geschehen! Und es ist nicht nur der Putz, sondern das ganze Schloss!«

Sie streifte auch den anderen Schuh ab und zog ihren Vater an den Armen vom Thron und den ganzen Weg hinaus bis zu der großspurig so benannten Prunktreppe. Sie ließ ihn erst wieder los, als sie sicher war, dass ihre Eltern ihr auch beide folgten. »Schaut nur!« Sie zeigte die Marmortreppe hinab, die man sichtlich schon lange nicht mehr gewischt hatte; das ganze Geländer war von einer klebrigen Schicht bedeckt. Cerise rauschte die Treppe hinab und weiter durch das Schloss, wobei sie fahrig auf jede Beleidigung ihrer Sinne deutete: vom exkrementverschmutzten Großen Saal zu den vielen Geschmacklosigkeiten der Königlichen Bibliothek mit ihren verschlissenen Teppichen und uralten Regalen, die sich hoffnungslos unter der Last verstaubter Folianten bogen, von den übellaunigen Raben ganz zu schweigen. »Hoffnungslos!«, wehklagte sie weiter. »Einfach hoffnungslos! Das muss man alles aufräumen, reparieren, renovieren – und zwar komplett!«

»Heute Nachmittag?« Der König versuchte vernünftig zu klingen. »Oder die nächste Viertelstunde?«

»Also *ich* kriege heute ein Kleid umgenäht«, stellte die Königin klar. »Und die Zukunft gelesen.« Da warf sich Cerise – die, das muss an dieser Stelle gesagt sein, sogar als kleines Mädchen nie ein solches Verhalten gezeigt hatte – auf den krummen Boden der Bibliothek und weinte aus Leibeskräften. Als es ihren Eltern nicht gelang, sie zum Aufstehen zu bewegen, nahmen sie neben ihr Platz: Schreckgespenst und Felsenkrieger wie selten vereint. »Cerise, mein Schatz«, sagte der König sanft. »Du weißt, dass das nicht geht. Egal, wer uns besuchen kommt.«

»Es würde Monate dauern«, fügte die Königin hinzu. »Jahre, wenn wir alles machen würden, was du verlangst. Und wie viel das kosten würde … herrje, da könnten wir uns ja auch ein neues Schloss kaufen.«

»Dann machen wir das doch!« Cerise schluchzte. »Kaufen wir uns gleich ein neues Schloss und ziehen um, mit allem Drum und Dran.« Ein plötzlicher Hoffnungsschimmer hielt die Tränen in Schach. »Wir könnten ihm ja sagen, dass wir nur übergangsweise noch hier wohnen … oder so.«

»Wir mögen aber unser Schloss.« Etwas zögerlich legte König Antoine den Arm um die Schultern seiner Tochter.

»Natürlich ist es ein bisschen … unordentlich, vielleicht sogar etwas chaotisch, keine Frage …«

»Aber es ist unseres, Liebes.« Königin Hélène sprach überraschend einfühlsam. »Wir wissen ja, dass es ein Durcheinander von altem Gerümpel ist, es ist aber *unser* Gerümpel, verstehst du? Wir haben schon lange vor deiner Geburt hier gewohnt, und wir werden noch hier wohnen, wenn du schon deinen Prinzen geheiratet hast und mit ihm in *seinem* Schloss wohnst. Wir räumen jetzt hier auf, so gut wir können …«

Über ihnen *krahte* ein Rabe, und alle zogen sie instinktiv die Köpfe ein. Prinzessin Cerise versuchte, sich mit einer Falte ihres Kleides die Augen zu trocknen. »Die Wände.« Ihr Ton war zittrig, ließ aber keinen Widerspruch zu. »Die Wände und Gemälde im Großen Saal – die *müssen* gereinigt werden.«

»Ich lasse gleich morgen früh jemanden kommen«, versprach der König. »Schließlich wird der Prinz kaum bloß auf ein kurzes Hallo vorbeischauen. Sicher bleibt er ein paar Tage. Und mir ist klar, dass wir nicht Corvinia sind, nicht einmal annähernd …« Da stockte er und ging zum ersten Mal auf den Namen ein. »Äh … du *hast* doch Corvinia gesagt, Liebes? Richtig? Also gut – ich gelobe, dass wir ein gutes Bild abgeben …«

In diesem Augenblick sprangen zwei Drachlinge direkt über die Königliche Familie hinweg. Einer war schwarz, einer war rot, und der eine jagte den anderen unter das nächste Bücherregal. Beide waren sie größer als der im Ratsaal, und dem schwarzen gelang es fast nicht, sich rechtzeitig in Sicherheit zu quetschen, ehe Cerise nach ihm schlug. Sie wirbelte herum, erneut in Tränen aufgelöst. »*Biester!*

Diese garstigen kleinen Biester, die hier herumrennen – sie sind einfach überall! Du *musst* sie loswerden, Vater! Das ist wichtiger als alles sonst!«

»Ich lasse nach dem Kammerjäger schicken …«, hob der König an.

»Jetzt gleich!«, verlangte die Prinzessin. »Nicht erst morgen!«

Und da hörten sie von draußen den Gesang. Noch nicht ganz am Tor, jedoch schon sehr nahe – ein voller, kräftiger Bariton, den der Wind zu ihnen trug. Die Worte waren noch nicht zu verstehen, aber es war eine sehr mannhafte Weise mit einer Menge *Tirra-Lirras*.

»Oh nein!«, rief Cerise und rannte schneller aus dem Raum, als die beiden Drachen unter das Regal entwischt waren.

»Geh du selbst den Drachenbekämpfer holen«, wies Königin Hélène ihren Mann an. »Ich kümmere mich um unseren Gast. Wie war noch gleich sein Name?«

»Reginald«, sagte König Antoine leise. »Der Sohn des alten Krije.«

Die Königin, die schon auf dem Weg gewesen war, hielt reglos inne, bloß einen Moment lang. Dann lief sie weiter zum Eingang.

VIER

Das letzte Licht des Tages passte zu Roberts Stimmung. Er versuchte, nicht vor sich hin zu trotten, als wären seine Füße aus Stein und sein Herz ein Anker, aber genau so verhielt es sich, und seine Freunde wussten es, sagten jedoch nichts. Es war seine Art nach einem Tag des Drachenfangens, und obgleich sie es nicht ganz verstanden, akzeptierten sie es, denn ihr Freund lag ihnen am Herzen. Ostvald Grandin, der Robert oft aushalf, überging es einfach, so wie er alles überging, was ihn andernfalls beunruhigen würde – eine vernünftige und auch verständliche Reaktion für einen jungen Mann, dem Mutter Natur lediglich einen gewissen Gleichmut und die Muskeln eines Brauereipferdes mitgegeben hatte. »Ich sehe vielleicht aus wie ein Sack voll Türknaufe«, pflegte er zu sagen. »Aber wenigstens bin ich nützlich. Das reicht mir.« Nun setzte er seine Stärke ein, um den schweren Karren mit der Ausbeute des Tages zu schieben, und achtete nicht auf Robert, sondern auf die Schlaglöcher in der Straße und das gedämpfte Zischen und Fauchen unter den mit Häuten verhangenen Metallkäfigen.

Elfrieda Falke dagegen machte sich bei solchen Gelegenheiten zwar fürchterliche Sorgen um Robert, hatte jedoch lange gelernt, dies hinter einem Lächeln zu verbergen. So sprang sie strahlend dahin, eine mädchenhafte Erscheinung mit rabenschwarzen Augen und Haaren, die dank ihrer natürlichen Leichtfüßigkeit stets zu tanzen schien, selbst wenn sie gemessenen Schrittes in eine Kirche trat. Sofern die gefangenen Drachlinge sie beschäftigten – und das taten sie –, so war sie fest entschlossen, es sich nicht anmerken zu lassen.

Die drei hatten eine Runde in Jarolds Taverne getrunken, nachdem Robert und Ostvald Medwyns und Norvyns Laden von Drachlingen befreit hatten. Diesmal waren die beiden Kaufleute (und ihr Stolz) auch verletzt genug gewesen, sich die gründlichere – und wesentlich kostspieligere – Eiersuche zu leisten. An der Kreuzung, die auch als Begräbnisplatz hiesiger Selbstmörder diente, trennten sich ihre Wege. Für Robert ging es hier nach Hause, während Ostvalds und Elfriedas Familien in derselben Gegend wohnten.

Elfrieda schloss Robert rasch in die Arme und gab ihm einen scheuen Kuss auf die Wange, den er kaum zu bemerken schien. »Bis morgen dann?«, fragte sie.

»Natürlich. Sobald ich auf dem Markt fertig bin … und eine Stunde gebadet habe. Wenn man vor lauter Mistgestank den Unterschied zwischen Bier und Ingwerbier nicht mehr schmeckt, ist das kein Spaß. Ostvald, kannst du mir morgen mit dem Karren helfen?«

»Ich wünschte, ich könnte, aber ich helfe bis drei oder noch länger Yager auf dem Bau aus. Er geht endlich die Südwand der Kornkammer an und braucht Maurer. Wahrscheinlich turne ich den ganzen Tag auf dem Gerüst rum.«

»Wollen wir tauschen?«

»Keine Chance.« Der Karren wackelte kurz, als unter den Häuten etwas mit wütendem Gekreisch gegen die Käfigwand schlug. Durch Lücken in der Drachschnurnaht stiegen Rauchfähnchen auf. »Das war garantiert die Weiße. Bei den Augen des Herrn, Robert, wie du die geschnappt hast …« Ostvald schüttelte die großen Schultern. »Sie spuckt dir Feuer entgegen und alles, und diese Giftzähne … also *ich* hätte das nie gekonnt. Niemals.«

»Mach keine so große Sache draus«, sagte Robert. »Jedenfalls nicht außerhalb der Taverne. Eine *Vegrandis* ist erst mit drei Jahren giftig. Die vorhin waren frisch geschlüpft. Übellaunig wie immer, keine Frage, aber wenn so eine dich angreift, ist das eher ein Fall für den Barbier, nicht den Priester. Du wärst auch ohne mich mit ihr klargekommen.«

»Ich schiebe den Karren, trage die Ausrüstung und freue mich über den Lohn. Das reicht mir.«

»Ostvald lässt sich nicht gern beißen«, zog Elfrieda ihn auf. »Deshalb sieht man ihn auch nie allein mit Alphonsine Yager, obwohl sie ihn doch in die Büsche locken will. Er *weiß*, dass sie Zähne hat.«

Ostvald blickte sie betreten an, erwiderte aber nichts. Robert ertappte sich bei einem Lächeln und war dankbar dafür. »Bis morgen dann.« Er übernahm Ostvalds Platz hinter dem Karren, wendete ihn grunzend in die Richtung seines Zuhauses und spannte die Schultern an. Er war nicht so stark wie sein stämmiger Freund, hatte diesen Wagen aber sechs Jahre als Lehrling seines Vaters geschoben, und weitere drei Jahre allein; sein schweres Knarren und Roberts Schultern waren alte und gute Bekannte.

~

Elfrieda begleitete Ostvald. Sie plauderte vergnügt, während er immer schweigsamer wurde, weil sie vor allem von Robert sprach. Wie schlau und nett er doch war und wie sehr ihm seine Familie am Herzen lag. Wie geschickt und furchtlos er sich im Umgang mit Drachen zeigte. Ostvalds Antworten waren zumeist einsilbig, oft nur ein wehmütiges Brummen, während er Elfriedas schwarze Locken anstarrte, die auf ihren Schultern hüpften. Ihre Erwähnung Alphonsines ging ihm noch nach. Wusste Elfrieda mehr als er? Wäre er doch nur mit Worten so geschickt wie mit Mörtel, Stein und überhaupt darin, sehr schwere Sachen von *hier* nach *da* zu schaffen.

Sie waren in Sichtweite von Ostvalds marodem Haus – Elfrieda wohnte ein Stückchen weiter –, als sie König Antoine und vier augenscheinliche Prinzen bemerkten, die ihnen entgegenritten. Die Begegnung war fast so überraschend wie die Erscheinung der fünf Reiter. Sie wirkten allesamt müde und nicht zu wenig beschmutzt. Der Schlamm klebte schwer am Saum der königlichen Robe, und Prinzenstiefel und Pferdebeine waren beide bis zum Sprunggelenk gefleckt.

Auf der Stelle blieben Ostvald und Elfrieda stehen und verneigten sich. Zwar waren sie durchaus im Bilde, dass der König auf derlei Gesten nicht bestand, aber bei Prinzen wusste man nie.

Der König erwiderte mit einem Nicken und bereute das Gebot der Höflichkeit sogleich. Seine Nackenmuskeln waren knotig wie eine verknäulte Angelschnur. Er hatte schon unter beträchtlicher Anspannung gestanden, als er vor Stunden sein Schloss verlassen hatte, und nichts hatte seitdem etwas daran gebessert. Zum einen waren da die

Prinzen, die ihn begleiteten und ausgesprochen gemischte Gefühle in ihm weckten – nicht zuletzt in ihrer Eigenschaft als potenzielle Schwiegersöhne. Die Besessenheit, mit der sie sich auf jede noch so kleine Aufgabe stürzten, die Prinzessin Cerise bezaubern mochte, beeindruckte den König nicht. Er hatte seine privaten Streifzüge fern des Schlosses stets geschätzt, weil sie ihm Gelegenheit zu jenen langen, gemächlichen Grübeleien gaben, die jedem seiner Entschlüsse vorausgingen. Von diesem Ausritt hatte er sich erhofft, die Folgen von Reginalds Besuch für sich zu bedenken. Doch jegliche Erörterung erwies sich als Ding der Unmöglichkeit in solch verdrießlicher Gesellschaft. Die Eitelkeit und unverrückbare Selbstsucht der Prinzen erinnerten König Antoine an verzogene kleine Kläffer und ließen den Charakter missen, den er von einem brauchbaren Gemahl seiner Tochter erwartete.

Dazu kam natürlich noch der verflixte Drachenbekämpfer, der offenbar die Kunst der Unsichtbarkeit beherrschte. Keiner auf dem beschwerlichen Weg des Königs hatte den Mann gesehen; bloß ebenso wohlmeinende wie wertlose Ratschläge hatten sie alle gehabt, und jeder Einfall hatte die illustre Gesellschaft ein ums andere Mal tiefer in den Schlamm geleitet.

»Entschuldigt, liebe Leute«, richtete der König huldvoll, doch ohne echte Hoffnung das Wort an Ostvald und Elfrieda. »Ihr wisst nicht zufällig, wo wir den Drachenbekämpfer Thrax finden? Wir suchen ihn nämlich schon seit Stunden. Ich kannte seinen Vater Elpidus, aber der Name des Jungen ist mir gerade entfallen – Horatius vielleicht? Justinian?«

»Er heißt Robert, Eure Majestät«, antwortete Elfrieda

bereitwillig. »Und er ist auch kein Junge mehr – er ist achtzehn und beinahe so groß wie einst sein Vater, mit blondem Haar bis auf die Schultern, wobei er es meistens zurückbindet. Ihr könnt ihn nicht verwechseln. Wahrscheinlich trefft Ihr ihn noch auf dem Heimweg an. Wir haben uns gerade erst verabschiedet.«

Die Miene des Königs hellte sich auf. »Meine Gute, du ahnst ja gar nicht, wie dankbar ich für deine Hilfe bin. Äh … du bist dir auch sicher?«

»Aber ja, Eure Majestät.« Elfrieda zeigte auf den Weg, den sie und Ostvald gekommen waren. »Folgt dieser Straße zurück bis zur Kreuzung, dann wendet Euch nach Süden und folgt eine Viertelmeile dem Weg an den Hügeln entlang. Das dritte Haus ist es. Es liegt ein gutes Stück abseits der Straße, sodass Ihr es übersehen mögt, aber *wenn* Ihr es überseht, werdet Ihr es spätestens bemerken, wenn Ihr das vierte Haus erreicht. Wegen der großen Hunde nämlich.«

»*Große* Hunde«, bekräftigte Ostvald und beäugte die Prinzen.

Der König und die vier Prinzen sahen einander lange an. Schließlich sagte der König: »Nun, Kameraden, ihr könnt ja zurück zum Schloss, wenn ihr mögt, ich jedoch nicht. Nicht ohne diesen Drachenburschen.«

»Wir können Euch auch gerne weiter begleiten«, gab einer der Prinzen zur Antwort.

»Aber ja«, sagte der Zweite der Reihe. »Vielleicht werden wir ja von den großen Hunden gebissen und sterben einen schrecklichen Tod.«

»Was besser wäre, als weiter ohne Hoffnung zu verweilen und gleich Nachtfaltern Eurer Tochter helles Licht zu umtanzen«, fügte der Dritte hinzu. »Weitaus besser sogar.«

Der letzte Prinz sagte bloß: »Die Vorstellung, morgen die Prinzessin zu sprechen, macht mir Angst. Ich komme mit.«

»Also gut«, sagte König Antoine, überzeugter denn je, dass es mit Prinzen – seit seinen eigenen Prinzentagen – bergab gegangen war. »Dann wollen wir mal.« Er winkte Ostvald und Elfrieda gefällig nickend, insoweit sein armer Hals das zuließ. »Eine wahre Freude, euch beide kennenzulernen. Mein königlicher Dank für eure Hilfsbereitschaft.«

Elfrieda und Ostvald traten schweigend beiseite und verfolgten den Vorüberritt der Suchenden. Sobald sie außer Sicht waren, verlieh Elfrieda ihrer Sorge Ausdruck. »Hoffentlich entgeht ihnen Roberts Haus nicht. Es wird schon dunkel.«

»Wir hätten ihnen nicht verraten sollen, wo er wohnt«, brummte Ostvald. »Königen am besten gar nichts sagen – das ist meine Devise. Wenn man nichts sagt, sagt man auch nichts Falsches.«

Elfrieda schenkte ihm den Blick, den er stets fürchtete: eine Mischung aus spöttischer Ungeduld und Nachsicht. »Was redest du da? Der Drachenbekämpfer des Königs – weißt du, was das für Robert hieße? Für seine Familie – sechs Mäuler zu stopfen, zwei so hungrig wie Hannibals Elefanten?« Sie fasste ihn an den Schultern und schüttelte ihn spielerisch. »Und hast du dir mal überlegt, was das für dich bedeuten würde? Wenn ihr beide im Schloss ein und aus geht, macht euch das praktisch selbst zu Adel!«

Ostvald gab sich mit der Antwort keine Eile, weil er das Gefühl ihrer Hände auf seinen Schultern mochte und es seine Gedanken verwirrte. »Ich weiß nur eins: Wenn ein König nach dir sucht, ist das nie ein gutes Zeichen.«

»Ach, *du!*«, rief Elfrieda verzweifelt. »Irgendwann muss

ich dir mal ein paar Dinge erklären, Herr Grandin. Aber nicht mehr heute – es wird spät, ich muss noch nähen und morgen früh bin ich mit den Kühen dran. Komm nach der Arbeit zu Jarold, da sehen wir uns.« Sie sprang davon, dann rief sie zurück: »Es sei, dass ich großes Glück habe!«

Ein Winken und ein Lächeln sollten zeigen, dass sie es nur im Scherz meinte. Nie wäre sie darauf gekommen, wie sehr ihr Ostvald in seinem Kummer zustimmte.

~

Königin Hélène weilte im Salon – beziehungsweise dem gemütlichen, privaten Gemach, das sie immer als Salon bezeichnete –, als ihr Stallmeister den großen, umwerfend gut aussehenden jungen Prinzen und seinen kleineren, respektvoll Abstand haltenden Begleiter hereinführte. Vom Typ her gab es solche wie ihn in Hülle und Fülle auf Schloss Bellemontagne, seit Cerise das heiratsfähige Alter erreicht hatte; dennoch hätte die Königin Reginald niemals mit einem von ihnen verwechselt. Er war einfach … *mehr* davon, in jedem Zentimeter seiner Größe – der ursprüngliche Held, neben dem sich alle anderen wie Kopien verschiedener Güte ausnahmen. Und die Tränen der Leidenschaft ihrer Tochter hatten unwillkürlich ihre Anteilnahme geweckt.

»Reginald! Der Sohn des guten alten Krije! Ich hätte dich überall erkannt – du bist deinem Vater wie aus dem Gesicht geschnitten!« Das war natürlich eine Lüge, auf mindestens drei Ebenen, doch sie war gerne bereit, noch zwei draufzulegen. »Ich erbitte deine Vergebung und heiße dich willkommen, wie ich auch ihn willkommen hieße.« Sie erhob sich und schritt über den nackten Steinboden, um den jungen Mann zu umarmen, dann hielt sie ihn vor sich, um seine perfekt geschnittenen Züge zu mustern. »Und da kommst du nun, meiner Cerise den Hof zu machen! Sie wird noch begeisterter sein als ich, das verspreche ich dir.«

»Hm«, sagte Kronprinz Reginald von Corvinia. »Also. Tja. Ich meine, eigentlich bin ich ja eher auf großer Fahrt, wisst Ihr. Soll heißen, ich … wandere einfach mit meinem Knappen hier …« Eine von Mortmains Augenbrauen zuckte nur ein kleines bisschen. »Und suche nach dem Abenteuer. Abenteuer, das ist das Wort. *Abenteuer*, genau.«

»Und welch größeres Abenteuer als das des Herzens?«, erwiderte die Königin liebevoll. »Für gewöhnlich empfängt Cerise ihre Prinzen bloß einmal im Monat. Das Kind hat ja schließlich noch ein Leben, zumindest ein bisschen neben all den Verpflichtungen – ich weiß wirklich nicht, was wir ohne sie tun werden, wenn ein Verehrer endlich ihre Hand gewinnt.« Sie seufzte verträumt. »Normalerweise müsstest du also bis zur Audienz noch etwas auf Abenteuer gehen. Doch wie es sich ergibt, wurde die heutige Sitzung notgedrungen unterbrochen und wird morgen früh fortgesetzt. Ich bin sicher, sie wird hocherfreut sein, dir einen Platz frei zu halten. Ich werde mich persönlich darum kümmern.«

Sie nahm Prinz Reginalds Hand zwischen ihre und drückte sie. »Nun sag mir aber: Wie geht es deinem großen alten Bär von Vater?«

Reginald warf Mortmain einen verzweifelten Blick zu. Der glitt nach vorn, als stünde er auf kleinen Rädern. »Nun, Eure Majestät, wenn ich vielleicht die Antwort hierauf geben dürfte …«

Da ging die Tür zum Salon auf, und Prinzessin Cerise trat ein.

Sie hatte sich umgezogen, ihr Haar und Make-up gerichtet und lächelte die Königin verschüchtert an. »Entschuldige, Mutter. Es geht jetzt wieder.« Da erst sah sie Reginald. Man musste ihr anrechnen, dass sie weder aufschrie noch die Besinnung verlor. Auch brach sie nicht wieder in Tränen aus, und mit einiger Mühe auch nicht in hysterisches Kichern. Sie sagte bloß *»Iek«*, mit sehr leiser Stimme, starrte und setzte sich – glücklicherweise auf einen Stuhl, den sie jedoch gar nicht wahrnahm.

»Liebes!« Königin Hélène lächelte entzückt. »Ich weiß, ihr habt euch schon getroffen, aber darf ich dir ganz informell Kronprinz Reginald von Corvinia vorstellen?«

»Ja«, sagte die Prinzessin, immer noch kleinlaut. »Darfst du.«

Abermals sah Reginald hilfesuchend zu Mortmain, doch dieser konnte bloß den Kopf schütteln. Da er Prinzessin Cerise nie zuvor getroffen hatte, wurde er gerade von demselben seismischen Beben erschüttert, das jeden Mann bei seinem ersten Mal ergriff. Dazu kam ein guter Klacks simplen, aber innigen Kalküls. Wären Gedanken hörbar gewesen, hätten seine wie der plötzliche, dumpfe Schlag einer Ballista geklungen.

Der Prinz blinzelte eine ganze Weile; dann hellte sich seine Miene auf, als er das eigenartige Mädchen erkannte, das er am Bach kritzelnd getroffen hatte. »Oh«, sagte er. »*Oh*. Ja klar, wir kennen uns bereits. Praktisch alte Schulfreunde oder so. Aber sicher doch.« Er beugte sich über Cerises Hand, die sich kaum aus dem Schoß heben wollte. »Bezaubernd, bezaubernd.« Als er zurück zu Mortmain trat, lächelte er noch immer, doch aus dem Mundwinkel murmelte er: »Hat nie ein Wort davon gesagt, dass sie eine

Prinzessin ist. Wie soll man das denn wissen, wenn sie nichts sagen?«

Cerise hörte ihn nicht. Tatsächlich war sich Cerise nichts als des Jubels des Bluts in ihren Adern und dem Prickeln ihrer Haut bewusst, die bleich und rosa und wieder bleich wurde. Sie blickte Reginald beinahe ebenso ausdruckslos an wie er sie, bis sie schließlich irgendwo an einem fernen Ort die Stimme ihrer Mutter registrierte.

»Cerise, wieso zeigst du deinem Freund nicht ein bisschen das Schloss? Mir ist klar, dass Ihr anderes gewohnt seid, lieber Reginald, aber vielleicht werdet Ihr feststellen, dass es seinen ganz eigenen Reiz hat.« Sie wartete und runzelte die Stirn. »Cerise? *Cerise?*«

»*Mais oui*, Mutter«, antwortete Cerise. Sie erhob sich unsicher vom Stuhl, und Reginald – nach nur einem kleinen Stoß von Mortmain – bot ihr den Arm an.

Seufzend sah Königin Hélène den beiden nach. »Eigentlich bin ich ja gerade auf Wanderschaft«, erklärte der Prinz ihr sachlich im Hinausgehen. »Musste eine Weile raus – die Welt sehen, ein Abenteuer oder zwei erleben. So was eben. Abenteuer sind ein ernstes Geschäft.« Wenn ihre Tochter etwas darauf erwiderte, so hörte die Königin es nicht mehr; der Glanz ihrer Augen und Wangen aber war nur zu offensichtlich und diesmal nicht auf Tränen zurückzuführen.

»Die jungen Leute«, sagte sie wehmutsvoll zu Mortmain. »Nicht wahr?«

»Ja, Eure Majestät«, antwortete Mortmain und schickte sich an, seinem Herrn und Schützling zu folgen. »Ein Wunder wie am ersten Tag.«

~

Roberts Mutter und Schwestern – die Jungen waren trotz der späten Stunde noch nicht zurück von der Feldarbeit – waren ganz außer sich, als er den weißen Drachen aus dem Käfig ins Haus holte.

Mit zusammengebundenen Flügeln und Hinterkrallen und einer festen Schlinge um die Schnauze, immer noch wütend von der unfreiwilligen Karrenfahrt, kroch die *Vegrandis* angespannt über den Küchentisch. Auch Adelise stand dort, gerade außer Reichweite, und inspizierte sie angriffslustig, den Nackenkamm straff gestellt. Lux zischte eine unmissverständliche Herausforderung und flatterte zu seinem Platz auf dem Herdsims. Reynald hingegen war von der Neuen fasziniert. Er versuchte, ihren Schwanz mit seinem zu umwickeln; ein Spiel, das ihn fast das Augenlicht kostete, ehe Robert ihn rasch in Sicherheit brachte und abseits zu Fernand auf den Stuhl setzte. Dieser hatte nur einen desinteressierten Blick auf das Geschehen geworfen und dann sein Schläfchen fortgesetzt.

»Wie willst du sie nennen?«, fragte Rosamonde.

»Ich weiß noch nicht. *Lass* es, Adelise!« Der grüne Drachling schnappte nach dem Neuankömmling. »Das ist mein Ernst!«

»Kann ich ihr einen Namen geben?«, bat Patience. »Ich darf nie etwas benennen und das ist nicht fair!«

»Ich habe dir doch schon gesagt, ich suche mir die Namen nicht aus«, erklärte Robert nachsichtig. »Drachen sagen dir ihre Wünsche, wenn du geduldig bist.« Er warf einen scharfen Blick zur Feuerstelle. »Und du mach mir auch keinen Ärger, Lux!« Der Graue, der schon die Hinterbeine zum Sprung gespannt hatte, sank mit verärgertem Brummen wieder hin.

»Wie sagen sie es dir denn?«, fragte Patience. »Sie können nicht reden. Alles, was sie von sich geben, sind diese Laute.«

»Sie benutzen keine Worte, aber sie sagen es dir. Du musst dich ganz arg gedulden – dann spürst du den Namen. Braucht etwas Übung.« Robert nahm Adelise sanft am Kragen und setzte sie Schnauze an Schnauze vor den größeren Drachling. Sie zischte wild und riss das Maul auf, das voll mit winzigen, doch messerscharfen Zähnen war, griff aber nicht an. Zur Erwiderung warf die Weiße wütend den Kopf hin und her und grub die Krallen ins Holz. Zu mehr Drohgebärden war sie gerade nicht fähig. Robert hielt eins ihrer Hörner mit zwei Fingern und dem Daumen fest, damit sie den Kopf still hielt, beugte sich vor und sagte eindringlich und so deutlich wie möglich: »Adelise, das ist eine Freundin. Sie wird von nun an bei uns wohnen, und du wirst ebenfalls ihre Freundin sein – du und Lux und Reynald und Fernand. Und was dich angeht, meine Namenlose: Du wirst es hier schön warm und gemütlich haben, solange du dich benimmst, und ich weiß, dass du das kannst. Tut ja nicht so, als ob ihr mich nicht versteht – das gilt für euch alle –, denn ich bin fast so schlau wie ein Drache und weiß es besser.«

Dann ließ er beide los. Die *Vegrandis* blinzelte mit ihren verschiedenfarbigen Augen – eines blau und eines golden – und legte fragend den Kopf schief. Adelise zischte noch einmal, aber nur halbherzig. Ihr Nackenkamm senkte sich langsam, bis er wieder flach am Körper anlag.

»Gaius Aurelius!«, mahnte Odelette, die sich bislang in Nachsicht und Geduld geübt hatte. »Wenn du deine Drachen, ob Freunde oder nicht, nun vom Tisch nehmen würdest, dann könnten wir ihn vielleicht fürs Abendessen decken.« Sie machte eine rasche, scheuchende Geste mit beiden Händen.

»Schaut mal, ob die Hühner schon im Stall sind«, bat Robert Adelise und Lux. Die beiden Drachlinge sprangen von Tisch und Sims, wobei sie ihren Fall mit den zarten Flügeln bremsten. Sie liefen zur Tür hinaus und stupsten sie auch sorgsam wieder zu. »Und keine Snacks!«, rief Robert ihnen nach.

Die Neue starrte so fassungslos drein, als wäre ihr auf einmal ein dritter Flügel gewachsen, oder Eis statt Feuer entfahren. Fraglos traute sie dem Plan der Schöpfung nicht mehr. »Sie sind glücklich bei uns«, sagte Robert und nahm sie behutsam wie ein Kleinkind hoch. »Und du wirst das hoffentlich auch sein. Kein Feuer im Haus außer um den Herd anzumachen, keine Beißereien, behalt deine Krallen bei dir und verrichte dein Geschäft in der Kiste draußen in der Scheune: Das sind die wichtigsten Regeln. Alles andere klären wir mit der Zeit. Einverstanden?«

Die Weiße gab keine klare Antwort, doch nach einem Augenblick nickte Robert zufrieden. Der Reihe nach löste er ihre Fesseln, dann trug er sie zu seinen Geschwistern. Sie schüttelte sich kurz und streckte beide Schwingen aus, ehe sie es sich schließlich auf Rosamondes Arm gemütlich machte – aber weiter Robert ansah.

»Ihr könnt sie schlafen legen, wenn ihr mögt«, sagte er zu den Zwillingen. »Achtet nur darauf, dass sie genug Wasser in Reichweite hat. *Vegrandis* in dem Alter brauchen viel Wasser.«

Da wurde die Tür aufgestoßen, und Caralos und Hector stolperten von draußen herein. Offensichtlich waren sie gerannt: Sie waren rot im Gesicht und zerzaust, und ganz außer Atem.

»Der König ist auf dem Weg!«

»Er kommt direkt hierher!«

»Können nur zu uns wollen, sie …«

»Noch vier …«

»Vier Fürsten oder irgendwas …«

»Aber nur die fünf. Keine Soldaten oder Fanfarenträger …«

Odelette riss die Krise augenblicklich an sich. »Jeder schnappt sich einen Drachen, *schnell!* Bringt sie in den Keller, die Scheune, ganz egal – bloß raus hier!«

»Nein!«, gab Robert den Gegenbefehl. »Ich kümmere mich um sie.« Er hatte sich bereits Fernand und Reynald geschnappt, die ein überraschtes Zwitschern ausstießen – besonders Fernand, den er aus dem Schlaf gerissen hatte – und griff nun nach der verängstigten Weißen. »Macht einfach weiter, stellt das Abendessen auf den Tisch, tut überrascht. Haltet ihn so lange hin wie möglich, und wenn das nicht mehr reicht, ruft mich!« Damit rannte er mit seinen drei zappelnden Schützlingen aus der Küche, stolperte geduckt über den Hof zur Scheune und rief leise nach Lux und Adelise.

Als König Antoine an die Tür klopfte, saß die ganze Familie bis auf Robert am Tisch, und es wurde eine dampfende Terrine mit Odelettes Pilzsuppe herumgereicht. Odelette erhob sich und ging zur Tür.

»Eure Majestät!«, rief sie bei seinem Anblick und tat überrascht. »Ihr ehrt unsere Behausung mit Eurem Besuch. Euer Wunsch sei uns Befehl.« Mit diesen Worten vollführte sie den großen Knicks einer richtigen Hofdame, als hätte sie die Bewegung täglich geprobt – was sie tatsächlich häufig getan hatte, wenn ihr niemand zusah. In ihrem Hauskleid hätte das wohl albern wirken sollen, doch Aufrichtigkeit bezwingt derlei Umstände, und was den Adel anging, war Odelette Thrax stets eine treue Verehrerin gewesen. König Antoine erlag ihr im Handstreich.

»Aber bitte, gute Frau, erhebt Euch. Ihr seid zu gnädig mit uns Eindringlingen. Die Etikette können wir vernachlässigen, wenn ich ohne jede Warnung zu Eurem Heim komme. Ich bitte Euch.«

Langsam, um den Moment noch etwas auszukosten, erhob sich Odelette. Da sah sie die vier Prinzen, die hinter dem König auf dem Hof warteten. Sie saßen fest im Sattel, machten keinerlei Anstalten abzusteigen und waren sichtlich unerfreut, hier zu sein. Das Licht aus der Tür fiel auf schlammverspritzte Wämser und Wappen. Die reich verzierten Schabracken zweier Pferde hingen in Fetzen und schleiften über den Boden, ebenso das perlenverzierte linke Hosenbein des Prinzen, der am säuerlichsten dreinblickte.

»Eure Hoheit, solche *Gäste* – den edlen Herren in Eurer Gefolgschaft können wir unmöglich gerecht werden.«

»Versprich uns bitte einfach, dass du keine Hunde hast«, sagte der Prinz mit dem zerrissenen Hosenbein.

Der König sprach, ehe sie antworten konnte. »Habe ich denn das Glück, endlich das Haus des Drachenbekämpfers … äh … Flavius gefunden zu haben? Oder Augustus?«

»Ihr meint Gaius Aurelius Konstantin Heliogabalus Thrax«, half Odelette ihm stolz aus. »Mein Sohn.« Sie trat beiseite und bat den König herein.

»Euer Sohn, genau – ja natürlich, Elpidus' Junge, den meine ich. *Ihn* … Ach, es ist so lange her.« König Antoine wanderte zum Esstisch und spürte selbstvergessen dem Wohlgeruch in der Luft nach. »Meine Güte, wie herrlich diese Suppe duftet. Da sind Pfifferlinge drin, nicht wahr?«

»Und Morcheln, Eure Majestät, heute morgen frisch gesammelt. Wenn es Euer Begehr ist …«

»Ach, werte Frau, wir müssen gleich wieder los. Aber vielleicht wäre es ja möglich …«

»Kein weiteres Wort, Eure Majestät.« Odelette wirbelte zu ihren Kindern herum und schnippte mit den Fingern. »Rosamonde, such mir den Kupferbodentopf mit den Griffen – Patience, schenk dem König ein. Schwingt die trägen Knochen, Mädchen, steht hier nicht faul rum und gafft! Na los!« Die Zwillinge schossen davon und lieferten sich ein Rennen zur Speisekammer. In der Küche fuhr König Antoine lautstark fort: »Gute Frau Thrax, es ist nicht bloß Eure Suppe, sondern auch Euer Sohn, nach dem es uns verlangt – in rein beruflicher Manier, seid versichert. Ist er verfügbar?«

»Das ist er, Eure Majestät. Und er wird entzückt sein, Euch zu dienen, in welcher Manier auch immer.« Odelette hatte hiermit gerechnet, seit sie die Krone vor der Tür gesehen hatte, und studierte aufmerksam das königliche Mienenspiel; doch sie behielt sich meisterlich im Griff. »Wenn Ihr mich einen Augenblick entschuldigen würdet? Er ist in der Scheune und verstaut sein Werkzeug. Ich hole ihn.« Der König beäugte weiter die Suppenterrine und nickte. Odelette verließ die Küche beinahe so geschwind wie ihre Töchter. Nur einmal hielt sie kurz inne auf ihrem Weg, um ein Stoßgebet an Vardis zu sprechen, das an sich bloß aus den Worten *Endlich* und *Danke* bestand. Zwar bevorzugte Vardis ihre Dankesbekundungen in Form von Tänzen um passende Opfergaben, doch dafür war später noch Zeit. Odelette warf einen raschen Kuss gen Himmel und beeilte sich, ihren Sohn zu finden.

Sie entdeckte ihn kniend im Schatten am hinteren Scheunenende, wo er eine störrische Adelise in eine alte Werkzeugkiste mit geschickt getarnten Luftlöchern zu locken versuchte. Die anderen Drachlinge saßen bereits drin – sogar die Weiße, an der Adelise immer noch sichtlich Anstoß nahm.

»Der König verlangt nach deinen Diensten«, sagte Odelette.

Robert schaute nicht auf. Sanft kraulte er mit einer Hand Adelises Kehlsack, während er mit der anderen ihre Afterkralle über den Rand der Kiste zu stupsen versuchte. »War ja zu erwarten, oder? Ist vier Jahre her, dass Vater und ich das Schloss zuletzt reinigten. Wieso aber kommt er ausgerechnet jetzt, und persönlich? Früher schickte er doch immer Boten.«

»Was spielt denn das für eine Rolle? Er ist hier und braucht dich.«

»Das ergibt keinen Sinn.«

»Das brauchen Könige auch nicht.« Sie strich ihm übers Haar. »Ich übernehme hier. Geh du wieder rein.«

»Ich kann nichts versprechen, Mutter. Du warst nie dabei. Der Tag war schon schlimm genug, und jetzt auch noch das.«

»Gaius«, sagte Odelette liebevoll. »Es kann nur Gutes dabei herauskommen.«

»Wenn du meinst.« Um ein ausdrucksloses Gesicht bemüht, das nichts und gerade dadurch alles verriet, stand Robert auf und wandte sich zur Tür. Wie jemand auf dem

Weg zum Galgen schritt er aus der Scheune, das Haupt erhoben für die Schlinge.

Odelette lächelte Adelise zu ihren Füßen an. »Nun geh schon rein. Wir wissen beide, dass du dich nur wichtig machst.« Der kleine grüne Drachling wirkte einen Augenblick empört, dann gab er sich geschlagen. Sekunden später hatten sich alle fünf Drachlinge gemeinsam eingerollt wie schuppige Zwirnknäuel und dösten. Bei ihrem Anblick dachte Odelette nicht zum ersten Mal, dass sie bei allem Ärger, den sie machten, doch eigentlich recht hübsch waren. Sie glichen nicht den Wesen, die sie in jungen Jahren gekannt hatte und noch in ihren Träumen sah … Ihr Sohn aber liebte sie, und sie liebte ihren Sohn. Das war Grund genug, sie zu schützen.

Als sie in die Küche zurückkehrte, sprach Robert höflich, aber bestimmt mit König Antoine. »Eure Majestät, ich habe bereits einen langen Arbeitstag hinter mir – genau wie mein Gehilfe, den wir zu dieser Stunde sicher schon aus dem Schlaf wecken müssten. Offen gesagt schiene es doch sehr viel weiser, damit bis zum Morgen zu warten …«

»Da stimme ich im Prinzip auch völlig zu«, gab der König ebenso offen zurück. »Allerdings bleibt mir ebenso wenig die Wahl wie … äh … nun, wie Euch. Meine Tochter, die Prinzessin Cerise, hat, wie soll ich sagen, ein Machtwort gesprochen, und ihre Mutter pflichtet ihr bei, und so verhält es sich, versteht Ihr? Schloss Bellemontagne hat unverzüglich drachenfrei zu sein, um Prinz Reginald von Corvinia zu beeindrucken, der bereits am Hof weilt. Ich bedaure es wirklich zutiefst, Euch diese Unannehmlichkeit zu bereiten, doch so verhält es sich nun mal.« Er hüstelte und sah auf seine Füße wie ein kleiner Junge.

»Ich verstehe«, sagte Robert. »In Ordnung, Eure Majestät, ich nehme den Auftrag an.« Er trat zu seiner Mutter und umarmte sie. »Ich schicke Nachricht, wie es vorangeht, und wann ich nach Hause komme.«

Odelettes Augen strahlten vor Stolz. »Ich wünschte bloß, dein Vater wäre hier, das zu sehen. Sein Sohn, vom König höchstpersönlich gerufen, das Schloss von Drachen zu befreien – und alles dem Glück einer Prinzessin zuliebe! Geh nun, mein Junge – mein kleiner Gaius Aurelius – geh deinem Schicksal entgegen.« Sie küsste ihn auf beide Wangen und trat zurück: eine Feldherrin, die ihre Truppen in die Schlacht schickt. König Antoine strahlte sie an.

»Schäm dich«, gab Robert im Flüsterton zurück.

FÜNF

Fraglos war es eine Kuriosität, die Anlass bot für tagelangen Tratsch. Die Dorfbewohner, die das Glück gehabt hatten, Zeuge der nächtlichen Prozession zu werden, verbreiteten die Kunde nur zu gerne, war sie doch selbst ohne jede Ausschmückung und Schnörkel sagenhaft sondergleichen; während jene, die es nicht mit eigenen Augen gesehen hatten, bald das Gegenteil glaubten und mit Nachdruck darauf beharrten, wobei die Geschichte immer neue Ebenen und Wendungen gewann. Zu guter Letzt entsann sich niemand mehr daran, wie es sich wirklich zugetragen hatte, abgesehen von sechs der sieben Männer, aus denen der Zug bestand. Und vier davon hätten es nur zu gerne wieder vergessen.

An der Spitze ritt, so langsam wie eine Entschuldigung, König Antoine, der seine Aufmerksamkeit vorrangig darauf richtete, nichts aus dem Kochtopf, den er trug, zu verschütten. Erschwert wurde dies vom schaukeligen Schritt seines Pferdes, das sich sorgsam seinen Weg durch die mondhelle Nacht suchte, sowie dem Umstand, dass der König ein ums andere Mal der Versuchung erlag, den Deckel des Topfes zu lüften, um inniglich an seinem Inhalt zu schnuppern. Hinter ihm, in gerader Linie, ritten die vier Prinzen. Mehrerlei ließ diesen Recken keine Ruhe: erstens die Peinlichkeit, die des Königs Wünsche ihnen bereitet hatten; zweitens die profunde Ungerechtigkeit der Welt im Allgemeinen (es gibt Dinge, die man von Prinzen einfach nicht verlangte – das wird einem jeder Prinz bestätigen); und schlussendlich der feste Vorsatz, es dem Schwiegervater in spe so bald als möglich heimzuzahlen, sollte dieses frustrierend vage Verhältnis sich denn jemals verfestigen. Gegenwärtig geriet ihre Pflicht mit jedem Schritt zu einer größeren Zumutung.

Prinz Nummer eins war es auferlegt, Robert hinter sich auf seinem Pferd zu tragen, obgleich Robert eine Präferenz fürs Laufen erklärt hatte und dem Prinzen die Nähe zu jemandem von geringerem Stand wirklich zusetzte. Dabei schätzte er sich noch glücklicher als Prinz Nummer zwei, der mittlerweile Ostvald transportierte – Ostvald, der sie in dieser Nacht eine weitere Stunde gekostet hatte, bis er aufgestanden, angekleidet und ansprechbar gewesen war. Darauf hatten sie ihn nach langwierigen Verhandlungen von seinen morgigen Verpflichtungen bei Baumeister Yager freigekauft; nur, damit er zu guter Letzt in seligen Schlaf fiel, Kopf und Brust schwer auf seinen leidenden Gefährten gestützt.

Prinz Nummer drei verfluchte derweil leise etwas, worauf er normalerweise sehr stolz war: den Stammbaum seines Percheronpferdes. Die Größe und Stärke des braunen Schlachtrosses machten es zur ersten Wahl, um Roberts klapprigen Werkzeugkarren zu ziehen. Aus Sicht des Prinzen gab es keine größere Beleidigung, und er hoffte, dass sein Pferd ihm vergeben würde.

Und Prinz Nummer vier, dem mit dem zerrissenen Hosenbein, hatte man die schlimmste Aufgabe von allen aufgebürdet: am Ende des Zuges zu reiten und absolut gar nichts zu tun. Dies hob ihn nämlich umso mehr hervor, fast als wüsste der König schlicht nichts Rechtes mit ihm anzufangen. Er hatte diesen Tag als ältester Sohn einer vornehmen Familie begonnen, als junger Mann mit glänzenden Aussichten und aller Selbstverliebtheit seiner Art. Nun beschloss er ihn als reicher Narr, dem es an einem Schneider fehlte, und das verstörte ihn. Bloß die letzten Reste seines Stolzes hinderten ihn daran, auf der Stelle nach Hause zu galoppieren.

Als sie zu später Stunde Schloss Bellemontagne erreichten, wurden sie schon von Königin und Kammerherr erwartet. Beide blickten recht verärgert, wobei bloß die Königin es wirklich ernst meinte. Sie liebte ihren Gemahl – mehr, als sie sich je gestatten würde zu gestehen –, doch er *trödelte* immer so. Wie konnte ein einfacher Botengang derart lange dauern? Misstrauisch beäugte sie den Topf in seinen Händen.

»Werte Gemahlin«, sagte der König liebevoll und blickte auf sie herab.

»Werter Gemahl.«

»Ich habe den Drachenbekämpfer und seine Werkzeuge gebracht.«

»Und?«

»Nun ja. Gab allerhand Problemchen auf dem Weg, deshalb habe ich uns etwas Suppe mitgebracht. Wird dir schmecken.«

»Im Moment denke ich eher, meine Mutter hatte recht mit dir! Lass uns um deinetwillen hoffen, dass der Inhalt dieses Topfes selbst unserem Herrn und all seinen Engeln gerecht werden würde.« Die Königin furchte die Stirn noch tiefer, doch ihre Augen verrieten sie, was ihr vollauf bewusst war. Antoine hatte immer gewusst, welchen Teilen ihres

Gesichts er Aufmerksamkeit widmen musste, wenn sie sprach; einer der Hauptgründe, weshalb sie ihn vor vielen Sommern erwählt hatte.

»Und unsere neuen Gäste?«

»Im Bett wie vernünftige Leute, es sei denn, Cerise hat Reginald zu einem weiteren Gespräch unter vier Augen geschleppt. Allerdings …« Hélènes Blick wurde starr wie der Rest ihres Gesichts, und Antoine begriff, dass sie sich ernstlich Sorgen machte. Doch weswegen?

Die Königin trat näher und senkte die Stimme, sodass nur er sie hörte. »Denk dir dabei, was du willst, und hoffentlich nicht zu viel – aber sein Diener bestand darauf, dass er und der Prinz in den Stallungen schlafen. Sagte, es sei Befehl von König Krije. Legte mir das Reglement der ritterlichen Reise dar, und strahlte mich die ganze Zeit über an. Ich frage mich bloß …«

Antoine beugte sich so weit wie möglich vor und reichte seiner Frau den Topf zur Tarnung. »Wir besprechen das drinnen«, wisperte er. Dann wandte er sich dem Kammerherrn zu und sagte laut: »Macht bitte den Drachenbekämpfer und seinen Gehilfen mit ihrer Aufgabe vertraut! Die Königin und ich müssen uns nun zur Ruhe begeben.« Schließlich setzte er sich gerade und drehte sich steif im Sattel, um die Prinzen anzusehen. »Was euch betrifft, junge Herren, so hat eure heutige Unterstützung mein Wohlgefallen erregt. Gute Nacht und ruhet wohl … und falls einem von euch der Sinn danach steht, es dem Kronprinzen von Corvinia in der Wahl seiner Behausung gleichzutun, tut euch keinen Zwang an! Nichts macht einen mehr zum Kerl als der Geruch von Heu und Pferdemist. Mein Vater schwor darauf!«

Damit stieg er ab, und die Prinzen taten es ihm schlauerweise gleich, ein kaltes, ausdrucksloses Lächeln in den Gesichtern. Die Pferde zur Nacht in die Ställe bringen? Selbstverständlich, doch damit war das Thema erledigt. Immer noch lieber ein warmer Speise- oder Besenschrank als ein zugiger Stall – egal, wessen Tochter man gerne heiraten wollte.

Robert glitt ungeschickt zu Boden und beeilte sich, Ostvald zu fangen; ohne den Vorzug einer adligen Stütze war sein schlafender Freund gefährlich zur Seite gekippt.

~

»Es wird eine verdammte Ewigkeit dauern, ein Schloss dieser Größe zu säubern.«

Robert grunzte nur zur Antwort und half Ostvald, den Karren tiefer in die Weiten des Großen Saals zu schieben. In seiner Mitte, wo sich Schatten sammelten und gerade außerhalb der Reichweite der vereinzelten Fackeln tanzten, hielten sie kurz und schauten auf. Ostvald fühlte sich vom Anblick überwältigt. Er kam sich verloren und unbedeutend vor unter den enormen, von Vogelkot befleckten Säulen. Hoch oben, unter der Volierendecke, löste der Anmarsch der Fremden Warnrufe und Gezeter aus, während zu ihren Füßen die Lücken in den alten Teppichen mit jedem Schritt gleich Pfützen anzuwachsen schienen. Die Teppiche dämpften das vertraute Klappern der Karrenräder, und staunend stellte Ostvald fest, dass die Abwesenheit dieser vertrauten Plage ihn mehr als alles sonst irritierte.

»Mit neun ging ich zum ersten Mal als sein Gehilfe mit«, sagte Robert leise. Ein schwaches Echo färbte seine Stimme.

»Elpidus arbeitete sich an einem Tag durchs ganze Schloss, viermal jährlich – einmal zu jeder Jahreszeit im Schnitt.«

Ostvald nieste. »Reichte wohl nicht.«

Robert stand ganz still und lauschte. »Sie sind in den Wänden«, raunte er. »In den Wänden und Luftschächten. Seit Elpidus tot ist, war niemand mehr hier, das hätte ich gehört. Das gab ihnen Gelegenheit, sich immer tiefer einzunisten. Dürfte mittlerweile fünfzehn oder sechzehn Spezies hier geben: *Vegrandis*, Skaschin, Minzelschwänze bestimmt. Schnappser und Stibetten. Hunderte Drachen allein in diesem Saal, gottvermodert – vielleicht tausend oder mehr im ganzen Schloss. Wir werden mit dem Blasebalg ranmüssen, die ganze Woche wahrscheinlich.« Er tat einen tiefen Atemzug durch die Nase und hielt kurz die Luft an. »Riechst du das? Es gibt sogar Tichorne.«

»Die Blauen mit den grünen Zähnen?«

»Nein, das sind Vechtel. Stell dir Skaschin vor, bloß größer und mit sechs Klauen statt vier, dreimal so vielen Zähnen und Feuer, das sich nicht mehr mit Wasser löschen lässt. Man muss die Flammen mit einem dicken Pulver ersticken. Vielleicht finden wir in der Küche was Geeignetes.«

Ostvald schüttelte den Kopf. »Wenn du das nächste Mal nach Sonnenuntergang vor meiner Tür stehst, lass ich meinen Bruder ausrichten, ich wäre an der Pest gestorben.«

»Dann schick ich nächstes Mal den König, dass er sich ansteckt.«

~

Viele Stunden untersuchten und markierten die zwei jungen Männer den Großen Saal, die meiste Zeit auf den Knien. Jede Ritze, jedes Loch, jeder Spalt und Riss musste aufgefunden und bestimmt werden; sie suchten nach Krallenspuren, schwachen wie offensichtlichen, und spürten Schuppenresten und anderen Anzeichen von Drachenbefall nach. Und all die Ritzen, Löcher, Spalten und Risse galt es mit den flexiblen Metallstangen der Zunft zu erkunden, die inneren Winkel der Tunnel zu vermessen. Weiter ging es mit einem Trick, bei dem sie sich der Akustik bedienten: Ein breiter, mit Hirschleder überzogener Hammer klopfte die Wand ab, und das mal hoch, mal tief daran gelegte Ohr versuchte, die Bedeutung des wandelbaren Klangs zu ergründen. Es war ein lautes Geschäft, und die Drachlinge in der Wand hatten die Hoffnung auf Schlaf längst aufgegeben. Ein paar wagten sich sogar vor, um zu sehen, was los war. Diese kurzen Sichtungen ließen Robert seine Schätzungen anpassen. Einige der neugierigen Exemplare waren Spezies, die er bislang bloß auf dem Drachenmarkt gesehen hatte, in den Käfigen der Importeure. Vermutlich waren sie unabsichtlich von Handelskarawanen und Würdenträgern benachbarter Königreiche eingeschleppt worden.

Irgendwann meinte Robert, eine realistische Vorstellung der wichtigsten Verbindungen und voraussichtlichen Fluchtwege zu haben. Freilich war es niemals möglich, diese komplett zu erfassen, und bei einem Auftrag dieser Größe waren einzelne Rückschläge und Neuansätze unvermeidlich: Entweder verzogen sich Drachen in noch unentdeckte Seitenstollen, oder sie kehrten in ihre alten Behausungen zurück, trotz der Furcht vor dem Gift, das sie vertrieben hatte. Der erste Schritt jedoch war nun klar – und es war immer ein gutes Gefühl, die mühsame Markiererei zu beenden. Zügig blockierten Robert und Ostvald mehrere Austrittspunkte mit Kies und Mörtel aus den Eimern vom Karren und verstärkten die Verschlüsse mit wohlplatzierten glatten Flusssteinen. Andere Ausgänge versperrten sie mit komplizierten Faltgestängen aus Metall, die sie in die unregelmäßigen Ritzen klemmten. Der Gedanke dahinter war, die Drachlinge wenn möglich zusammenzutreiben: Je weniger tote Drachen am Ende in den Wänden verblieben, desto rascher war ein Raum wieder bewohnbar. Das machte die richtige Kombination vergitterter und zugemauerter Öffnungen so wichtig – Teil der Kunst ihres Handwerks –, denn diese Wahl bestimmte, welche Luftströme die panischen Drachlinge wahrnehmen und welchen sie auf der Flucht folgen würden.

»Wir haben gar nicht genug Käfige für alle. Ist dir das klar?« Ostvald sah Robert ins Gesicht. »Wir jagen sie in den Tod, nicht in Fallen.«

»Für den Anfang haben wir genug. Der Kammerherr soll uns noch mehr bringen. Ist ja nicht so, als ob sie sich das nicht leisten könnten.«

»Du weißt, was ich meine, Robert. Ein so großer Auftrag. Derart viel *Gift*, Dreck noch eins. Diesmal schieben wir am Ende nicht den Karren zum Drachenmarkt, um uns das Geschäft noch etwas zu versüßen und das Extrageld in Jarolds Taverne zu tragen. Wir werden die ganzen Kadaver irgendwo im Wald vergraben oder in den Höhlen bei den Klippen deponieren müssen, verflucht. So was Großes hast du noch nie gemacht, Robert. Und dein Paps auch nicht, würde ich wetten.«

»Vielleicht nicht, aber Spaß gemacht hätte es ihm. Mir wird es das nie.« Robert schüttelte den Kopf. »Genug davon. Soweit ich das verstanden habe, ist eine Prinzessin schon ganz ungeduldig, und wir haben auch so genug Ärger. Machen wir die Fallen fertig und bringen wir's hinter uns, bevor sie noch sauer wird.«

Es dauerte fünfzehn Minuten, die sechs Metallkäfige aufzubauen und so vor den wahrscheinlichsten Austrittspunkten der Drachen zu montieren, dass die Öffnungen fest mit der umgebenden Wand abschlossen. Sobald das erledigt war, wurde es Zeit für Robert und Ostvald, sich umzuziehen. Ostvald, dem bei der anstehenden Arbeit die Rolle des Gehilfen zufiel, hatte es relativ leicht: ein dicker Lederanzug, mit Drachenhautstreifen verstärkt, eine feuerfeste Drachenhautschürze, eine dicke Kapuze, die er sich wenn nötig übers Gesicht ziehen konnte, und schwere Handschuhe, die aber noch ausreichend Beweglichkeit ließen. Seine Aufgabe war es, Robert den Rücken freizuhalten und ihm auf Zuruf das passende Werkzeug vom Wagen zu reichen. Alles, was ihn dabei weiter verlangsamte, wäre nur hinderlich, und wenn nicht gerade etwas fürchterlich schiefging – und sie andere Maßnahmen ergreifen mussten –, brauchte er auch keinen weiteren Schutz.

Roberts Arbeitskleidung war da weitaus eindrucksvoller. Er war von Kopf bis Fuß in drei dicke Lagen Drachenhaut gehüllt, die sogar das Gesicht verdeckten, abgesehen von einer Reihe dünner Schlitze über Mund und Augen. Darunter trug er weiche Polsterkleidung, die im Kampf auch Stöße abfing, welche er sonst – anders als Zähne, Krallen und Feuer – selbst durch die Drachenhaut gespürt hätte; und zusätzliche Schützer aus Baumwolle und Drachenhaut um Knie, Knöchel und Ellbogen – die Schwachstellen, die größere Drachen im Nahkampf instinktiv angriffen. Seine metallverstärkten Handschuhe würden mit nur einem Schlag selbst einen wilden Eber vom Angriff abbringen, bislang hatte er sie aber nie gebraucht.

Die ganze Montur hatte Elpidus gehört und war Robert ein Stück zu groß, doch der hasste sie zu sehr, um sie für sich anpassen zu lassen. Wenn er sich jemals wohl darin fühlte, so schien es ihm auf sonderbare Weise, würde er vollends zu Elpidus werden und jede Hoffnung auf ein anderes Leben als dieses verwirken.

»Bereit?«, fragte Ostvald.

»Bereit. Leg mir den großen Knüppel und die Schlingenangel neben den Käfig – den da.« Er zeigte auf den Käfig am Südende. »Ich hab da so ein Gefühl. Dann bring mir den Blasebalg und eine Flasche *Drachengyft.* Und sei vorsichtig – ich weiß, wir sind beide müde, aber ich möchte an sich noch nicht ewig ruhen, besten Dank.«

Kurz darauf kehrte Ostvald zurück. Er trug einen mehrfach geflickten Blasebalg mit Messinggriffen, der schon seit fünf Generationen im Besitz der Familie Thrax war, eine gedrungene grüne Flasche mit einem Wachsverschluss und einen schweren, mehrlagigen Lederbeutel. Unter Roberts aufmerksamem Blick schnitt Ostvald das Wachs ab. Dann schüttete er den Inhalt der Flasche, ein übel riechendes Pulver, in eine spezielle, mit kleinen Löchern versehene Kammer vorne am Blasebalg. Darauf schloss er die Kammer, verstaute die leere Flasche im Beutel und schnürte ihn fest zu. Schließlich trat Ostvald beiseite und spürte einen Kitzel der Erleichterung auf seinen Schultern spielen. Den Blasebalg zu füllen war der Teil der Arbeit, den er wirklich hasste. *Drachengyft* entfaltete seine tödliche Wirkung, sobald man es der Luft aussetzte. Nach zehn bis fünfzehn Minuten aber ließ sie stark nach, und ein paar Stunden später war nichts mehr davon übrig. In seinem Anzug bekam Robert das Befüllen nicht hin; ohne ließ das Gift sich nicht gefahrlos einsetzen; und es erst einzufüllen und sich dann umzukleiden dauerte viel zu lange. Also musste Ostvald es machen.

Robert trat vor, die Züge unter seiner Maske finster, doch entschlossen. Er schob die Spitze des Blasebalgs ins erste der kleinen Löcher, die sie eigens dafür in den gemauerten Verschlüssen belassen hatten, und presste den Blasebalg mehrfach zusammen. Dann ging er zur nächsten Öffnung und wiederholte den Vorgang, und immer so weiter die Wand entlang, wobei sie aufmerksam lauschten. Die richtigen Löcher für das Gift zu wählen war ebenfalls Teil der Kunst eines Drachenbekämpfers, und Elpidus hatte ihn gut unterwiesen.

Noch ehe sie mit der ersten Wand fertig waren, hörten er und Ostvald eine Reihe von Geräuschen im Mauerwerk: keckerndes Quieken und Grunzen, scharrende Krallen, das Hasten und Stolpern kleiner gepanzerter Körper, die sich eilten, dem *Drachengyft* zu entkommen, und es mit wachsender Unruhe nur weiter verbreiteten. Der Lärm baute sich erst an einer Stelle auf, dann an einer anderen. Robert folgte steif den Geräuschen und wählte seine Blasepunkte bedächtig wie ein Chirurg, der dem Körper seines Patienten einen großen Gallenstein entlocken will.

Da purzelte der erste Drachling aus der tödlichen Wand, direkt in den Käfig, den Robert Ostvald gezeigt hatte. Es war ein leuchtend roter Kamai, ein Jungtier, das noch alle drei rudimentären Flügel besaß. Kurz darauf krabbelten ihm seine Nestgeschwister nach, und aus dem Tröpfeln wurde eine Flut. Bald waren sämtliche Käfige im Saal mit verängstigten Drachen gefüllt, weiß und blau, schwarz und golden, grün und rot, so dicht gepackt, dass sie selbst dann kaum hätten schreien können, wenn sie nicht unter den ersten Lähmungserscheinungen der Vergiftung gelitten hätten. Ein paar schafften es noch, Feuer zu speien, doch kurz und schwächlich nur – mehr Funken als Flamme, für niemanden eine echte Gefahr.

Die Arbeit zog sich lang und mühselig hin, und Ostvald, der nicht achtlos war, konnte sich des Eindrucks nicht erwehren, dass sein Freund nicht bloß die Kreaturen vergiftete, die auszumerzen man sie engagiert hatte, sondern gleichsam sich selbst. Einmal sah er Robert die Drachenhautmaske abnehmen und sich den Schweiß von den Brauen wischen. Im flackernden Licht der talgbeschichteten Fackeln an der Wand wirkte sein Gesicht umso grauer und düsterer, eingefallen wie das eines Kranken. Mehr als einmal riet Ostvald ihm zu einer Pause draußen an der frischen Nachtluft, aber jedes Mal tat Robert den Vorschlag rundheraus ab. »Ich will das erledigt haben. Es sind so viele ... *zu* viele. Ich will, dass es *vorbei* ist.«

Weder Knüppel noch Schlingenangel – von Robert eigens erfunden, um Drachlinge verletzungsfrei zu fangen – kamen je zum Einsatz. Die Drachen, die sie aus dem Mauerwerk getrieben hatten, waren sterbenskrank, zu schwach, um jetzt noch auszubüchsen. Unwillkürlich streckte Robert im Vorübergehen die Hand nach den Käfigen aus, strich mit dem Handschuh über die glitzernden Körper, die sich an die Stangen pressten. Mehrere Drachlinge starben vor seinen Augen. Er streichelte sie sanft, flüsterte immer wieder: »*Es tut mir leid … Es tut mir leid …*«

Zu keiner Zeit standen Tränen in Roberts Augen. Doch ob mit oder ohne Maske, nach einer Weile ertrug Ostvald ihren Blick nicht länger.

SECHS

Weil sie so beschäftigt damit waren, die Käfige für eine zweite Runde mit dem Blasebalg zu leeren, bemerkten weder Robert noch Ostvald den Fremden, der ihnen zusah, bis er schon tief in den Großen Saal spaziert war. Erst, als er sich räusperte, drehten sie sich um und sahen ihn: um die vierzig, von durchschnittlicher Größe und eher dunkler Erscheinung, ordentlich gekleidet und in keiner Hinsicht einprägsam, wären da nicht die gelb-braunen Augen gewesen, denen nichts zu entgehen schien. »Verzeiht die Störung, werte Herren.« Er neigte den Kopf auf eine Weise, die ein Übermaß an Unterwürfigkeit geschickt vermied. »Mein Name ist Mortmain.«

»Wir sind keine ›werten Herren‹«, erwiderte Robert mit ausdrucksloser Stimme. »Für den Augenblick sind wir nur gewöhnliche Diener, so wie Ihr, bloß dass Ihr besser riecht. Und wir sind bei der Arbeit.«

»Ich bin vielleicht doch etwas mehr als nur ein gewöhnlicher Diener.« Mortmains Stimme war sehr eigen, recht hoch und rauchig, mit der perfekten Artikulation eines Schauspielers – Resultat von vielen Jahren der Mühe, sich über, unter oder durch König Krijes Gebrüll Gehör zu verschaffen.

»Das also sind Drachen?«, erkundigte er sich. »Ich war in

dem Glauben, Drachen wären etwas … größer? Bei uns zu Hause gibt es keine mehr.«

»Oh, es gibt auch große.« Robert inspizierte ein winziges Loch im alten Blasebalg und wünschte, der Mann würde ihn in Ruhe lassen. »Manche sehr viel größer als diese hier.«

Neugierig wollte Mortmain einen der toten Drachen berühren, doch Robert schlug fast mit dem Blasebalg nach seiner Hand und entließ dabei ein kleines Wölkchen Pulver in die Luft. Mortmain, der nicht wusste, dass diese Ladung *Drachengyft* schon nicht mehr gefährlich war, bedeckte eilig Mund und Nase.

»Fasst sie nicht an«, sagte Robert.

Sein ruhiger Ton ließ Mortmain zurückweichen.

»Es sind Drachen«, fuhr der junge Drachenbekämpfer fort. »Gewürm. *Geziefer.*« Um die Kadaver zu entsorgen, hatten er und Ostvald sich wieder umgezogen, sodass nun keine Maske seine Stimme dämpfte oder seinen Unmut verbarg. »Ein jeder hasst sie, und das zu Recht. Und so ziemlich jeder sieht auf mich und meine Zunft herab, auch dies zu Recht, weil ich die Schmutzarbeit erledige, die niemand sonst machen will: die armen Mistviecher vergiften, töten oder auf dem Drachenmarkt verkaufen. Den Drachenmarkt kennt Ihr nicht, Mortmain. Dort werden sie gehäutet – manche Händler machen das bei lebendigem Leib, damit Haut und Fleisch länger frisch bleiben und nicht so zäh werden. Was ich hier tue, kommt mir ja etwas gnädiger vor, aber ich mag mich auch täuschen. Ist schwer zu sagen, oder?«

Behutsam legte Ostvald seinem Freund die Hand auf die Schulter, doch vergebens. Robert hätte jetzt nicht mehr aufgehört, selbst wenn er es gewollt hätte. »Ja, es gibt größere, mein Freund, und einen, der größer ist als alle anderen. Vielleicht wird er eines Tages auf den Drachenmarkt kommen. Das würde ich sehr gern erleben.«

Mortmain wich immer noch zurück, indes derart geschickt und geschmeidig, dass man es kaum bemerkte. »Natürlich. Ich verstehe genau, was Ihr meint – eine treffliche, erhellende Sichtweise. Ich bitte abermals um Vergebung, aber ich suche eigentlich meinen Herrn, den Kronprinzen Reginald von Corvinia. Ich bin sein … äh … Berater, ebenso sein Leibdiener, und ehe der Morgen voranschreitet, müssen wir einige Angelegenheiten besprechen. Falls Ihr ihm bei Eurem Tagewerk zufällig begegnen solltet …« Und damit verschwand er, immer noch rückwärts.

»Was für ein Speichellecker«, kommentierte Ostvald abwesend. »Schlimmer als Könige, diese Leute.«

Doch Robert nahm ihn gar nicht wahr. Betäubt von der Arbeit, dem Schlafmangel und seinen düsteren Regungen hatte er dem Fremden kaum zugehört. Erst jetzt drang das Gehörte zu ihm durch, eines zuvorderst. »Ein Leibdiener«, murmelte er und starrte dem Verschwundenen nach. *»Der Leibdiener eines Prinzen …«*

Ostvald verstand ihn erst nicht. »Er ist ein richtiger Leibdiener!«, wiederholte Robert. »Aus Corvinia.«

»Ja«, antwortete Ostvald. »Hab ich mitgekriegt. Ist mir ziemlich egal.« Er schüttelte müde den Kopf, und beim Gedanken an die Größe des Schlosses und die nächsten Tage wurde ihm bang. Nicht zum ersten Mal wünschte er, dass Drachenbekämpfer eine Gilde hätten, so wie Maurer. »Was hast du damit gemeint, es gäbe irgendwo einen echt großen Drachen, größer als alle anderen? Ist da was dran?«

Robert antwortete ihm nicht gleich; er schien immer

noch Traumbildern nachzuhängen. »Der Älteste der Könige«, sagte er schließlich. »Angeblich schläft er in einer Höhle, tausend Jahre lang. Keine Ahnung, wäre doch schön, wenn es so wäre.«

»Nicht sofern ich in der Nähe bin, wenn er aufwacht.« Ostvald spürte, wie ihm der Magen ganz klein wurde. »Da kann ich mir wirklich Schöneres denken.«

»Ach, es ist bloß Gerede. Selbst wenn ich wünschte, dass es sich anders verhielte. Die Könige sind nicht mehr. Du und ich, wir werden sie niemals sehen.«

Sie arbeiteten bis tief in den Morgen. Robert trieb sich und Ostvald schonungslos an, bis ihnen schwindlig wurde und ihnen keine Wahl mehr blieb, als sich auszuruhen, obschon noch zwei Wände des Großen Saals auf sie warteten. Beide waren sie zu schwach und benommen zum Reden. Sie lehnten sich gegen eine Säule, schlossen die Augen und wärmten sich so gut es ging an den Sonnenstrahlen, die sich durch die Buntglasfenster schleppten.

Dort dösten sie ungeachtet der Umstände, als Prinzessin Cerise den Großen Saal betrat.

Begleitet wurde sie von jemandem, bei dem es sich nur um den Kronprinzen handeln konnte, von dem alle sprachen. Seine Schönheit war fast schon grotesk, wenn so etwas denn möglich war: groß und goldhaarig, mit strahlend blauen Augen, die Wangen und Brauen scharf wie Schwerter und doch so sanft, als wärmte sie ein früher Sommerhimmel, den der Prinz in seinem Inneren trug. Es war ein heroisches Gesicht, ein Heldengesicht – ein Drachentötergesicht – und Robert hasste es auf den ersten Blick.

Dennoch mühten sich Robert und Ostvald auf die Beine und verneigten sich tief vor den Neuankömmlingen. Der

Drachentötertyp erwiderte die Verbeugung elegant und in völliger Verachtung seines eigenen Stands, was ihn Robert umso verhasster machte.

»Ihr armen Männer!«, rief die Prinzessin aufrichtig entsetzt. »Wie vollends erschöpft ihr doch seid! Habt ihr etwa meinetwegen die ganze Nacht gearbeitet? Oh, das tut mir furchtbar leid – niemals, nie hätte ich verlangt, dass ihr keine Pause einlegt! Würdet ihr mir bitte eure Namen nennen? Es fällt so schwer, sich richtig zu entschuldigen, wenn man nicht einmal weiß, mit wem man spricht.«

»Ostvald Grandin, bitte vielmals um Verzeihung.«

»Und dein Freund?« Cerise blickte Robert an.

»Wir hatten bereits das Vergnügen, Königliche Hoheit. Ich bin Robert Thrax, Sohn von Elpidus Thrax, dem letzten Drachenbekämpfer. Sechs Jahre war ich sein Lehrling und bin ihm in dieser Rolle häufig hier im Schloss zur Hand gegangen. Unsere erste Begegnung ist mir noch lebhaft im Gedächtnis.«

Cerise wirkte erst verwirrt, dann schlagartig nicht mehr. Ihre Augen weiteten sich. »Oh. Ach du liebe Güte. Der Junge, der in mein Schlafzimmer einbrach? Das warst *du?*«

Nun war es an Prinz Reginald, verblüfft dreinzuschauen. Er blinzelte sie beide an.

»Zu meiner Verteidigung muss gesagt sein, dass ich mich damals an den Schwanz einer brütenden Stibette geklammert hatte«, merkte Robert an. »Sie schleppte mich zwei Flure weit, durch Eure Tür und beinahe aus dem Fenster, ehe mein Fuß sich an Eurem Nachttisch verfing. Sie entkam …«

»Und du hast alles auf dem Nachttisch zerbrochen …«

»Nicht absichtlich …«

»Und ich habe dich schrecklich beschimpft …«

»Ja.«

»Und es war so ziemlich das Lustigste, was mir je widerfuhr. Am Abend habe ich es Vater erzählt und wir haben gelacht und gelacht.« Sie lächelte versonnen.

»Ach wirklich? Als ich meinem Vater davon erzählte, schlug er mich. Sagte, ich hätte es besser wissen und der Stibette, statt sie am Schwanz zu packen, einfach den Hals umdrehen sollen.« Robert wandte sich dem Prinzen zu, der immer noch verdattert wirkte. »Die Prinzessin und ich waren beide neun.«

»Augenblick«, sagte Cerise. »Du kannst nicht der Drachenjunge sein. Der hatte doch einen lateinischen Namen! Ich erinnere mich jetzt wieder, weil er so altmodisch war, und ich habe ihn aufgezogen und Reime daraus gemacht.«

»›*Aurelius Stinkefuß, Heliogabalus Plapperfluss, was für ein Narr …*‹ Ja. Ich erinnere mich. Heute nenne ich mich einfach nur Robert.«

Ein betretenes Schweigen breitete sich zwischen ihnen aus. In Wahrheit war es kurz, aber wie häufig in solchen Momenten fühlte es sich endlos an. Schließlich flüchtete Cerise sich in den Schutz ihrer hohen Geburt.

»Ich muss schon sagen – wie nett, dich wiederzusehen. Und ich bin ja so dankbar, dass ihr meiner Familie aushelft. Seid ihr bald fertig?«

Robert war zu müde, ihr Versprechungen zu machen. »Nein. Vier Tage? Eine Woche? Vielleicht länger. Ich weiß es wirklich nicht genau, Hoheit. Das Schloss leidet unter starkem Befall, wie Ihr sicherlich wisst.«

»Natürlich weiß ich das«, antwortete Cerise und kehrte zum Tagesgeschäft zurück. »Und nicht bloß von Drachen –

sondern Alter, Sorglosigkeit, Gewohnheit, Routine und …« Ihr Gesicht flehte ihren Begleiter um Vergebung an. »Das ist unser Großer Saal, Reginald. Ich schäme mich so, ihn dir in diesem Zustand zu zeigen. Wir hätten ihn längst von Grund auf renovieren sollen.«

»Gar keine Ursache, meine Teure«, antwortete der Prinz gelassen. »Mein Vater ist genauso. Bloß nichts verändern an der alten Heimstatt.« Seine Stimme klang tief, rollend und *rund*, genau wie man es sich wünschen würde. Das missfiel Robert noch mehr. Dessen ungeachtet fiel ihm auf, dass die Prinzessin zwar fest an des Prinzen Arm hing und ihn anblickte wie eine darbende Katze ihren leeren Fressnapf, ihr Gast jedoch weit weniger hingerissen wirkte – wohlwollend zugeneigt, vielleicht, aber nicht im selben Maße hungrig.

»Hat Euer Diener Euch denn gefunden, Hoheit?«, fragte Robert.

»Wer, der gute Mortmain?« Prinz Reginald blickte auf die Prinzessin herab und tätschelte ihre Hand. »Ja, hat er. Hat wohl endlich begriffen, dass er, wo immer er Cerise antrifft, auch mich findet. So einfach ist das. Solange ich in Bellemontagne weile, stehe ich ihr zu Diensten.«

Die Prinzessin errötete – wahrscheinlich bis hinab zu den Zehenspitzen, wie Robert sich unwillkürlich ausmalte. »Ich werde dafür Sorge tragen, dass man euch Erfrischungen bringt«, verfügte sie dann. »Doch bitte ich euch: Der Große Saal *muss* heute Nachmittag drachenfrei sei, damit Prinz Reginald offiziell bei Hofe vorstellig werden kann. Dann dürft ihr euch zurückziehen und morgen mit dem Rest des Schlosses fortfahren.«

Prinzessin und Prinz wandten sich ab. »Hoffentlich stört unsere ländliche Schlichtheit dich nicht«, hörten Robert und Ostvald die Prinzessin noch sagen. »Verglichen mit der Herrlichkeit, die du aus Corvinia gewohnt bist …« Prinz Reginald zwinkerte ihnen ein letztes Mal zu.

»Ich weiß wirklich nicht, was alle Leute immer wollen«, verkündete Ostvald, sobald beide außer Hörweite waren. »Seit Jahren höre ich nur ›die Prinzessin dies‹, ›die Prinzessin das‹, dabei ist Elfrieda doch tausendmal hübscher!« Robert hätte etwas dazu angemerkt, aber irgendetwas schien mit seinem Hals nicht zu stimmen.

Bald darauf brachten Diener ein spätes Frühstück, zweifellos auf Befehl der Prinzessin. So arbeiteten sie weiter bis über den Mittag. Am meisten Mühe bereitete nun die Entsorgung: Es brauchte zwölf Fuhren mit dem Karren, um sämtliche Kadaver vorübergehend in den tiefsten Gewölben des Schlosses zu deponieren; und am Ende überragte der Berg toter Drachen sogar ihre Köpfe.

Als sie in den Großen Saal zurückkehrten, um ihre Ausrüstung zu holen und die letzten Spuren ihres Einsatzes zu beseitigen, hörten sie bereits, wie sich draußen die Trompeter aufwärmten. Sie dagegen konnten kaum noch aufrecht stehen. Während sie den Wagen beluden und das restliche, inzwischen harmlose *Drachengyft* auffegten, versuchte Ostvald aus dem Augenwinkel das Mienenspiel seines Freundes zu deuten. Schuld und Trauer waren leicht zu lesen – damit hatte Ostvald seine eigenen Erfahrungen. Gefolgt wurden sie jedoch von einem Ausdruck, den er noch nie in Roberts oder eines anderen Menschen Gesicht gesehen hatte. Es war Wut – ganz eindeutig –, eine Wut jedoch, welche die Züge derart zu verzerren schien, dass man das Gesicht kaum noch als solches erkannte. Die schattenhafte Wandlung war nur von kurzer Dauer; schon im nächsten

Moment sah Ostvald lediglich das ihm seit Kindheitstagen vertraute Gesicht, wenn auch müde bis auf die Knochen. Robert grunzte. »Gehen wir heim.«

Ostvald zögerte. »Meinst du, wir könnten uns vielleicht noch diese – wie nannte sie es? – Vorstellung ansehen? Ich würde Elfrieda gerne davon erzählen, wo sie doch noch nie am Hof war. Bloß ein bisschen?«

Robert seufzte. Er wünschte sich nichts sehnlicher, als dem Großen Saal zu entkommen, ja ganz Schloss Bellemontagne, allem, was mit dem Tod von Drachen zu tun hatte. Aber Ostvald bat ihn so selten um etwas – außer vielleicht mal um einen freien Tag oder ein zweites Bier –, dass Robert es nicht übers Herz brachte, ihm seinen Wunsch abzuschlagen. »Also schön. Bloß ein bisschen.«

Sie fanden ein Plätzchen hinten in der Halle, wo sie sich gegen eine Säule lehnen und verfolgen konnten, wie die Trommler und Trompeter hereinmarschierten und die übrigen Musiker ihre Plätze in der Galerie einnahmen. Die Ränge füllten sich mit Menschen in höfischer Kleidung, derart prunkvoll, dass Ostvald allenthalben große Augen machte und ihm der Mund offen stand. Darunter mischten sich die verschiedenen Prinzen, die durch die Bank vergleichbar wenig Wert auf ihre eigene Anwesenheit legten wie Robert auf seine. Allerdings fühlten sie sich dazu verpflichtet, spürten sie doch, dass ihr Konkurrenzkampf deutlich härter geworden war. Sie alle trugen ihr herrschaftlichstes oder quasi-herrschaftliches Ornat und hielten besorgt nach ihrem neuesten Rivalen Ausschau.

Nun kündigte dramatischer Fanfarenklang König Antoine und Königin Hélène an, beide in ihrer besten Garderobe. Der König hieß die Versammelten – fast jeden namentlich – zum Empfang zu Ehren des Prinzen Reginald von Corvinia willkommen. »Wenn Elfrieda das nur sehen könnte!«, stieß Ostvald ein ums andere Mal aus und bedauerte, dass sich all die Pracht unmöglich einprägen ließ. Robert dagegen war nach fast zwei Tagen ohne echte Pause alles gleich. Ostvald konnte ihm ja später alles erzählen. Er schloss die Augen, seufzte und entspannte sich.

Fast war er im Stehen eingeschlafen, als die Fanfaren abermals erschallten und die Trommeln in einen hysterischen Freudentaumel ausbrachen. Die Prinzessin trat ein, Arm in Arm mit Prinz Reginald. Sie wirkten so perfekt als Paar, dass es dem Konzept der Perfektion jeden Sinn raubte. Es ärgerte Robert zutiefst, dass er bei Cerises Anblick einen Stich im Herzen verspürte, und einen absurden Anflug von Eifersucht ob der Art, wie sie zu ihrem Begleiter aufsah. »Es reicht«, grollte er. »Lass uns gehen.«

Doch das Spektakel hatte Ostvald in seinen Bann gezogen, und er rührte sich nicht vom Fleck. Robert blieb nichts, als zu warten, und er konnte noch nicht einmal wieder die Augen schließen.

Dann sprach die Prinzessin in dem warmen, sanften Ton, den Robert viel zu tief in seiner Magengrube spürte: »Vater, Mutter, darf ich vorstellen: Reginald Richard Pierre Laurent Krije, Kronprinz von Corvinia, Erzherzog von Bornitz, angestammter Thronprätendent von Südost-Selmira.« Die Fanfaren drehten schier durch vor Freude, und die Prinzen tauschten Blicke des Entsetzens. Dies übertraf ihre schlimmsten Befürchtungen.

König Antoine erhob sich und reichte Prinz Reginald seine Hand. Dieser verbeugte sich ganz tief und sank dabei auf ein Knie.

Das würde ich in tausend Jahren nicht so hinkriegen, dachte Robert.

»Werter Prinz, Ihr erweist unserem Land und seinen Menschen große Ehre«, sagte der König mit klarer Stimme. »Und wir heißen Euch willkommen, wie es sich gebührt.« Cerise wirkte etwas verstimmt, und Robert – der sie intuitiv auf eine wortlose Weise verstand, über die er lieber nicht nachdenken mochte – begriff auch wieso: Er hatte herzlichere Begrüßungen unter Brüdern bei der väterlichen Testamentseröffnung erlebt.

»Reginald von Corvinia!«, fuhr König Antoine fort. »Sohn von König Krije, der den gefürchteten Zauberer Dahr bezwang, noch ehe Ihr geboren wurdet ... Krije, der Schrecken aller Übeltäter und ... Täter, die auch nur an Übles denken ... Krije, Herr von Land und See und seiner meisten Nachbarn ...« Königin Hélène packte einen Zipfel seiner Robe, doch der strahlende König kannte kein Halten. »Krije, Geißel der Mächtigen, Zerstampfer der Triumphierenden, Zerstörer der ... na ja, der an sich wirklich Schwachen ...« Die Königin zerrte nun wie ein Fischer, der einen Wal an Bord zu ziehen versucht, und riss ihn fast von den Beinen. Wacker fuhr der König fort: »Krije, der nie in seinem Leben das Land eines anderen begehrte, sondern nur, was sich aus freien Stücken seinem anschloss ...«

Zu guter Letzt verlor er da den Kampf gegen den unerbittlichen Zug seiner Frau und fiel zurück auf seinen Thron. »Reginald, Sohn des Krije, wir heißen Euch willkommen in Bellemontagne!«, rief er beherzt.

Unter dem Donner der Musik hörte Robert den Prinzen mit tiefer, milder Stimme den königlichen Gruß erwidern. Erst nahm er die Hand des Königs zwischen seine, dann küsste er die Hand der Königin in pflichtgetreuer Demut. Nach kurzer Konversation zollte er seinen Respekt auch den anderen Würdenträgern des Hofes, während Prinzessin Cerise noch immer an seinem Arm hing. »Jetzt«, sagte Robert zu Ostvald. »Wir gehen jetzt.«

Als sie ihren Karren mühsam durchs Tor schoben, begegneten sie Mortmain, der mit höflicher Verbeugung beiseitetrat, um ihnen Platz zu machen. Robert zögerte kurz, denn er war voller Fragen, die er gerne gestellt hätte. Doch war es der gänzlich falsche Moment dafür, und obgleich es niemals einen anderen geben mochte, stemmte er erneut die Schultern gegen die Pflicht, die ihm sein Vater hinterlassen hatte.

~

Am Abend ging Cerise zu ihren Eltern, um ihnen ihre Meinung zu den verwandten Themen ihrer öffentlichen Demütigung und allgemein üblicher Umgangsformen kundzutun. Sowohl König als auch Königin taten ihr Möglichstes, ihre Entrüstung zu mildern, aber keiner schien ihr ganz den rechten Ton zu treffen, von daher verließ Cerise ihre Gemächer noch empörter, als sie gekommen war.

Sobald der Hall ihrer Schritte verklungen war, sagte Königin Hélène: »Das lief doch insgesamt ganz gut, würde ich sagen.« Sie lächelte in tiefer Zufriedenheit. »Wenn er ihretwegen hier ist und es bloß nicht zugeben mag, ist ein suspekter Vater nur ein weiteres Hindernis auf dem Weg. Wenn er dagegen hier ist, um für Krijes Armee unsere Schwächen auszukundschaften, nur zu – dann weiß er nun, dass wir ihm auf der Schliche sind, und ich bezweifle, dass er auch nur fünf freie Minuten am Tag findet, in denen

Cerise nicht versucht, dein fürchterliches Gebaren wiedergutzumachen. Das heißt, dass der Einzige, auf den wir ein Auge haben müssen, der andere ist, dieser Diener – sofern er denn wirklich einer ist. Mortmain.«

»Es gefällt mir nicht, Cerise auf diese Weise zu benutzen, meine Liebe. Wirklich nicht.«

»Sie spielt ihre Rolle, so wie wir alle. Und es war *deine* Idee. Keine Sorge – wenn es an der Zeit ist, werde ich ja wohl diejenige sein, die es ihr erklärt.«

SIEBEN

Die toten Drachlinge von Schloss Bellemontagne verrotteten schließlich doch nicht in einer feuchten Höhle unter den Klippen oder in einer hastig ausgehobenen Grube im Wald. Normalerweise hätte sich angesichts des entspannten Regierungsstils des Königs eine von beiden Vorhersagen wohl bewahrheitet. Seine geschäftstüchtige Frau hingegen betrachtete solche Fragen – und die Welt überhaupt – von einer gänzlich anderen Warte. Nachdem sie sich so lange mit einem Leben voller Drachen abgefunden hatte, sah Königin Hélène keinerlei Veranlassung, für ihren Tod erst zu zahlen und die Kadaver dann zu verschwenden – jedenfalls nicht, wenn genau die Person, die einen hübschen Profit garantieren konnte, bereits in ihren Diensten stand. Und so fand sich Robert – unter Umständen, die er sich nie hätte träumen lassen – auf dem Weg zum Drachenmarkt wieder.

»Versprecht Euch nicht zu viel davon«, sagte er kopfschüttelnd. »Ich bin kein großer Feilscher wie mein Vater und nicht im Geringsten einschüchternd. Ich werde niemandem mehr als einen fairen Preis abpressen können.«

»Hmmpf«, brummte der Kammerherr. Er saß neben ihm auf dem Wagen, den sie fuhren, und sein Gesicht trug dieselbe berufliche Gewitterwolke wie immer zur Schau.

»Ich habe mit Elpidus Thrax gearbeitet und ihn ausgezahlt, junger Mann. Wäre dies *sein* Auftrag gewesen, weißt du, was er getan hätte? Er wäre wie ein heimgekehrter Argonaut durchs Tor stolziert, genau, und hätte sich dann genug Bier und Met reingeschüttet, um sich geradenwegs zurück zur See zu spülen. Und zwischen dem Trinken, dem Schultergeklopfe und den Spuckwettbewerben hätte er sich bei jedem einzelnen Handel die Hosen ausziehen lassen. War kein schlechter Mann, dein alter Herr, bei allen Fehlern. Aber auch nicht heller als der Rest, wenn er nicht in seinem Element war. Und das da …« Er deutete auf die Ladefläche hinter ihnen. »Das stellt alles, was sich sein verrückter Kopf je ausgemalt hat, in den Schatten.«

Robert konnte nicht anders, als sich umzudrehen.

Hinter ihrem großen Pferdewagen fuhren achtundzwanzig weitere, ein jeder von einem Fuhrmann in höfischer Tracht gelenkt, alle in den königlichen Farben und mit einer außergewöhnlichen Zahl toter Drachen beladen. Auf Geheiß der Königin hatte man die Kreaturen bereits nach Spezies, Farbe, Geschlecht und weiteren Merkmalen sortiert, um einen raschen Verkauf zu ermöglichen. Zwei Tage hatte Robert gebraucht, um die Dienerschaft bei dieser Arbeit zu unterstützen, tief im kalten Keller des Schlosses, wo das Licht auf Drachenhäuten glitzerte, als hätte man die toten Körper mit Messing und zermahlenem Diamant bestäubt. Die letztendliche Zählung war erschreckend exakt ausgefallen: siebentausendzweihundertachtundneunzig Drachlinge von einundzwanzig verschiedenen Spezies, darunter zweitausendzweihundertdreißig Männchen, zweitausendneunhundertfünfundvierzig Weibchen, tausenddreihundertdreiundachtzig Hermaphroditen und siebenhundertvierzig, die für eine akkurate Bestimmung noch zu jung waren. Der größte Drachling war beinahe sechs Handbreit lang, der kleinste maß nicht einmal eine halbe Hand von Schnauze bis Schwanzspitze.

Robert konnte nur mutmaßen, wie viele Kadaver noch in den Wänden steckten.

Kurz hatte er erwogen, sich zu weigern; hatte sich gesagt, dass die vage mündliche Vereinbarung, die er mit König Antoine getroffen hatte, es nicht hergab, dass man nun auch noch von ihm erwartete, den ganzen Fang eines normalen Jahres an einem einzigen Tag zum Markt zu schaffen. Doch er wusste, dass er sich etwas vormachte. Und angesichts des Zustands seines Heims und der Bedürfnisse seiner Mutter und Geschwister durfte er auch nicht einfach seinen gerechten Anteil am Gewinn ausschlagen.

Und was machte es denn noch für einen Unterschied? Tot war tot, und Schuld geriet in größerem Maße nicht saurer, bloß immer tiefer. Sein Leben war ihm von Vater und Schicksal bestimmt: Seine Regeln konnte er niemals brechen, gleich wie sehr er vom Unmöglichen auch träumte.

Sie fuhren unter den gekreuzten Rippenknochen durch, die den Eingang des Drachenmarktes markierten, hinein ins Chaos. Teils waren Tumult und Lärm der natürlichen Kakophonie des Marktes geschuldet – das Schreien und Zischen der gefangenen Drachen, die Rufe der Händler, das Kreischen und Lachen der Kinder, die spielten und nach Süßigkeiten verlangten –, aber zum Großteil waren sie selbst die Ursache. Wagen um königlichen Wagen kamen sie hereingeschaukelt. Ihre Ankunft war wie ein Funke auf trockenem Zunder und ließ die Gerüchteküche aufflammen. Händler und Käufer unterbrachen ihr Gefeilsche, als die Kunde sich verbreitete, und drängten näher, um das Wunder mit eigenen Augen zu sehen. Rufe und Fragen schlugen hierhin und dorthin: *Das ist doch Robert! Genau, Elpidus' Junge! Meine Fresse, du glaubst ja nicht, was er da bringt … Nein, ich fasse es ja selbst kaum, aber einer der Wagen ist mir fast über den Zeh gerollt, ich bilde mir das also nicht bloß ein!* Das Knäuel der Glotzäugigen wurde so dick wie alte Milch, und selbst dem strengen Kammerherrn fiel es schwer, die Wagen auf dem freien Platz am Eingang sinnvoll anzuordnen.

Robert erhob sich von seiner Bank auf dem vorderen Wagen, sodass alle ihn sehen konnten, und gestikulierte, bis nach reichlich langer Zeit endlich Schweigen einkehrte.

»Teure Freunde und Nachbarn, ihr kennt mich gut!«, rief er so laut er konnte. »Und wie manche schon vernahmen, war ich die letzten neun Tage in den reich gefüllten Kammern des Schlosses auf der Jagd!«

»Na, bei Jarold warst du jedenfalls nicht«, erwiderte jemand. »Dachte schon, deine Mutter lässt dich nicht aus der Scheune!«

Rauhes Gelächter und Gejohle machten die Runde. Robert tat verletzt, dann gestattete er sich ein Lächeln. »Bei Jarold sehen wir uns heute Abend, Guillaume – und ich weiß, dass du kommst, denn die Runde wird auf mich gehen. Des Königs Verlust an Untermietern ist mein Gewinn. Des Königs Verlust ist unser *aller* Gewinn, wie ihr ja sehen könnt. Albrecht Schenck, bist du da? Ich hab ein Dutzend Surikaken für dich, perfekt zum Gerben, ohne jeden Makel. Und du, Bernard Ullie Gabrie, du Größter aller Gauner – ich habe Tichorne, Gott sei's gedankt – weißt du noch, wie du mich letztes Mal angefleht hast, ich möge welche herbeizaubern? Ich habe für jeden etwas – plus das Versprechen des Königs, dass die Hälfte des Preises, den ihr zahlt, von der Königin einem guten Zweck im Reiche zugeführt wird. Also haltet nicht länger Maulaffen feil, raus mit der Sprache! *Will hier heute jemand einen Drachen kaufen?*«

~

In früheren Tagen war der Drachenmarkt eine mobile Angelegenheit gewesen, die je nach Jahreszeit vor Anker ging, doch niemals länger vor Ort blieb. Die Gründe hierfür waren teils abergläubischer, teils praktischer Natur – einvernehmlich, aber nie schriftlich fixiert. Bedürfnisse ändern sich jedoch, und Überzeugungen neigen dazu, sich ihnen zu beugen oder sich neu zu erfinden. Eines Winters erreichten die Geschäfte auf dem Markt schlicht ein Ausmaß, das eine Unterbrechung zu teuer gemacht hätte. Und einfach so – gleich einem Taschenspielertrick – wurde die Karawane sesshaft. Die Spuren des abrupten Übergangs zeigten sich noch in der mäandernden Anordnung der Stände, die ihre besten Zeiten einst als Wagen gesehen hatten. Der Wildwuchs der Stellwände und Schilder war Ergebnis lautstarker Kompromisse, nicht Planung. Der Drachenmarkt hatte Wurzeln geschlagen, war für solcherlei Konstanz jedoch schlecht geeignet. So verrenkte er sich wie eine Katze, die sich nicht für die richtige absurde Schlafposition entscheiden mag.

Robert kannte und hasste jede einzelne der lauten, stinkenden Ecken des Marktes und blieb nie länger als nötig, seit sein Vater tot war und er das Sagen hatte. Nachdem er endlich – nach vielen langen Stunden – das Geschäft des

Königs abgeschlossen hatte, musste er nur noch die unvermeidliche Runde drehen, dann durfte er nach Hause oder zu Jarolds fliehen, was immer raschere Erlösung versprach.

Er quetschte sich durch die engen, verwinkelten Gassen und versuchte, die verstohlenen Blicke und das Getuschel zu ignorieren. Seine Aufmerksamkeit galt allein der unüblich schweren Börse unter seinem Hemd. Es war kein guter Tag – was Robert anging, war kein Tag auf dem Drachenmarkt jemals gut –, doch hatte er die Hoffnung noch nicht aufgegeben, den Stachel seines Gewissens irgendwie zu ziehen.

Der Himmel kündigte inzwischen Regen an, die Geschäfte aber liefen nach wie vor gut – nicht bloß mit Drachenhäuten, Zähnen und Innereien (Leber und Schwanzfleisch bestimmter Spezies galten als Delikatesse, während gemahlene Schnappserherzen einen Ruf als Aphrodisiakum hatten), sondern auch mit Bier und heißer Suppe und Drachenklauen aus Zuckerwerk. Er sah eine alte Frau energisch um den Preis eines noch gar nicht abgetrennten Drachenschwanzes verhandeln, während eine jüngere Kundin mit drei Kindern am Rockzipfel sie zu überbieten versuchte und der arme Drache mit Augen wie Topasfeuer zuschaute. Ein weiterer Händler bot mit wenig Erfolg seine Schlingen und Fallen zum halben Preis an. Robert hätte es ihm sagen können: Kein professioneller Fallensteller würde derart schäbige Arbeit je kaufen, und die meisten gewöhnlichen Leute wollten mit diesem Geschäft nichts zu tun haben. Wieso auch Bisse, Verbrennungen oder Schlimmeres riskieren? Nein Danke! Lieber Robert Thrax und seine Zunft rufen. Sollten die sich der Gefahr doch stellen und mit der Verachtung leben.

Er musterte die trocknenden Häute und noch lebenden Exemplare. Seltenere Spezies fielen ihm sogleich ins Auge. Er prüfte die Schneiden der Abhäutemesser und lobte die Schmiede. Und schließlich blieb er vor einem Stand stehen, der farbenprächtiger als alle anderen geschmückt war.

Dagobert Swanes Spezialität waren Importe. Er war stolz auf seine zahlreichen Zulieferer, die ihn mit Kreaturen versorgten, von denen andere Händler nur träumen konnten. Seltene Abarten, unverhoffte Kreuzungen und Kuriositäten – all dies fand sich in seinem Sortiment, und er genoss den Ruf, den sie ihm bescherten, fast so sehr wie die Preise, die sich dafür verlangen ließen.

Das heutige Kernstück von Swanes Auslage war ein großer Käfig mit einem Pärchen *Serpens avramis karchee*, die angeblich aus Ägypten oder einem Land in Afrique namens Monomotapa stammten – genau wusste das nur Dagobert, und der änderte seine Geschichte stündlich. Die *Karchee* glichen keinen anderen Drachen auf dem Markt: Aus einer Perspektive schimmerten sie regenbogenfarben wie der Himmel nach einem Sturm und aus einer anderen türkis, als wären sie vom Kopf bis zur Schwanzspitze in tiefes Meer gehüllt. Anderthalbmal so groß wie die größten Hausdrachen aus Schloss Bellemontagne, kauerten sie im hintersten Winkel des Käfigs und fauchten neugierige Kunden böse an. Bei Roberts Anblick jedoch kamen sie langsam hervor und fixierten ihn mit ihren rein weißen, scheinbar pupillenlosen Augen. Robert kniete sich hin, drückte seinen Handrücken gegen das Gitter und ließ die *Karchee* daran riechen.

»Hübsche Kerlchen, oder, Robert?«, grüßte ihn Dagobert. »Die ersten seit Ewigkeiten.«

»Vor sechs Jahren hattest du schon mal einen, und drei im Jahr davor. Das weiß ich noch. Die waren auch größer als diese hier.«

»Von wegen. *Du* warst noch kleiner, das ist alles, deshalb kamen sie dir größer vor. Stimmt aber, dass ich die beiden erst ein bisschen großziehen will, bevor ich sie verkaufe – und nicht nur, um es Bosset aufs Brot zu schmieren. Ein *Pärchen*, Robert – hast du eine Ahnung, was die mal wert sind, wenn sie zwanzig auf die Waage bringen?«

Robert erhob sich. »Mehr, als du verdient hast. Wie üblich.«

Der Händler lachte gutmütig. »Eines Tages wirst du dir mit deiner spitzen Zunge noch was tun, mein Junge. In unserem Geschäft ist kein Platz für falsche Scham. Kannst du dir genauso wenig leisten wie ich, bei all den Mäulern, die du stopfen musst.« Er schaute Robert listig an und rieb sich das Kinn. »Magst du die beiden vielleicht kaufen?«

»Wieso sollte *ich* das wohl tun? Nicht mein Geschäft.«

»Ich weiß nur, dass du gerade einen Haufen toter Drachen verkauft hast. Und dass du plötzlich einen Bauch auf einer Seite deines Hemds hast – doch kaum, weil du die linke Hälfte deines Essens gegessen hast?« Dagobert grübelte demonstrativ, dann hellten sich seine kleinen Augen plötzlich auf. »Ein Mann mit den nötigen Mitteln will doch vielleicht seine Optionen erweitern! Sich auf ein respektableres Gewerbe verlegen. Und dafür braucht es einen guten Start. Was Besonderes wie diese Häute zum Beispiel! Oder vielleicht willst du ja in die Zucht einsteigen? Weißt du, Robert, du bist genauso ein offenes Buch, wie Elpidus es immer war. Du willst die beiden haben, oder zumindest schmeckt es dir nicht, dass *ich* sie habe, so viel ist klar. Ich sag dir was, hör mir gut zu – ein *echter* Freundschaftspreis. In einem halben Jahr bringen die beiden mir je dreißig Silber, kosten mich bis dahin aber auch mindestens fünfzehn an Futter und Pflege – plus die Nerven, diese Unterhaltung noch einmal zu führen, wenn du erst ganz ausgehungert vor mir stehst. Also gib mir heute sechsunddreißig und sie gehören dir. Oder neunundzwanzig, und leg dafür ein gutes Wort für mich bei deiner Mutter ein.« Robert starrte ihn an, aber Dagobert grinste nur, die Daumen in den Gürtel gehakt. »Ansehnliche Frau, die Gute, und ich bin nicht der einzige Mann hier, der so denkt. Ein gutes Wort, nichts weiter – den Rest erledige ich. Fairer geht's doch kaum, oder?«

Robert öffnete den Mund, um etwas zu sagen, da bemerkte er Mortmain, der in diskretem Abstand hinter dem Händler stand. Er lächelte, als er Roberts Aufmerksamkeit gewahr wurde, formte deutlich *Wenn Ihr fertig seid* mit den Lippen und schlenderte zu einem Stand mit Kleidung und Rüstungsteilen.

Ohne Dagobert noch einmal anzusehen, murmelte Robert: »Ich komme später wieder« und folgte Prinz Reginalds Diener.

Als er ihn erreichte, betastete dieser gerade ein schlichtes Drachenhauthemd und lauschte höflich dem Verkäufer, der dessen zahlreichen Vorzüge anpries. Zu diesen zählte nicht zuletzt ein Schutz vor Flöhen und Läusen, außerdem vor Armbrustbolzen und so ziemlich allem abgesehen vielleicht von einem Schlachtbeil, wenn ein Riese es führte. Es war ein hervorragendes Verkaufsgespräch, und Robert bedauerte die Unterbrechung, doch er hatte guten Grund dazu.

»Ich würde vom Kauf abraten«, mischte er sich ein. »Das ist Hausdrache, *Serpens domus borenza* bestenfalls, kein

Hauch von *Feuerdrach*. Das hält nichts ab, was schärfer als ein Löffel ist.«

Die Miene des Verkäufers verfinsterte sich. »Gottvermodert, Robert Thrax …«

Mortmain hob eine Braue. »Da Ihr diesen jungen Herrn zu kennen scheint, muss ich davon ausgehen, dass er die Wahrheit spricht. So wie ich schon davon ausging, dass es sich bei Euch und allem, was Ihr sagtet, gegenteilig verhält … obgleich Ihr es sehr hübsch gesagt habt, das muss ich Euch lassen. Und die Steppung gefällt mir wirklich. Um diesen schönen Tag nicht zu verderben, biete ich Euch ein Fünftel dessen, was Ihr wolltet – immer noch doppelt so viel, wie dieses Hemd wert ist. Was meint Ihr?«

Anscheinend war das in Ordnung, denn der Handel wurde umgehend abgeschlossen.

»Einen wertvollen Rat noch«, schob Mortmain nach. »Als kleine Dreingabe: Wenn Ihr nächstes Mal einen Akzent wie den meinen hört, denkt bitte daran, dass man mich zu Hause in Corvinia für einen lausigen Feilscher hält.« Als er sich Robert zuwandte, schienen seine Augen plötzlich aus einem anderen Gesicht zu blicken. »Und nun, Herr Thrax – wenn Ihr mich bitte begleiten mögt?«

~

»Ja, ich kam Euretwegen, und ja, ich verrate Euch auch gleich, weshalb. Doch gestattet erst eine andere Frage.« Der Diener nahm einen Dolch aus einer Kiste und drehte und wendete ihn im Licht der Nachmittagssonne. »Haltet Ihr diese Einlegearbeit für echtes Drachenbein? Und wenn ja, welche Spezies?«

»*Serpens flamma uxbeck.* So dünn geschliffen wie hier, erkennt man die silbrige Maserung. Und ehe Ihr mich nach dem nächsten Dolch in der Kiste fragt, oder dem darunter, die sind Fälschungen. Das meiste hier sind Fälschungen. Hannes hätte das zwar nicht nötig, aber er mag seine Gewinnspanne einfach zu sehr.«

»Mein Herr, ich schwöre bei den goldenen Häuptern meiner drei kleinen Kinder …« Der schmächtige Händler schrie lauthals wie ein Hausierer und tänzelte geradezu vor Nervosität.

»Du *hast* gar keine Kinder, Hannes – zumindest keine, die deinen Namen kennen.«

»Ja gut, aber das wusste *er* doch nicht, oder? Herr im Himmel!« Hannes ignorierte Robert und ging Mortmain unverhohlen an. »Schaut her! Wollt Ihr den nun oder nicht?«

»Nein. Aber ich hätte gerne eine der Fälschungen.«

Hannes und Robert sahen beide verdutzt drein, doch Mortmain ließ sich nicht beirren. Er wühlte mehrere Minuten in der Kiste, bis er seine Wahl getroffen hatte und verkündete, dass er hochzufrieden damit sei.

Sie gingen weiter. Die Art, wie Mortmain sich mit natürlicher Eleganz durch die Menge fädelte, faszinierte und befremdete Robert zugleich. Schweigend führte Mortmain ihn zum Rande des Marktes. Dort, den Rücken zum Gedränge, den Blick zum ruhigen grünen Waldesdunkel, wurde er ernst.

»Ich habe drei Fragen für Euch, mein Herr. Vielleicht auch bloß eine. Könnt Ihr ein Geheimnis wahren?«

Robert dachte an die Drachlinge, die bei ihm daheim lebten, und von denen bloß seine Familie wusste. Er nickte.

»Gut.« Mortmain war offensichtlich zu einer Entscheidung gelangt. »Also dann – was war der größte Drache, den Ihr je erlegt habt?«

»Der größte oder der gefährlichste? Das ist ein Unterschied.«

»Beides, wenn es Euch genehm ist.«

Eine wahrheitsgemäße Antwort verlangte, Erinnerungen wachzurufen, die Robert sonst zu meiden suchte, doch die Wissbegierde hatte ihn gepackt. »Der gefährlichste muss ein schwangeres Nebeldrachenweibchen gewesen sein. Nicht größer als eine Faust, aber Nebeldrachen sind lebendgebärend, ein Drachling pro Jahrzehnt, und die Mütter haben diesen kleinen Trick auf Lager: Sie spucken Gift, wirklich übel. Ein paar Tropfen reichen, ein Pferd zu töten, und die Dämpfe allein lassen einen Blut husten, wenn man es in die Lunge kriegt.«

»Und so einen habt Ihr getötet.«

»Fünf bis heute.«

»Fünf!«

»Sind zu wertvoll, es nicht zu versuchen. Aus den Drüsen machen manche Leute starke Medizin. Was nun die Frage nach dem größten betrifft – mindestens einmal pro Jahr wagt sich ein hungriger Rakai aus dem Gebirge, und ich kümmere mich darum, bevor er zu viele Schafe und Ziegen reißt. Meistens reichen Fallen, aber letztes Jahr musste ich einen töten, der mindestens zweimal so lang war wie Ihr. Brauchte einen Speer dazu.« Er schwieg kurz. »Weshalb fragt Ihr?«

Mortmain hob eine müde Braue. »Weil ich gewisse … Dienste benötige, und Ihr mir der geeignete Kandidat zu sein scheint. Ihr kennt Euch gut mit Drachen aus, versteht

Euch auf Diskretion und wünscht Euch offenkundig auch etwas von mir – obgleich es mir ein Rätsel ist, was das sein könnte, denn Geld habt Ihr ja inzwischen genug. Dieses Rätsel zu ergründen wäre tatsächlich Gegenstand meiner dritten Frage. Die hiermit gestellt wäre.«

»Ich brauche gar nichts.«

»Unsinn! Ich habe doch Eure Blicke im Schloss gesehen. Die Prinzessin Cerise lenkt Euch nicht von der Arbeit ab, mein Herr ebenso wenig. Ich aber schon. Und ich wüsste gerne, wieso, ehe wir unsere Unterhaltung fortsetzen.«

Roberts Lippen spannten sich. »Es gibt nichts zu sagen.«

Mortmain musterte ihn und ließ den Augenblick verstreichen. Dann seufzte er tief und gab sich geschlagen. »Nun, Drachentöter, da habt Ihr wohl recht. Verzeiht, dass ich Eure Zeit gestohlen habe.«

Er wandte sich ab.

»Ich bin kein Drachentöter!«, platzte es aus Robert hervor. »Ich bringe die verdammten Biester bloß um! Was *wollt* Ihr von mir?«

Mortmain hielt inne, drehte sich aber nicht um.

»Sprecht weiter.« Die Worte waren unerbittlich, wie in Stein geschlagen. »Was hättet Ihr mit diesen funkelnden Drachen getan, die Ihr fast gekauft hättet?«

»Ich ...« Robert stockte, ehe er *Ich wollte sie gar nicht kaufen* sagte, denn er erkannte mit beängstigender Klarheit, dass der Diener richtig lag – eine weitere Minute vor dem Käfig und er hätte es getan. Familiäre Verpflichtungen hin oder her, er hätte sie wirklich gekauft. Die Einsicht quälte ihn.

Schließlich sagte er: »Wieso der Dolch mit dem falschen Drachenbein und nicht dem echten?«

Da drehte Mortmain sich um. Anerkennung und Überraschung spielten auf seinen Zügen. »Wir werden also handeln, wie all die ehrbaren Kaufleute auf diesem Markt? Eure Wahrheit für die meine, ohne Einschränkung?«

Robert fühlte sich zunehmend schwach auf den Beinen, als drehte sich die ganze Welt unter ihm fort, mit ungewissem Ziel. »Ich … ich weiß nicht. Könnt *Ihr* denn ein Geheimnis wahren?«

»Meine ehrliche Antwort: So gut, wie es nötig ist. Nun ich: Wolltet Ihr sie ihrer Häute wegen? Ging es ums Geschäft oder um etwas anderes?«

»Ich wollte sie freilassen.« Robert blickte auf seine rauhen, leeren Hände, als verbärge sich in ihren Schwielen die Erklärung. »An einem sicheren Ort. Wo immer der auch sein mag.«

»So ist das also«, sann Mortmain und kam ein Stück weit zurück. »Sehr interessant. Da verdient jemand sein Geld damit, dass er Drachen tötet – oder bekämpft, wenn Euch das lieber ist. Und doch will er die Drachen vor der Schlachtbank retten. Eine etwas rätselhafte Schwäche, meint Ihr nicht?«

»Ich will ja gar kein Drachenbekämpfer sein!«, stieß Robert aus. »Ein Drachenretter aber eigentlich auch nicht.«

»Was Ihr nicht sagt. Was *wollt* Ihr denn sein, guter Herr?«

»Dasselbe wie Ihr.«

In grenzenlosem Staunen gaffte Mortmain ihn an. »Wie ich? Ein gewöhnlicher Diener?«

»Der Leibdiener eines großen Prinzen!« Robert zögerte, peinlich berührt von seinem eigenen Eifer. »Gut, ein ganz so großer Prinz müsste es gar nicht sein. Eigentlich egal, wer es ist, solange sein Weg mich nur weit fort von hier führt. Diesen Ort und den Beruf meines Vaters endlich los sein; nie mehr *Elpidus' Junge* sein, sondern einfach nur ich, und einer anständigen, ehrenwerten Arbeit nachgehen, die meinem Stand entspricht … davon habe ich mein Leben lang geträumt.«

Mortmain mochte es immer noch nicht glauben. »Bei Euch klingt das romantisch. Doch das Leben eines Dieners ist nichts, was die meisten Leute romantisch fänden. Auch ich nicht. Die Arbeit ist härter, als man es sich vorstellt. Vor allem in meiner besonderen Lage.«

Robert runzelte die Stirn. Die Worte sprudelten verwirrt aus ihm hervor. »Wieso das denn? Prinz Reginald ist schließlich … na ja, er ist perfekt, oder nicht? Ich meine … schaut ihn doch an!«

»Es versetzt mich immer wieder in Erstaunen, dass das Falsche und das Wahre oftmals Hand in Hand gehen«, sinnierte Mortmain. »Wie mit dem Dolch, den ich gekauft habe. Ihr wolltet wissen, weshalb ich der Fälschung den Vorzug gab? Genau dieses verblüffenden Gegensatzes wegen. Der Griff ist nicht im Mindesten, was er vorgibt zu sein, ja schöner noch als die Wirklichkeit, die er imitiert; während die Klinge so ehrlich, moralisch und geradlinig ist, wie sie nur sein kann. Sind beide zusammen nun eine unausgesprochene Wahrheit oder eine verdeckte Lüge? Hätte ohne den Reiz des bezaubernden Griffes irgendwer diesen Dolch je gewählt? Und würde irgendjemand ihn ohne die aufrechte Klinge behalten? Ich stelle mir solche Fragen. Das tue ich wirklich. Weil ich das auch muss, angesichts meiner Pflichten.«

»Reginald sieht mir aber aus wie ein Prinz – oder wie ein Prinz aussehen sollte. Haargenau!«

Der Winkel von Mortmains dünnem Mund zuckte. »Ihr seid Euch bewusst, dass der Kronprinz und ich unser Lager im Stall haben? Was Ihr sicher nicht wisst – doch begreifen müsst, um meiner Sache dienlich zu sein –, ist, dass diese Art der Unterbringung weder seine Wahl noch ein Befehl König Antoines war. *Ich* habe sie angeordnet.«

Nun war es an Robert, erstaunt dreinzublicken, und Mortmain zog eine bescheidene Befriedigung aus dem Mienenspiel des Jüngeren. »Er wird auch weiter im Stall schlafen«, fuhr Mortmain fort. »Und er wird sein eigenes Essen kochen, gemeinsam mit den Stallknechten – solange ich es wünsche. Genau, wie er den Arm der Prinzessin Cerise zieren und ihren aufmerksamen Eltern Anlass zur Sorge sein wird. Wie ich im Schloss bereits sagte: Ich bin wohl etwas mehr als ein gewöhnlicher Diener. Bloß ein bisschen, dass Ihr mich recht versteht! Ich habe Befehl von König Krije, seinen Sohn zu etwas zu machen, das zumindest *Ähnlichkeit* mit dem Helden aufweist, der er zu sein scheint. Wie Ihr feststellen werdet, wenn Ihr ihn einmal besser kennt, ist das ganz schön viel Arbeit.«

»Wenn ich ihn besser kenne?« Robert wurde etwas schwindlig. »Und wie sollte es wohl dazu kommen?«

»Weil Ihr ihm helfen werdet – sofern wir uns einig werden, woran ich nicht länger zweifle –, einen sehr großen Drachen zu jagen und zu töten.«

ACHT

Es war ein Tag erheblicher Frustrationen, befremdlich wie ein Diamant mit Mazarin-Schliff und ebenso unergiebig: die Art von Tag, an dem gelber Sonnenschein eine Beleidigung, grünes Gras eine Beschwerde und zarte weiße Wolken ein unvergleichliches, endloses Ärgernis darstellen … zumindest für die beiden Menschen im Zentrum der zahllosen Winkelzüge und Finessen (einschließlich freilich der eigenen). Es war, als würden ihre Leben von konkurrierenden Dramatikern geschrieben, und keinen besonders guten: Schreiberlingen, die es besser hätten wissen sollen, als ihr Geschäft jenseits der Provinz zu betreiben.

Was für ein Bild die Prinzessin doch abgab, gänzlich allein an einem so herrlichen Morgen! Sie saß im Schutze ihrer abgeschiedenen Waldsenke – die rosa Zungenspitze lugte aus dem rechten Mundwinkel, wie so oft, wenn sie sich aufs Schreiben konzentrierte –, und sie zweifelte zum ersten Mal in ihrem Leben daran, ob sie für das königliche Geschäft geeignet war.

Es klappte einfach rein *gar* nichts.

Sicher, die erste atemlose Woche oder so war es gut gelaufen, das musste sie eingestehen. Prinz Reginald war geradezu himmlisch, ein Mond, ein Komet, ein Stern; und sie war in seiner Gegenwart geschwebt, als hätte er sie emporgetragen, bis ganz Bellemontagne tief unter ihr lag und sie wie im Traum darauf herabblickte.

Abgesehen von jener kurzen, verstörenden Begegnung mit dem Drachenbekämpfer war ihr gemeinsamer Höhenflug süß wie die geheime Sprache der Lilien gewesen … doch oh, diese Begegnung, und oh, wie sie die Prinzessin nun quälte! Der Prinz war selbstverständlich ein perfekter Gentleman gewesen. Perfektion war die Essenz seines Seins. Sie dagegen, da war sie rückblickend fast sicher, hatte einen Makel preisgegeben, eine Narretei aus Kindheitstagen, als *Adel* der *Verpflichtung* kaum gerecht wurde. Obgleich er es niemals aussprach – dies wäre ja nicht perfekt gewesen und daher unmöglich –, war sie gewiss, dass dieser Makel sein Bild von ihr trübte.

Wie sonst sollte sie seine Vorsicht deuten, seine Distanz? Zwei wunderbare Jahre hatten Prinzen jeglicher Couleur kaum mehr als ein Nicken von ihr erbeten, ganz zu schweigen von einer parfümierten Gabe oder der betörenden Wonne ihres direkten Blicks; und alle hatte sie abgewiesen. Nun blickte sie tief in das kobaltfarbene Wunder von Reginalds Augen, bereit, die Koffer zu packen und einzuziehen, gleich links seines Blinzelns. Jedoch fand sie keinen Einlass. Sie streichelte beiläufig seine trefflichen Unterarme – nie zu sehr, natürlich –, um bestimmte Wendungen eines Wortwechsels zu unterstreichen. Doch nie stockte ihm die Stimme, ja sie bebte nicht einmal ein bisschen. Auf den Zinnen der Burg, vertieft in einen spektakulären Sonnenuntergang, lehnte sie den Kopf an seine Schulter, hoffte, die Schönheit des Augenblicks möge vermitteln, wozu sie nicht fähig war. Er aber lächelte bloß und verkündete: »Hübsche Farben da, findest du nicht?«

Sosehr sie sich auch mühte, er hätte genauso gut aus Muranoglas bestehen können. Also hatte sie sich entschuldigt. Ihr kühles »Guten Abend« war auf dieselbe fade Freundlichkeit gestoßen wie ihr zur Morgenstunde erblühtes »Hallo«.

Später an jenem Abend ertappte sie sich bei dem Gedanken, die Ausschnitte ihrer besten Kleider anzupassen. Was ihr vorschwebte, rangierte irgendwo zwischen dem Schalten einer Kleinanzeige und dem Herablassen einer Zugbrücke; und das Ausmaß ihrer Selbstaufgabe verschlug ihr den Atem. Mit schamroten Wangen und bebender Stimme wies sie ihre Schneiderin an, die nächsten drei Tage zu Hause zu bleiben, um sich nicht weiter in Versuchung zu führen.

Tatsächlich sollte sich diese Vorsichtsmaßnahme als überflüssig erweisen. Den ganzen nächsten Tag – so regnerisch und mies wie ihre Stimmung – bekam sie Prinz Reginald praktisch nicht zu Gesicht, und so ging es weiter bis zum Morgengrauen dieses fürchterlich perfekten Tages. So früh sie auch aufstand – der Prinz und sein Diener waren noch früher auf den Beinen und gingen mysteriösen Geschäften nach, die sich nicht höflich erfragen ließen, und die beide so elegant wie kommentarlos übergingen, wenn sie zu immer späterer Stunde zurückkehrten. Im Schloss bot dies Anlass für unzählige Gerüchte und Spekulationen, von denen viele – dessen war sich Cerise bewusst – auch sie zum Gegenstand hatten. Das Einzige, worüber gemeinhin Einigkeit herrschte, war, dass der Prinz von seinen Exkursionen stets mit Schmutz und Grasflecken auf der Kleidung heimkehrte, welche Mortmain dann die halbe Nacht waschen durfte.

Cerise fühlte sich im Stich gelassen, missachtet … und

wütend. Letzteres war bislang bloß ein Funke, der noch keine Konsequenz verlangte. Aber dennoch: Wut. Es war kein Gefühl, mit dem sie sich bislang je hatte vertraut machen müssen.

Was nützt es dir, eine Prinzessin zu sein, dachte sie bitter, *wenn du nicht mal die Aufmerksamkeit deines Traumprinzen erregen kannst – obwohl er direkt neben dir steht?*

Cerise widmete sich dem Stapel Pergament auf ihrem Schoß mit der gleichen Hingabe wie immer, doch mit deutlich mehr Groll als Freude. Auf den ersten Bögen, schon mehrere Tage alt, prangten kunstvolle Namenszüge. Begonnen hatte es mit *Prinzessin Cerise von Corvinia*, aber das war zu einfach gewesen und ihr schnell langweilig geworden. Danach hatte sie vor der Wahl gestanden: *Frau Kronprinz Reginald* (das sah irgendwie falsch aus) und *Cerise, Prinzessin von Bellemontagne, Gräfin von Corvinia* (schon besser, aber so lang, dass sie einen Krampf in den Fingern bekam). Es folgten zwei Seiten nur mit *Gräfin von Corvinia*, der immer kunstvolleren Großbuchstaben wegen von Interesse; darauf eine einzige, unsichere und recht zittrig geratene *Königin Cerise* und zu guter Letzt – das Werk dieses Morgens – ein Schwall immer schrofferen Gekrakels, der mit *Was stimmt nicht mit mir?* seinen Anfang nahm, sich kurz ins *Was stimmt denn mit ihm nicht!* wagte und nach einer Reihe fruchtloser Erörterungen schloss: *Ich werde Ordensschwester und verschreibe mich ganz der Pflege der Aussätzigen. Haben wir welche?*

Auf dem letzten Blatt des Stapels standen bloß zwei Worte, das letzte unvollendet.

Vater?

Nein.

Und da traf es sie, mit voller Wucht und unausweichlich. Sie kannte bloß eine einzige Person, die ihr möglicherweise helfen konnte.

Cerise seufzte und schaute zum Astwerk des Ahorns vor dem aufreizend heiteren Himmel auf. *Auf wie viele Weisen so ein Tag doch lügen kann,* dachte sie; denn obgleich die Sonne schien, sah sie nun in jeder Richtung mutterförmige Gewitterwolken.

~

Zur selben Zeit sah auch Prinz Reginald zum Himmel auf, indes aus der Rückenlage. Einer Rückenlage im Schlamm, um es genau zu nehmen, in der er überrascht nach Luft schnappte; derselben Luft, die so unverhofft an die Stelle seines Pferdes getreten war. Eine ganze Weile lag er da und japste und sah dem Reigen der weißen Wölkchen über sich zu.

Mortmain lächelte ermutigend. »Gut gemacht, Eure Hoheit! Dieser Schlag war schon *viel* näher dran.«

»Hatte vielleicht etwas … Schieflage«, keuchte Reginald. »Meinst du nicht?«

»Ein wenig. Nächstes Mal den Griff tiefer fassen und nicht so weit vorlehnen.«

»Verdammt schwer … das zu vermeiden.« Endlich setzte Reginald sich auf. »Die verdammte Klinge zieht einen einfach mit!« Er schüttelte den Kopf, strich sich die schweißverklebten Haare aus den Augen und wiederholte die Geste mit der anderen Hand, um den Schlamm zu entfernen, den er sich gerade ins Gesicht geschmiert hatte. »Ich wünschte, ich könnte meinen Parierdolch verwenden. Ich *mag* meinen

Dolch. Einfach ran, einmal reinstechen, raus – so sollte das sein.«

Mortmain runzelte die Stirn. »Meister Thrax zufolge, dem zu glauben ich allen Grund habe, ist ein Bidenhänder die einzige Waffe, die der Aufgabe gewachsen ist. Alles Kleinere birgt das Risiko, dass Ihr als Abendessen Eures Rakai endet.« Er benutzte diese Formulierung häufiger die letzten Tage, *Euer Rakai,* als wäre das Untier bereits eingepfercht und wartete nur darauf, dass er es abholte. »Ich muss gestehen, dass das nicht die Kunde ist, die ich Eurem Vater überbringen möchte.« Er überlegte kurz. »Ihr könntet natürlich auch einen Speer benutzen. Thrax sagte, ein Speer sei auch sicherer.«

Der Prinz war wieder auf den Beinen, stand aber noch gebeugt und rieb sich den schmerzenden Rücken. »Niemals. Nicht vor Zeugen! Speere sind für sonntägliche Wildschweinjagden. Ich brauche einfach mehr Übung, solange es auch dauert.« Er blickte auf das weite Grün der Lichtung hinaus, wo sein Pferd geduldig auf ihn wartete, dann zu dem Dutzend zerrupfter Strohballen, die auf unterschiedlicher Höhe als Ziele im Geäst hingen. Einer war heute besonders verteufelt; seinetwegen war Reginald sicher schon dreimal aus dem Sattel gestürzt.

»Mache ich denn wirklich Fortschritte?«

»Ja. Doch selbst mit einem verwirrten Drachen ist knapp vorbei schlimmer als ganz daneben. Los, versuchen wir es noch einmal.«

Reginald hob das riesige Schwert auf – es brauchte beide Hände und ein lautes *Uff* –, dann machten sie sich auf den Weg zum Pferd des Prinzen, das sie ansah, als würde es sich insgeheim amüsieren.

»Sag mir noch einmal, dass dein Plan auch funktioniert, Mortmain. Sag mir, dass ich nicht umsonst ein Dutzend Mal am Tag vom Pferd falle.«

»Eure Hoheit, ich denke seit Jahren, dass eine ergebene Gottheit über Euch wacht.« Er fügte nicht hinzu, dass es sich seiner Meinung nach um dieselbe Gottheit handelte, die für Betrunkene und streunende Hunde zuständig war. »Euer Schicksal hätte keine glücklichere Wendung nehmen können.«

»Natürlich hätte es das! Wie lieb wäre mir ein Leben, in dem ich nie das Wort ›Drache‹ höre und in dem mir nicht von morgens bis abends Prinzessinnen nachstellen …«

»Umwerfend schöne Prinzessinnen«, sah Mortmain sich genötigt anzumerken.

»In dem mein Vater mich nicht Nacht wie Tag anbrüllt, dass ich erwachsen werden, Verantwortung übernehmen, zum *Mann* werden soll! Und mich mit dir losschickt in der Hoffnung, dass ich gegen irgendwas kämpfe und Leute umbringe, so wie *er* das tut. In dem ich nicht gemeinsam mit den Leuten, die ich eines Tages regieren soll, schlafe und esse und Flohbisse kratze.« Er verzog das Gesicht so harsch er konnte, was bei seinen feinen Knochen nicht viel hieß. »Ich will seine vermaledeite Krone nicht – ich will *nichts*, was er will! Ist das wirklich zu viel verlangt?«

»Das ist es – für den Prinzen Corvinias«, sagte Mortmain mitfühlend. »Erlaubnis, frei zu sprechen, Eure Hoheit?«

Grunzend lief Prinz Reginald weiter.

»Das Schicksal hat Euch den Drachenbekämpfer mit all seinem Wissen und Geschick zugeführt. Mit seiner Hilfe werden wir einen richtigen Drachen finden und alles vorbereiten. Tötet ihn und kehrt heim als der Held, den Euer

Vater erwartet. Ehelicht Ihr gleich noch die Prinzessin, so bringt Ihr ihm völlig ohne Blutvergießen ein Land, das er nur zu gerne unter seine – äh – bekanntermaßen, unbedingt wohlwollende Aufsicht stellen würde. Ein einziger Drache, eine einzige Prinzessin – mehr müsst Ihr nicht auf Euch nehmen, und ich garantiere, dass Ihr niemals wieder unbehaglich schlafen, mit irgendwem kämpfen oder Euch mit etwas befassen müsst, mit dem zu befassen Euch keine Freude bereitet.«

Reginald schwieg weiter, während er sein Pferd zurückerlangte und aufstieg. Doch derweil er kurz mit den Zügeln und dem Bidenhänder und dem Sattel haderte und um sein Gleichgewicht rang, murmelte er: »Hast du ihn damit gesehen, Mortmain? Den Drachenbekämpfer? Er schwingt dieses Ungetüm wie einen Zweig. Ich war mir sicher, dass es leicht wäre.« Er tat einen tiefen, resignierten Atemzug, jetzt schon bange, wie der nächste Anlauf enden würde. »Dieser Bursche ist stärker, als es den Anschein hat.«

»Ich glaube, Meister Thrax ist in vielerlei Hinsicht mehr, als es scheint, Eure Hoheit. Und los. Noch einmal!«

NEUN

Die Nachricht zu verbreiten, glückte letztlich wunderbar. Es bedurfte bloß sorgfältiger Vorbereitung.

Als erster kleiner Schritt des Tanzes (der hierin mehr einem Menuett als einer Gavotte oder Pavane ähnelte) erwähnte Mortmain beiläufig gegenüber dem Kammerherrn des Schlosses, dass der Kronprinz erwäge, König und Königin in einer nicht allzu eiligen Angelegenheit zu konsultieren, aber mit den hiesigen Gepflogenheiten nicht vertraut sei. Was würde der Kammerherr raten? Sollte er lieber einen oder zwei Monate warten, ehe er förmlich um eine Audienz ersuchte? Der Kammerherr gab die ausweichende Antwort, dass die in Bellemontagne bevorzugten Abläufe ihrem Wesen nach von jeher mehr einem Kartoffelacker denn einer erhabenen Eiche glichen, wie sehr er sich auch um das Gegenteil bemühe … Dennoch seien König Antoine und Königin Hélène zu sehr mit Regierungsgeschäften befasst, als dass man sie mit etwas behelligen könne, was dem Kronprinzen selbst als wenig bedeutsam erschien. Beide Männer beendeten den Austausch höchst beglückt; denn in jeder Profession ist wahres Können eine Seltenheit.

Als sie sich tags darauf scheinbar zufällig am selben Ort zur selben Stunde wiedertrafen, räumte Mortmain ein, dass er die Gedanken seines Herrn auf tragische Weise fehlerhaft dargelegt haben mochte; dass die fragliche Angelegenheit tatsächlich nur unter gewissen Gesichtswinkeln unbedeutend zu nennen war und überaus schwer zu lösen ohne Ihrer Majestäten Weisheit, Erfahrung und Begriffsvermögen, deren Vorzüge der Kronprinz, sobald es Ihren gütigen Majestäten denn genehm wäre, zu erfahren hoffe. Weiterhin verlieh Mortmain der Hoffnung Ausdruck, es möge sich dem König wie auch der Königin erschließen, dass es um sensible Themen von persönlicher Natur gehe, was Vertraulichkeit erfordere. Der Kammerherr lauschte seiner Salve geduldig, verriet jedoch keine Regung. Stattdessen verlieh er seiner aufrichtigen, innigen Anteilnahme an Gesundheit, Gemütszustand und Wohlergehen des Prinzen Ausdruck, welche selbstredend – da er Staatsgast war – dem gesamten Land am Herzen lägen; um dann mit Bedauern festzustellen, dass es sich im weltgewandten Corvinia sicher anders verhalte, der bäuerliche Tratsch in Bellemontagne indes Diskretion ja schlechterdings unmöglich mache. Ach, unter vier Augen mit König und Königin zu reden war heutzutage fast dasselbe, wie es vom Kirchturm zu schreien! Vielleicht zog der Prinz es besser in Betracht, mit seinem Problem, was immer es auch war, zu einer Weisen oder einem Priester zu gehen?

Als ihre Wege sich dieses Mal trennten, konnte der Kammerherr sich ein Kichern nicht verkneifen, und Mortmain grinste verschlagen. *Wir müssen wirklich mal Schach spielen.*

Am dritten Tag waren beide Männer klug genug, die fragliche Ecke zu meiden und sich nicht auf weitere Gespräche einzulassen. War eine Saat erst einmal gepflanzt, musste sie reifen, und ein Menuett gelang einem auch nicht, wenn man dem Takt vorauseilte.

Am vierten Tag nickten sie einander zu.

Am fünften Tag lächelten sie und tauschten förmlich, wenngleich unsichtbar, die Plätze. Der Kammerherr erkundigte sich höflich nach Mortmains Gesundheit, fragte, ob die Stallknechte den bescheidenen Bedürfnissen des Kronprinzen gerecht würden, und äußerte sein Mitgefühl für die spartanischen Bedingungen des Bedienstetendaseins. Dann erwähnte er, dass nächsten Dienstag ganz Bellemontagne das Fest der Heiligen Amalberga feiern würde – nicht Amalberga von Münsterbilsen, eilte er sich zu konkretisieren, sondern Amalberga von Maubeuge, also die, die man für gewöhnlich *nicht* auf Karl Martell stehend abbildete. Und in einer für den Diener wie seinen Herrn glücklichen Fügung des Schicksals, sagte der Kammerherr, seien König und Königin im Rahmen der Festlichkeiten auch für *öffentliche* Audienzen verfügbar – sollte es den Kronprinzen noch immer nach einem Gespräch verlangen. Und danach, fügte er hinzu, gebe es Kuchen, und Mortmain schien es, als zeigte der Kammerherr bei diesen Worten erstmals echte Freude.

Nach den Regeln ihres heimlichen Gesprächs der letzten fünf Tage war dieser Streich derart wohldurchdacht, trefflich ausgeführt und exquisit in der Weise, wie er ins Schwarze traf und zugleich den Einsatz erhöhte, dass die Höflichkeit es gebot, den Kammerherrn den Moment kurz auskosten zu lassen. Dann beichtete Mortmain reumütig (und fälschlicherweise), dass der Kronprinz *niemals* das Fest *irgendeines* Heiligen begehe, da solcherart Frohsinn kaum angemessen sei. Einen Martyrer zu ehren verlange nach Leid, keinen Feiern. Zu solcherlei Gelegenheiten ziehe der Prinz es daher vor, mehrere Stunden in der Mitte eines gefrierenden Flusses zu verharren oder sich von niederem Mauerwerk auf einen Steinhaufen zu stürzen. Es komme ganz auf die Jahreszeit an.

Mortmain verabschiedete sich und spazierte fröhlich pfeifend den Flur hinab. Der Kammerherr blickte ihm nach. *Verdammt noch eins, da geht ein Meister seines Fachs,* dachte er. *Morgen wird das erste förmliche Schreiben aus seiner Tasche schauen. Ich muss mir überlegen, wie es sich am besten ablehnen lässt.* Dann beeilte er sich, dem König und der Königin die frohe Kunde zu überbringen, denn es war nun zwingend wie die Dämmerung für jeden, der sich auf die korrekten Abläufe eines Königreichs verstand: Prinz Reginald beabsichtigte, einen Antrag zu machen.

Und am Tage vor dem Fest der Heiligen Amalberga – der Mutter von Sankt Emembertus, Sankt Gudula und Sankt Reineldis, nicht jener wundertätigen Amalberga, die den guten Karl selbst dann noch heilte, nachdem er ihr den Arm gebrochen hatte – wusste jedermann in Bellemontagne Bescheid. Was exakt das Ergebnis war, das Mortmain sich erhofft hatte.

~

Auf den Kopf gestellt. Das war die Wendung, die Cerise suchte: Ihre Welt war auf den Kopf gestellt.

Außerdem fühlte sie sich ent*wurzelt* und ent*würdigt*; man hatte sie umge*worfen*, umge*wälzt* und in *widrigste Wirrsal* gestürzt. Ihre Gefühle planschten in den kostbaren Worten, wie Cerise es als Kind gern in Pfützen getan hatte, mit den gleichen vergnüglich verschwommenen Resultaten. Hätte sie ihre Schreibsachen bei sich gehabt, hätte sie versuchen können, die Emotionen in einen pergamentenen Käfig zu sperren; dann wäre dieser tosende Taumel vielleicht an ihr vorübergezogen. Doch sie wagte es nicht, ihre Sachen mit ins Schloss zu bringen, und auch nicht, sich später am Abend noch fortzuschleichen, um bei Laternenschein gegen ihre Nervosität anzukritzeln. Nicht wenn die Dienerschaft dank der anstehenden Festlichkeiten von Mondunter- bis Sonnenaufgang auf den Beinen war. Ihr blieb nichts, als so leise wie möglich in ihrem Zimmer zu sitzen, der Inbegriff der Anmut und Gelassenheit, während ihr zügelloser Verstand auf die Wände einschlug.

Ihre Mutter war selbstredend seit Tagen unausstehlich. *Sie* kannte weder bohrende Fragen noch mitternächtliche Selbstzweifel; *ihr* Gespür hatte sie nicht im Stich gelassen – *war es denn nicht sonnenklar?* –, und die Sorgen ihrer Tochter tat sie ab.

Aber sicher, meine Liebe. Wir alle haben das mitgemacht. Kurz vor meiner eigenen Verlobung war ich ein absolutes Wrack, so wie du jetzt – und wie deine Tochter es eines Tages sein wird, wenn du mit einer gesegnet wirst. Zu kriegen, was man will, bringt einen immer durcheinander. Ich kann Stricken empfehlen.

Es hatte nicht geholfen.

Ich habe Angst, dachte Cerise, und das Eingeständnis hinterließ eine seltsame Ruhe, wie eine Kranke sie empfindet, wenn das Fieber nicht weiter steigt. Sie konnte sich nicht entsinnen, jemals zuvor solche Angst verspürt zu haben, nicht einmal, als sie vor Wochen erstmals die Hilfe ihrer Mutter erbeten hatte.

Das waren bloß Unsicherheit, Frustration und Wut gewesen, keine Angst.

An jenem sonnenverwöhnten Tag hatte sie ihre Eltern in den Königlichen Gärten angetroffen, wo sie die Dienerschaft in die entscheidende Schlacht gegen eine Sippschaft besonders aufsässiger Blattläuse geführt hatten. Der König hatte sich gebärdet, als hätten die Insekten in voller Rüstung und mit Rammböcken das Schloss gestürmt, um seine Damaszener-Rosen in Geiselhaft zu nehmen.

»Ich habe jetzt keine Zeit zu reden, Liebes«, hatte der König gesagt. »Bin sehr beschäftigt.«

»Ich muss bloß Mutter sprechen. Bitte, es ist wichtig.«

Das hatte seine Aufmerksamkeit erregt. Wenig rüttelte ein königliches Gemüt mehr auf, als es beiseitezuschieben. Er hatte die Stirn krausgezogen. »Wenn es hierbei um den putzigen Ritter geht, so habe ich meinen Standpunkt klargemacht.«

»Das ist unfair. Du kennst ihn ja gar nicht!«

»Ich weiß, dass er König Krijes Sohn ist, und das reicht. Ich hege keinen Groll gegen den Jungen, nicht im Mindesten, aber sein Erzeuger ist ein altes, mörderisches Monster, und *seinen* Absichten traue ich kein bisschen! Hast du gehört?«

»Sie hört dich sehr gut«, sagte Königin Hélène hinter ihm. »Genau wie ich. Und das halbe Schloss. Geh, Antoine, du verstimmst unsere Tochter.« Als er zögerte, stampfte die Königin mit dem Fuß auf. »Nun geh schon – erlass ein Edikt oder fall dem Koch zur Last, aber *geh.*« Sie wandte sich an die Gärtner. »Und ihr macht hier weiter! Ich habe ein Auge auf euch.«

Der König ging. Kurz war er verärgert, dass seine Frau ihn davonschickte, andererseits war er heilfroh, nicht »diese Art« von Unterhaltung führen zu müssen, wie er es meist nannte. Zwar liebte er seine Tochter von ganzem Herzen, doch war er sich der Grenzen seiner Fähigkeiten sehr bewusst. »Manchen von uns ist es bestimmt, zu reiten und zu herrschen«, sagte er zum Kammerherrn. »Andere anzuführen und ja, auch Edikte zu erlassen. Anderen ist es gegeben, Tee zu trinken und frisch Verliebten Rat zu erteilen. Ich denke, es ist offensichtlich, in welche Kategorie *ich* gehöre.« Der Kammerherr, der seine eigene Ansicht zur Bestimmung seines Herrschers hatte, wäre nicht Kammerherr geworden, hätte er seine Ansichten hinausposaunt.

Königin Hélène reichte Cerise ein zartes Spitzentaschentuch, nahm ihren linken Ellenbogen und dirigierte sie sachte zur hübschesten Laube des Gartens. »Hier – putz dir die Nase, und denke nicht mal dran, zu weinen.«

»Ich weine ja gar nicht!« Der Hinweis ärgerte Cerise, schon weil sie spürte, wie nahe sie den Tränen war, und ihr missfiel, dass ihre Mutter das wahrnahm.

»Habe ich auch nicht gesagt«, antwortete die Königin mit verblüffender Milde. »Jetzt putz dir die Nase.« Sie streichelte Cerises Haar und wartete geduldig, bis die Prinzessin fertig war. Schließlich sagte sie: »Dein Vater ist nicht dein Problem, Liebes. Ich kümmere mich um ihn. Dein Problem ist der Kronprinz, richtig? Sag mir, dass ich mich täusche.«

Prinzessin Cerise schniefte. »Mutter, ich weiß, dass er mich *mag*. Wir sind überall herumspaziert, wo man in Schloss und Wald spazieren kann, und ich hielt seinen Arm, während er mir seine Abenteuer erzählte und vom Leben an König Krijes Hof und was die Damen dort tragen. Und er trug mir Gedichte vor, stundenlang – er kennt so viele Gedichte –, und wir sind ausgeritten, und er war so lieb und … und *ritterlich,* wie es nur ging …«

»Mehr aber auch nicht«, sagte Königin Hélène. »Das war alles.«

Cerise nickte kläglich. »Und jetzt sehe ich ihn fast gar nicht mehr! Er ist jeden Tag mit seinem Diener unterwegs, macht irgendwas und erzählt es nicht einmal.«

»Ich würde mir da keine Gedanken machen.« Ihre Mutter traf innerlich eine Abwägung, deren genaue Natur Cerise nur erahnen konnte, dann fuhr sie fort. »Also, zum Kern der Sache. Lass mich dir sagen, was ich weiß. Dein Reginald kann nicht ganz ehrlich zu dir sein, Liebes, weil er ein Mann ist, und Männer denken, dass sie nur aus Geraden und rechten Winkeln bestehen – du wirst noch feststellen, dass es wichtig ist, ihnen diese Illusion zu lassen. Dabei sind sie in Wahrheit so hoffnungslos verheddert wie ein Wollknäuel, wenn die Katze damit fertig ist. Es ist Teil ihres Reizes, pflegte meine Mutter zu sagen, und mittlerweile schätze ich ihre Weisheit. Weiterhin ist dein Reginald ein Prinz, was die ganze Angelegenheit leider noch vertrackter macht.«

»Ich kenne inzwischen eine Menge Prinzen, Mutter. Und jeder hätte mir auf den kleinsten Fingerzeig sofort einen Antrag gemacht. Bloß *er* nicht.«

»Unterbrich mich nicht, Cerise. Reginald ist nicht einfach irgendein Prinz, sondern ein Kronprinz. Wichtiger noch, er ist der Kronprinz von *Corvinia.* Du musst daran denken, Liebes, dass Reginald König wird, wenn Krije stirbt – sofern das dieser fürchterliche Mensch je tut. Er wird ein weitaus größeres, reicheres und wichtigeres Land als unser kleines Bellemontagne regieren. Und obgleich du seiner würdig bist und ich – im Gegensatz zu deinem Vater – auch große Chancen in einem solchen Arrangement erkenne, darf man so etwas nicht überstürzen. Vielmehr sollten wir versuchen, das größere Bild zu sehen: Verglichen mit Corvinia sind wir tiefste Provinz. Ein Loch in der Straße. Und natürlich hat Reginald keine Ahnung, ob du eines Tages die Art von Gefährtin sein kannst, die er brauchen wird, wenn er den Thron besteigt. Deshalb verbringt er Zeit mit dir, studiert dich und geht sich dann mit jenem Mann beraten, der ihn offensichtlich auf direkte Anweisung König Krijes begleitet – zweifellos als Augen und Ohren des üblen alten Räubers. Und diese Behutsamkeit ist nur angemessen. Hier, in deinem Zuhause, bist du noch das wunderschöne Kind, dessen Potenzial man nie auf die Probe stellte. Dort würdest du ebenso viel Verantwortung tragen wie er. Mehr noch, wenn du mich fragst.«

»Ich weiß, dass ich genau die sein kann, die er braucht!«, rief Prinzessin Cerise und schlug leidenschaftlich die Hände vor die Brust. »Ich bin mir ganz sicher, Mutter!«

»Ach ja? Er wird das Land regieren, das Schloss aber wirst du leiten müssen – was doppelt so viel Arbeit macht, glaub mir, denn ein Land regiert sich fast von allein. Schlösser nicht. Du wirst die Gastgeberin spielen und mehr vornehme Gäste in einer Woche stemmen müssen als dein Vater und ich in einem ganzen Jahr. Du wirst die Aufsicht über Küchen führen, größer als der Große Saal, und Diener, zahlreicher als die Einwohner unseres Landes. Von Morgens bis Abends werden dich Heerscharen von Leuten damit in den Wahnsinn treiben, dass du oder dein Mann für sie Partei ergreifen sollen. Und zu allem Überfluss wird Reginald von dir erwarten, dass du seine Partnerin und getreue Ratgeberin bist …« Sie machte eine merkliche Pause. »Seine Spielgefährtin, seine Geliebte, die Mutter seiner

Kinder … all das jederzeit, von jetzt auf gleich. Bist du auf ein solches Leben gefasst, meine Cerise? Mein kleines Mädchen?«

»Ja, Mutter«, antwortete die Prinzessin leise. »Ja, sicher. Aber wie soll ich ihn überzeugen, wenn ich ihn nicht einmal zu Gesicht kriege? Wie kann ich ihm begreiflich machen, wer ich wirklich bin?«

Königin Hélène musterte ihre Tochter einen langen Moment, dann schloss sie sie in die Arme. »Wir werden dem Prinzen einfach zeigen müssen, dass er ohne dich nicht leben kann. Gute Taten, Nächstenliebe, kranken Dienern eine Suppe bringen, so was eben. Mach dir keine Sorgen, Liebes – er wird es schon einsehen. Mit deinem Vater war es dasselbe. Du musst ihnen die Augen öffnen – allein schaffen sie das nicht.«

Solcherart beraten, wenngleich nicht übermäßig beruhigt, hatte Cerise weiter darauf gewartet, dass ihr erwählter Prinz zu einer Entscheidung gelangte. Sie vertrieb sich die Zeit mit allem, was ihre Mutter ihr geraten hatte, sowie ein paar guten Taten, die sie selbst ersonnen hatte; und sie wartete auch nicht länger auf der höchsten Mauer, bis Prinz Reginald von seinen Umtrieben zurückkehrte. Auch ging sie dazu über, ihre Mahlzeiten allein in ihren Gemächern einzunehmen, damit sie nicht versehentlich mit ihm sprechen musste.

Doch besser ging es ihr durch all das nicht. Zu ihrer eigenen Überraschung und dem unverhohlenen Verdruss ihrer Mutter verschlechterte jede milde Gabe, jeder Akt des Verzichts und jedes Opfer ihren Zustand nur noch mehr. Es war einfach nicht das, was sie wollte. Sie wollte *ihn*, und sie wollte ihn *jetzt*. Sollten andere Prinzessinnen diese lachhaften Spiele spielen. Hinter der Maske, die sie zur Schau trug, schrie alles in ihr danach, Reginald bei den feinen Seidenärmeln zu packen und so lange »Kapierst du denn nicht, dass ich dein bin?« zu brüllen, bis ihm nichts anderes mehr blieb, als zu antworten: »Schon lange vor meiner Geburt.«

Weshalb sie an jenem Tage, an dem der Kammerherr mit dem schriftlichen Beweis der prinzlichen Absichten eintrat, umso schockierter war, dass der so elegant geratene Brief sie gleichfalls nicht glücklicher stimmte.

~

Patience und Rosamonde starrten in das weite grüne Dunkel der alten Eiche. Die Schwestern sahen keine Spur der fünf Drachlinge, hörten aber ihr Gescharre und Geflatter. Sie spielten irgendwo dort oben in den höheren Ästen.

»Sie kommen einfach nicht mehr runter«, beschwerte sich Patience bei ihrem Bruder. Robert hatte sich auf der anderen Seite des Stamms ausgestreckt und versuchte zu schlafen, die Hände über den Augen.

»Ich würde auch nicht kommen, wenn ich wüsste, dass ihr keine Süßigkeiten für mich habt.«

»Hab ich's doch gesagt«, zischte Rosamonde.

»Woher sollen die das denn wissen da oben?«

Mit gutmütigem Lachen setzte Robert sich auf. »So was wissen sie. Also ballt nicht die Fäuste, sondern nehmt eure Röcke und sammelt so viele Haselnüsse, wie ihr nur tragen könnt. Dann spielen wir eine Runde rösten und fangen.«

Unter lautem Jubel rannten die beiden Mädchen davon. Robert stand auf und streckte sich mit derselben schwelgerischen Zügellosigkeit, die auch Reynald oder Fernand zu eigen war. Seine Mutter Odelette hatte gestern Abend kein anderes Thema als die Gerüchte der bevorstehenden Hochzeit gekannt, und heute früh hatte Elfrieda Ostvald erzählt, dass sie sich für das Festmahl ein neues Kleid machte, zu Ehren der Prinzessin und des Prinzen. Was wohl hieß, dass mit den Feierlichkeiten endlich der Schlussstrich gezogen war – es wurde auch allerhöchste Zeit. Nur noch ein Auftrag für den ausgefuchsten Diener des Prinzen, und Roberts neues Leben fing an.

Mit schiefem Grinsen rieb er sich den Nacken, um einen Krampf zu lösen. Dann pfiff er die Drachlinge zu sich herab. Morgen … morgen würde ein herrlicher Tag werden.

~

Der größte Philosoph in der Geschichte Corvinias, Bernard von Trèves – der eigentlich gar nicht aus Corvinia stammte, sondern bloß auf der Durchreise von Avignon nach Prag einen bleibenden Eindruck beim Volk hinterlassen hatte – schrieb in seinen *De Facetia Divina*, dass nichts auf Erden war, was es zu sein schien. Daraus folgerte er, dass ein jeder, der das Wesen der Dinge mehr wertschätzte als den Schein, Gottes offensichtliche Präferenz für Seine Welt verspotte. Wie bei vielen seiner Beobachtungen war niemand sich ganz sicher, ob Bernard das ernst oder im Scherz gemeint hatte, was ihm in gewisser Weise nur recht gab. Kronprinz Reginald war im Kreise solcherlei Sinnsprüche aufgewachsen und hatte besser zugehört, als man meinen mochte. Seine persönliche Auslegung von Bernards Maxime war ein Bollwerk gegen seinen Vater und zugleich zum leitenden Prinzip seines Lebens geworden: *Im Zweifel: einfach lächeln.*

Zur Stunde indes lächelte Prinz Reginald in keinster Weise. Nicht bei der Stille im Großen Saal, in der sich alle Augen einzig auf ihn richteten, als er nun vortrat, um vor König und Königin niederzuknien.

Das Gefühl von Mortmains scharfen Blicken im Rücken kannte er besonders gut, hatte er es doch jahrelang ertragen. Zur Not konnte er ihn blind aus der Menge herausdeuten – wenn ihn das mal nicht überraschen würde! – und rufen: »Das war seine Idee! Er schrieb die Briefe, sogar meine Rede! Eigentlich wollte ich ja mitten in der Nacht davonreiten, er aber ließ mich nicht!«

Stattdessen verneigte sich Kronprinz Reginald vor König Antoine und Königin Hélène mit aller Gravitas seiner illustren Abstammung und sank mit der Zielsicherheit und Anmut eines Sonnenuntergangs auf ein Knie. Der dunkle Stoff seines feinsten Umhangs senkte sich um ihn wie abendliche Wolken über dem Meer.

Er schlug die Augen nieder, dankbar, dass er den Anfang machen konnte, ohne irgendjemanden anzusehen. *Bring's einfach hinter dich.*

»Eure Majestät – äh, Majestäten. Eurer Güte und Nachsicht zum Trotz kann Euch kaum entgangen sein, dass ich nur ein ungehobelter und ahnungsloser Prinz aus einem armen Königreich bin, so tief unter dem Ansehen Eures strahlenden Bellemontagne, dass die Welt es kaum wahrnimmt.«

Es war ein guter Start. Natürlich ohne einen einzigen Funken Wahrheit, wie jeder hier wusste, doch das Kompliment nahm man gerne an.

»Dass einer wie ich es wagen sollte, seine Augen zum Inbild weiblichen Liebreizes zu erheben, das Eure Tochter, Ihre Königliche Hoheit Prinzessin Cerise ist – es ist nicht hinnehmbar, und stellt sich selbst mir vulgärem, gekröntem Bauern grotesk, ja als Absurdität sondergleichen dar. Tatsächlich mag ich selbst kaum glauben, was ich da sage und dass dies meine Stimme sein soll, und sehe mich genötigt, Eure Vergebung zu erflehen, ehe ich fortfahre. Eure Tochter ist im heiratsfähigen Alter, so wie ich, und beide sind wir unverlobt …«

Er stockte, und in dem hallenden Raum, der sich um ihn auftat, hörte er das kurze, scharfe Einatmen der Versammelten, die Prinzessin den anderen vielleicht ein wenig voraus.

Er hob den Kopf, ließ die blauen Augen langsam von der Prinzessin zur Königin und schließlich zum König wandern. Ihre Blicke trafen sich, und Reginald harrte eine gefühlte Ewigkeit aus, ehe König Antoine mit dem Kinn ein Nicken andeutete, so dezent, dass niemand außer Reginald es sah.

Solcherart ermutigt, fuhr der Prinz fort.

»Doch bin ich heute nicht hier, die Hand der Prinzessin zu erbitten.«

Drei Herzschläge lang versank der Große Saal in Tumult, der nicht zuletzt den Jubelrufen der letzten verbliebenen Prinzen geschuldet war, die den Morgen über schon mürrisch für die demütigende Heimreise gepackt hatten. König Antoine hob gebieterisch die Hand und forderte Stille ein.

»Wir wünschen zu hören, was unser Gast zu sagen hat, und wir wünschen es ohne Unterbrechung zu hören. So schweigt!« Die Stimmen verebbten. »Ihr sagt uns also, Prinz Reginald, dass Ihr *nicht* erschienen seid, um unsere Tochter Cerise zu ehelichen. Dabei ließ man uns das Gegenteil wissen. Erklärt Euch also, oder seid Euch unserer Ungnade gewiss.«

Jetzt kommt der verzwickte Teil. Bloß keine Fehler machen. Was trug er mir auf zu sagen? Ach ja …

»Eure Majestät, ich kam nicht in Euer Land, weil es mich nach Schätzen gelüstet, schon gar nicht einem lebenden wie Eurer Tochter, der schönsten Blume dieses unnachahmlichen Reichs. Tatsächlich kam ich überhaupt nicht aus freien Stücken, obschon ich nun den Sternen danke, die mich leiteten auf meinem Weg. Jedoch darf nicht die Ehe geloben, wem es noch nicht zusteht … und das wird es mir nicht eher, als ich die Pflichten erfüllt habe, die mein Vater, König Krije, Herrscher Corvinias, mir auftrug.«

»Dann wünscht Ihr die Prinzessin also doch zu heiraten?«

»Von ganzem Herzen. Doch es steht mir nicht frei.«

Mittlerweile hatten die meisten Zuschauer begriffen, dass das Eingeständnis des Prinzen die Königliche Familie nicht überraschte, sondern ein arrangiertes Ritual war, und ein meisterlich inszeniertes zumal. Sie hielten den Atem an und hingen an den Lippen des Vortragenden; selbst die abgelehnten Prinzen waren bis ins Mark gebannt.

»Und wenn Ihr nun frei wärt? Man Euch von Euren Pflichten entbände?«

»Dann würde ich als der Bettler vor Euch hintreten, der ich bin, und Euch Geschenke bringen – mein Leben und meine künftigen Ländereien, meinen Reif und die Krone, die ich dereinst tragen werde. Alles, was ich habe und bin, und alles, was ich noch sein mag, für die Hand Eurer Tochter. Aber zwischen jenem Tag und heute liegt ein Schatten, denn es ist Brauch bei meinem Volke und Befehl meines Vaters, dass ich mich meines Erbes erst würdig erweise. Bevor ich ein Freier sein darf – bevor ich irgendetwas sein darf –, muss ich kein Kronprinz sein, sondern ein einfacher fahrender Ritter, der sich einem Auftrag, einer Suche stellt; einer großen Tat, die vollbracht werden will.«

Seine Stimme erscholl nun wie eine schwere Messingglocke, deren Klang den Großen Saal erfüllt. »Denn obgleich ich sein einziger Sohn bin, wird mein Vater nicht gewiss sein, dass unser bescheidenes Reich bei mir in guten Händen ist, ehe ich nicht etwas von Wagemut und Wert geleistet habe; etwas, das ihm zeigt, dass ich von wahrem königlichem Format bin. Dies ist meine Pflicht vor allen anderen.« Er senkte demütig Stimme und Haupt. »Ihr seid Bellemontagne in menschlicher Gestalt, von Gott eingesetzt, es zu hüten und zu beschützen. Aber gibt es denn in diesem Land für mich nichts zu tun, keine Heldentat zu vollbringen, kein Unrecht wiedergutzumachen, um meiner Pflicht gerecht zu werden und mich zugleich als Eurer Tochter würdig zu erweisen?

Bitte sprecht, Euer Majestät. Weist mich an. Ich bin Euer Schwert und Euer Schild, Euer Pfeil und Euer Bogen. Setzt mich ein und setzt mich frei – oder schickt mich davon, auf dass ich ewig in dem leeren Dunkel eines Lebens ohne Eure Tochter hause.«

Hinterher kamen alle Anwesenden überein, dass es mit Abstand die beste Verlobung gewesen war, die sie jemals erlebt hatten.

ZEHN

Ohne Drachen würde es natürlich nicht gehen; hierauf hatte man sich schon vorab gemäß Mortmains Vorschlägen verständigt. Was sonst hätte Bellemontagne einem Prinzen auf der Suche nach Herkulestaten auch bieten können? In Ermangelung Nemeischer Löwen, von Hydras, Hirschen mit Goldgeweih, Schweinen heroischer Größe, Augiasställen, Stymphalischen Vögeln, Kretischen Stieren, menschenfressenden Stuten (gleich vier davon), gürteltragenden Amazonen, rinderhaltenden Riesen, goldenen Äpfeln und dreiköpfigen Höllenhunden ... nun, in Ermangelung sämtlicher klassischen Fährnisse würde ein anständig großer, menschenmordender Rakai – oder zwei oder drei, sie fanden sich häufig genug in den südlichen Bergen – wohl reichen müssen. Und niemand außer Mortmain, Reginald und Robert musste je die Wahrheit über die Reise erfahren.

Darum schien es im Zuge der Vorbereitungen, als bekäme jeder endlich das, was er wollte. Selbst König Antoine war glücklich damit, wie sich alles gefunden hatte. Obgleich er den Absichten König Krijes immer noch misstraute, war ihm eine Hochzeit lieber als ein Krieg – und der junge Reginald hatte eine wirklich treffliche Vorstellung geboten. Dass die übrigen Prinzen, die sich immer noch auf Antoines Grund herumtrieben, den Prinzen kein bisschen leiden konnten, war ein willkommener Bonus, wie ein guter Tokajer nach einem überragenden Essen.

Was die Prinzessin anging, so hatten die Gezeiten ihrer Stimmung fast wieder ihren früheren Stand erlangt, seit Prinz Reginald dem ganzen Hof sein Herz ausgeschüttet hatte. Nicht nur begeisterte sie ihr beinahe ausgereifter Plan, einen Drachen oder zwei zu erschlagen: Sie war fest entschlossen, die komplette Expedition zu organisieren. »Zeig ihm, wie nützlich du bist«, stimmte ihre Mutter ihr begeistert zu. »Und was für eine Hilfe du erst einem König wärst – einem jungen König zu Beginn seiner Regentschaft. Dies ist nicht die rechte Zeit, ihn seine Meinung noch einmal ändern zu lassen. Und was immer du einpackst, vergiss dein enzianblaues Kleid nicht. Gegen Enzianblau sind Männer machtlos, allesamt! Das hat mich meine Großmutter gelehrt.«

Wie es sich fand, packte Cerise das enzianblaue Kleid doch nicht ein, da sie (korrekterweise) befand, es werde ihren Augen nicht gerecht. Roberts Eindruck aber war, dass sie sonst nur sehr wenig zurückließ.

Als Robert die Idee an jenem Nachmittag auf dem Drachenmarkt auf Mortmains sorgsam formulierte Gedankenspiele hin entworfen hatte, war er davon ausgegangen, dass die Expedition eine kleine sein würde, mit der nötigsten Ausrüstung: bloß er, die beiden Corvinier, ein Bergführer, ein Wundarzt – man wusste ja nie – und zwei Wagenlenker. Nun musste er feststellen, dass eine ganze Heerschar Diener, Köche, Würdenträger und Waffenknechte sie begleiten würde, zudem mehrere Zofen der Prinzessin, zwei Ärzte, ein Priester, um Prinz Reginalds Waffen und Schwertarm zu segnen, und sogar König Antoines Hofnarr, den er ihnen eigens für den Anlass lieh.

»Und obendrein sind wir noch mit einem halben Dutzend nutzloser Prinzen geschlagen, die einfach nur zuschauen wollen«, berichtete Robert seiner Familie. »Alle hoffen darauf, dass Prinz Reginald scheitert, und wollen für den Fall der Fälle vor Ort sein, um die Prinzessin zu beeindrucken. Schlimmer noch – wahrscheinlich werden sich zwei oder drei davonschleichen und versuchen, ebenfalls einen Rakai zu erlegen. Und ich kann nichts dagegen tun. Sie sind Prinzen und würden selbst dann nicht gehorchen, wenn ich sie dazu brächte, mir zuzuhören. Tut mir leid, Mutter, ich weiß ja, wie du darüber denkst – aber der Adel verliert rasch seinen Glanz, wenn man näher hinsieht.«

»Ist mir ganz gleich«, verkündete Patience. »Ich wünschte, *ich* könnte mit!« Ihre Schwester Rosamonde pflichtete ihr bei. »Ich will auch einen großen Drachen sehen! Alle anderen gehen mit, wieso dürfen wir nicht?«

Roberts ruhige Stimme brachte beide Mädchen zum Verstummen. »Rakai sind nicht wie unsere Adelise oder Lux oder Reynald. Sie sind nicht niedlich und gar nicht nett. Und selbst wenn ein Rakai wahrscheinlich lieber eine Kuh oder Ziege nimmt, wenn sie und ein kleines Mädchen nebeneinanderstehen – steht das Mädchen nur einen Schritt näher, schnappt er sich das. Sie fressen Menschen, Rosamonde. Sehr gerne sogar.«

»Kommt die Prinzessin mit?«, fragte Caralos, der ältere von Roberts beiden Brüdern, der immer schon Odelettes Bewunderung für den Adel geteilt hatte. Als eines Tages bei der Feldarbeit Prinzessin Cerises Gefolge vorübergeritten war, hatte er eine volle Woche auf Wolken geschwebt. Robert schenkte ihm ein schiefes Lächeln.

»Sie führt mehr oder weniger den Oberbefehl …« Er bemerkte den gespannten Ausdruck auf Patiences und Rosamondes Gesichtern. »Aber keine Angst, ihr passiert nichts – Prinz Reginald lässt keinen Drachen an sie ran. Er ist der Drachentöter, sehr tapfer und stark. Ihr müsst euch also keine Sorgen machen.«

Tatsächlich aber machte Robert sich größere Sorgen um die Prinzessin, als er sich eingestehen mochte. Was wahrscheinlich besser so war, denn was er sich eingestand, reichte vollauf. Er sorgte sich um Prinz Reginald, oder genauer gesagt darum, dass der Prinz sich sorgte. Alle anderen mochte Reginald erfolgreich täuschen, nicht aber Robert; nicht nach all den vielen Trainingsstunden. Da war zum einen dieses Zucken seiner Augen, wann immer er das Wort *Drache* aussprach; oder wie er Robert zu Größe, Gewohnheiten, Ernährung und sogar Sozialverhalten verschiedener Drachen befragte, insbesondere jener Arten, die er jagen sollte. Obgleich die Fragen unbekümmert taten – »Ich meine, wäre schon hilfreich, wenn ich über die Burschen Bescheid weiß, bevor ich sie schlage. Die nützlichen Dinge, wo ich am besten hinschlage zum Beispiel. Meinst du nicht?« –, zollte er Roberts Antworten größte Beachtung, so als lauschte er mit seiner ganzen Haut, nicht bloß den Ohren, wiewohl er sich doch krampfhaft Mühe gab, gelassen zu wirken.

Mehr als einmal kam es Robert in den Sinn, dass er die Regeln des Prinzseins schlicht nicht verstand. Doch war er willens, zuzusehen und zu lernen, damit Mortmain keine Ausrede hatte, ihren Handel zu überdenken.

Seine eigene Rolle auf der Expedition war offiziell vernachlässigbar, bis sie die Berge erreichten; doch während der Planung und des Packens war seine Expertise überaus gefragt. Mehrmals täglich, wo er auch arbeitete, trugen Boten Fragen der Prinzessin an ihn heran, und jeden Abend wurde von ihm erwartet, den Stand der Vorbereitungen zu inspizieren und abzusegnen. Insgeheim begannen ihm diese Visiten sogar Spaß zu machen – denn wenngleich es nie etwas Wichtiges zu tun gab, kam es ihm vor, als stünde er bereits in Diensten und sein neues Leben finge an.

Und dann war da natürlich noch die Prinzessin.

Diese geriet ihm zusehends zum Gegenstand der Verwirrung. Anders als Prinz Reginald oder König und Königin, die ihre Herrschaftlichkeit direkt auf den Knochen trugen, schien ihm die Prinzessin permanent mit anderen Dingen denn dem Bewusstsein ihres Standes befasst. Sie war überall: stellte ständig die Reihenfolge des Zuges um, glich Ausrüstung und Listen ab, besprach Rezepte mit den Köchen und vergewisserte sich, dass die Zelte auch wasserdicht waren. Sie nahm es sogar auf sich, persönlich den Zustand der Waffen und Rüstungen zu kontrollieren, und verschrieb einer jeden die passende Politur. Prinz Reginalds Queste mochte zwar der offizielle Anlass der Fahrt sein, doch herrschte kein Zweifel, wem sie unterstand. Teils war diese Hingabe Robert nicht unvertraut, und er respektierte sie – ein ganz neues Gefühl für ihn im Umgang mit Adligen. Für sie zu arbeiten, solange es ihn seinen Zielen näher brachte, war das eine. Mittlerweile aber lief er fast schon Gefahr, eine der ihren als *Person* wahrzunehmen, so wie sich selbst und seine Freunde und Familie – und das kam überhaupt nicht in Frage.

~

König Antoine und Königin Hélène verabschiedeten die Expedition. Der König schniefte stoisch, die Königin warf Kusshändchen und winkte energisch mit ihrem Schal. Die Musiker, die nun einsetzten, der vorneweg tollende Hofnarr und die hüpfenden Kinder und kläffenden Hunde zum Abschluss gemahnten Robert mehr an eine Hochzeitsparade oder einen großen Festtagsumzug als irgendetwas, das mit Feuer, Blut und Drachen zu tun hatte. Prinzessin Cerise ritt stolz voran, Steigbügel an Steigbügel mit Prinz Reginald, der immer wieder über die Schulter zu Mortmain und Robert blickte, welche mit den Dienern und Vorräten ritten und kaum zu erkennen waren in dem von den Anführern aufgewirbelten Staub. Mortmain lächelte und winkte pflichtschuldig, um seinen Herrn zu ermutigen. Robert aber zog sich nur tiefer in den Staub zurück und hoffte, sich so vor Odelettes liebevollem Blick zu verbergen. *Irgendwo dort hinten steckt sie,* dachte er, *und ist ganz außer sich, ihren Sohn in solch edler Gesellschaft zu sehen. Ob sie immer noch so stolz und glücklich wäre, wenn sie wüsste, was in Wahrheit meine Rolle ist und was für mich dabei herausspringt? Wohl kaum.*

Ein paar Stunden später war der Großteil der verschiedenen Begleiter zurückgeblieben und fast so etwas wie Ordnung eingekehrt. Prinzessin Cerise war eine gute Reiterin und gab ein strammes, aber nicht zu erschöpfendes Tempo vor. Die Wagen mit der Ausrüstung am Ende blieben dicht beisammen, und alle dazwischen hielten sich tapfer und schmetterten sogar den ein oder anderen schwungvollen Chor oder Kanon. Robert tat sein Möglichstes, die Verdrossenheit abzustreifen, konnte sich auf den allgemeinen Frohsinn jedoch nicht einlassen. Das Wissen darum, was ihnen bevorstand, ließ alles platt und absurd erscheinen.

Mortmain ritt noch immer neben ihm. Robert drehte sich im Sattel und sah den Diener an. »Diese Schar wird alles nur schwieriger machen.«

»Keineswegs, Meister Thrax. Eine unbedeutende Komplikation, die sich noch als zweckdienlich erweisen mag.«

»Das sagt *Ihr.*«

»Und so verhält es sich auch. Tatsächlich sehe ich mehr als eine Möglichkeit, das Blatt zu unseren Gunsten zu wenden. In der Zwischenzeit wäre mein Rat an Euch, einfach mitzusingen, so wie es auch der Prinz tut. Überaus egalitär von ihm, das muss man ihm lassen.«

Robert schnitt eine Grimasse. »Früh am ersten Tag im Sonnenschein singt es sich leicht. Wir werden ja sehen, wie unsere fröhlichen Gefährten klingen, wenn wir uns den Bergen nähern.«

Und das sahen sie. Am zweiten Tage hatte die Prozession den Reiz des Neuen verloren, und die ausgelassenen Gesangseinlagen wichen stilleren Freuden: dem Geschmack der Luft, der warmen Sonne und dem Getratsche über jeden, der gerade nicht in Hörweite weilte. Bis zum Abend passierten sie drei Dörfer, und jedes Vorbeiziehen weckte einen Widerhall der gestrigen Festtagsstimmung, was sich beim dritten Mal aber doch recht gezwungen anfühlte. Am nächsten Tag zogen Wolken am Himmel auf, es wurde kälter, und die Pferde zeigten sich widerspenstig und kämpften gegen Sattel und Zaumzeug an wie aufsässige Fohlen. Das einzige Dorf, auf das sie früh im Vorgebirge stießen, begegnete ihnen mit mürrischem Argwohn, seine Bewohner so dünn und steinern wie das wenige urbare

Land, das sie bestellten. Der Hofnarr machte Überstunden, um sie aufzuheitern, doch nur ein kleiner Junge lächelte, und seine Mutter scheuchte ihn ins Haus, ehe er lachen konnte.

Und am Morgen des vierten Tages, noch bevor irgendwer zu dem leichten Nieselregen erwachte, der über Nacht eingesetzt hatte, kam ein Traum zu Robert.

Es war nicht *der* Traum – aber ein dunkler Spiegel desselben. Er stand auf einer Lichtung voll bleicher Knochen und Asche und schrie seinen Zorn hinaus. Seine Stimme war indes nicht die eigene, und als er den Mann packen wollte, der sich ihm entgegenstellte – irgendwie wusste er, dass es ein Mann war –, sah er, dass seine Arme keine Arme, sondern riesige ebenholzschwarze Schwingen waren.

Der Traum verblasste, während Robert sich anzog, und hinterließ bloß die doppelte Einsicht, dass irgendetwas nicht stimmte und er ganz und gar nicht darauf gefasst war.

Prinz Reginald wartete vor Roberts Zelt. Seine Stiefel waren durchnässt, und glitzernde Nebeltröpfchen hatten sich in seinem vollen Haar verfangen. Irgendwie stand ihm sogar das; es wirkte, als wüchsen ihm Juwelen auf dem Haupt.

Der Prinz war unglücklich und nervös. »Ich habe fünf Minuten gebraucht, mein Pferd so weit zu beruhigen, dass es sich satteln ließ«, klagte er. »Und dann habe ich es kaum den nächsten Hang hinaufgebracht. Ist es so weit? Sind sie nahe?«

Robert kostete die feuchte Luft.

»Seit gestern Abend hat sich nichts geändert. Es ist bloß eine alte Witterung, die der Regen hervorbringt, das ist alles. Ihr könnt unbesorgt ruhen, mein Prinz. Wir sind immer noch ein oder zwei Tagesreisen von der Gegend entfernt, in der man zu dieser Jahreszeit für gewöhnlich Rakai antrifft. Wobei …«

»Wobei *was?*« Zu ihrer beider Überraschung quiekte des Prinzen Stimme bei dieser Frage ein wenig.

Robert antwortete in demselben ruhigen, rücksichtsvollen Ton, den er immer bei besorgten Kunden anschlug. »Drachen sind Tiere wie wir alle, mein Prinz, und individuell nicht vorhersagbarer als wir. Doch hat jede Spezies ihre Verhaltensmuster, die ihr für gewöhnlich Grenzen aufzeigt. Dieser Geruch ist selbst bei Regen stärker, als ich erwartet hätte. Das bedeutet, dass sich mehr als nur ein Rakai hier untypisch spät im Jahr noch aufhielt. Ich kann bloß raten, dass irgendwas da draußen ihre normalen Gewohnheiten gestört hat. Es wäre weise, mit Bedacht vorzugehen.«

»Wieso nur habe ich mich von Mortmain hierzu überreden lassen …« Prinz Reginald presste die Lippen zusammen. »Also schön. Dann mit Bedacht. Von nun an wirst du vorne bei mir reiten.«

~

Die Reisegesellschaft erklomm an diesem Tag die nächsten Höhen, doch der Schlamm erschwerte ihren Weg. Bis sie das nächste Mal das Lager aufschlugen, hatten sie bloß die Hälfte der geplanten Strecke geschafft, und selbst dafür mussten sie dankbar sein. Das Dorf, das sie als letzte Station vor den alten Wäldern des Gebirges eingeplant hatten, würde sich bis zum Morgen gedulden müssen.

Nichts Dramatisches war geschehen, es sei denn, man zählte die Schlammgrube, die dem Priester seinen besten

Stiefel vom Fuß gesaugt hatte; dennoch hatte eine wachsende Anspannung von allen Besitz ergriffen, und an den abendlichen Lagerfeuern prägten gezwungenes Lachen und mehr als ein paar harsche Worte die Gespräche.

Wenigstens hatte der Regen aufgehört.

Robert mied die Nähe der anderen. Der Tag war ihm unerwartet schwergefallen; er fühlte sich deplatziert in der Gesellschaft von Reginald und Cerise, nicht ganz er selbst, und hatte ihre gelegentlichen Fragen so knapp als möglich beantwortet. Schlaglichter seines Traums hatten ihn den Ritt über verfolgt und sich ihm aufgedrängt wie leichter Rauchgeruch im Wind, und beiderseits der schlammigen Straße hatte er merkwürdige und verstörende Spuren wahrgenommen, die keinen rechten Sinn ergaben.

Nun wälzte er sich schlaflos in seiner Decke, und seine Gedanken rasten. Ein Stück weiter schlief Mortmain tief und friedlich. Wenn Robert indes seine Augen schloss, sah er vor sich schräg stehende grüne; Augen wie aus Kristall geschlagen, groß wie seine beiden Fäuste, hinter denen grüne Feuer hoch aufloderten, bis sie den Himmel verschlangen.

Als er selbst mit geöffneten Augen nichts anderes mehr sah, hüllte er sich in den alten Mantel seines Vaters – der gleich der Nacht nach Drachen duftete – und schritt den Rand des stillen Lagers ab. Er weckte ein paar verschlafene Wachen, sah nach seinem sicher verwahrten Schwert und Speer, und redete eine Stunde lang leise unter den Sternen auf die immer nervöseren Pferde ein. Dann wagte er sich ein Stück weit in die Dunkelheit vor. Unter einem Überhang, der den schlimmsten Regen abgehalten hatte, legte er sich hin und presste die Wange auf die kühle, feste Erde.

Er streifte seine anderen Sinne ab, konzentrierte sich einzig auf seine Ohren und horchte aufmerksam wie auf den Herzschlag einer Frau.

Prinzessin Cerise wäre fast über ihn gestolpert.

»Was tut er da?«, rief sie und machte einen Satz zurück. »Wer da?« Als Robert sich erhob, steckte sie ihren Dolch, der ihr in die Hand gesprungen war, zurück in die Scheide. »Ach du bist es. Wieso schläfst du nicht?«

»Aus demselben Grund wie Ihr nicht, Königliche Hoheit«, antwortete Robert. »Ich versuche diesen Zug zu schützen, solange ich kann.«

Die Prinzessin warf entrüstet den Kopf zurück. »Aber das ist *meine* Aufgabe. Und Prinz Reginalds.«

»Es ist unser aller Aufgabe. Aber nicht jeder erfüllt sie.« Während sie einander noch musterten, durchbrach ein langes, volltönendes Schnarchen aus Prinz Reginalds Zelt die Stille. »Er hatte einen langen und sehr schweren Tag«, sagte die Prinzessin etwas kleinlaut.

Robert erwiderte nichts.

»Doch, hatte er«, beharrte Cerise. »Und er muss morgen ausgeruht sein.« Sie zögerte. »Du hast auf Drachen gelauscht, richtig?«

»Manchmal spürt man die größeren, wenn sie umherlaufen. Sofern sie groß und nahe genug sind.«

»Und diese hier? Antworte mir.« Es war halb Befehl und halb ein Flehen.

Robert wandte den Blick ab, suchte in der leeren Nacht. Selbst von ihrer recht tiefen Warte aus ließ sich weit schauen, sobald sich die Augen an das Sternenlicht gewöhnt hatten. »Ich höre gar nichts«, sagte er leise. »Kein noch so geringer Laut. Ich wünschte, es wäre anders.«

»Aber … das ist doch gut, oder? Nichts zu hören?« Sie wusste bereits, dass dem nicht so war, und Robert wusste, dass sie es wusste. Er gab keine Antwort und sie sahen einander einige Momente wortlos an. »Erklär mir, weshalb es schlecht ist«, sagte die Prinzessin schließlich. »Bitte.«

Sie hatte ein Recht, es zu erfahren, und so rang er nur kurz mit einer Antwort. »Weil dies ihr Gebiet ist. Bei einem derart starken Geruch sollten Rakai den Boden hier wie Haselnüsse bedecken. *Eigentlich* sollte ich ihre Bewegungen hören. Doch abgesehen vom Geruch sind alle Spuren Monate alt – keine frische Fährte oder Losung, keine Brand- und Krallenspuren an den Bäumen, die nicht schon halb verwittert wären. Das macht mir Sorge. Ich will Euch keine Angst einjagen …«

»Das tust du aber.« Ihre Stimme war verblüffend fest, ihrem bangen Blick zum Trotz. »Könnte etwas sie vertrieben haben? Oder … oder …?« Sie ließ den Satz unvollendet.

»Rakai sind nicht wie die kleinen Drachlinge, die ich aus den Wänden Eures Schlosses gejagt habe, Prinzessin. Ich kenne nichts, was einen Rakai vertreiben könnte … und das ist hier auch nicht geschehen. Es gibt nur eine Erklärung für den Geruch bei dieser Stille: Die Rakai, die wir suchen, sind tot. Jeder einzelne, seit Monaten schon. Was immer sie getötet hat, hat den Boden meilenweit mit ihrem Blut getränkt und nichts sonst hinterlassen.«

»Oh«, sagte Prinzessin Cerise leise und senkte den Blick. Sie scharrte sogar mit der zierlichen Stiefelspitze wie ein verlegenes Kind. Dann hob sie das Gesicht, warf das Haar zurück und sah Robert direkt in die Augen. »Nun, was immer es sein mag, es kennt auch uns noch nicht.« Ihre

Stimme klang nun ruhig und fest. »Was sollten wir deiner Meinung nach tun?«

»Das müsst Ihr und Prinz Reginald entscheiden. Ihr seid die Anführer.« Es war nicht Spott, der ihn das sagen ließ, bloß die alte Warnung seines Vaters, die ihm dieser während der Lehre eingebläut hatte: *Wenn feine Herrschaften etwas verlangen, erledige deine Arbeit, erzähl ihnen, was sie hören wollen, und mach, dass du wegkommst.* Prinzessin Cerise aber fühlte sich verhöhnt, und ihr Tonfall wurde kalt und königlich.

»Das sind wir wohl. Und ich habe dich nach deiner Meinung gefragt.«

»In diesem Falle würde ich alle nach Hause schicken«, sagte Robert. »Auf der Stelle. Weckt alle auf und schickt sie heim – alle außer Prinz Reginald und mir. Und Mortmain vermutlich. Das ist, was ich tun würde, wenn Ihr es wissen wollt.«

Die Prinzessin starrte ihn an. »Und ihr beide … Meinst du, dass ihr diese unbekannte Gefahr ganz allein bezwingen könntet?«

»Ich weiß nicht. Aber wenn nicht, sterben wenigstens bloß drei Leute statt beinahe einhundert. Sofern sich der ganze Rummel im Handumdrehen auf die Heimreise macht.« Sie standen einander nahe genug, dass er sehen konnte, wie ihr Ausdruck sich wandelte: erst herausfordernd, dann geschlagen, dann wie zuvor. Um sie zum Lachen zu bringen, ergänzte er: »Vergesst nicht, wir hätten immer noch Mortmain. Und der würde *nie* gestatten, dass Prinz Reginald etwas zustößt.«

Prinzessin Cerise aber lachte nicht. »Nein«, sagte sie lediglich.

Da überkam Robert die Wut. Sie brannte heiß wie nie zuvor in seinem Leben. »Das ist töricht, Eure Hoheit!« Sein Zorn loderte so hoch, dass er Angst bekam, doch ließ er nicht ab. »Nein, nicht nur töricht – sondern dumm. *Dumm!*«

Der Adel Bellemontagnes war traditionell sehr viel weniger autokratisch als in den Nachbarländern – zuvorderst Corvinia. Trotzdem wäre es mit Blick auf die Gepflogenheiten Cerises gutes Recht gewesen, Robert für seine respektlosen Worte festnehmen und inhaftieren zu lassen. Doch sagte sie nur: »Senk deine Stimme. Die Leute schlafen noch.«

Robert öffnete schon den Mund, um sie weiter für ihren Entschluss zu schelten, da legte sie ihm überraschend den Finger auf die Lippen und er verstummte. »Ich werde deinen Rat befolgen«, sagte sie. »Unter einer Bedingung: Alle anderen kehren um und gehen direkt nach Hause, zurück zum Schloss, wie du es vorschlägst. Ich aber werde bleiben, zusammen mit Prinz Reginald und dir ...« Lächelnd ahmte sie ihn nach. »Und Mortmain vermutlich. Ich werde mich diesem Schrecken stellen, wenn es dazu kommt.« Ihre Stimme zitterte bei den letzten Worten nur ein klein wenig. »Sind wir uns einig?«

Sie nahm die Hand weg. »Nein, absolut nicht!«, platzte es aus ihm heraus. »Wie wollt Ihr gegen etwas kämpfen, das einen Rakai abschlachten konnte?«

»So wie du und alle anderen – mit einem Schwert und einer Lanze.« Die Prinzessin nahm eine stolze Haltung an. »Ich hatte schon mit sechs Jahren Unterricht.«

Innerlich hörte Robert sich schreien wie in seinem Traum, aber er wusste, es würde ihm nichts nützen, den Schrei herauszulassen. Stattdessen holte er tief Luft. »Ich verstehe, dass Ihr Prinz Reginald im Angesicht der Gefahr nicht alleinlassen wollt. Doch wenn Ihr bleibt, wird er so abgelenkt sein, dass er irgendwann die Augen für einen Moment lang von der Gefahr abwendet – um sich zu versichern, dass Ihr wohlauf seid. Es wird geschehen, Prinzessin, das wissen wir beide. Und vielleicht hat er dann Glück, vielleicht aber auch nicht. Geschehen wird es.«

Roberts graue Augen und die dunklen, dunklen der Prinzessin ergründeten einander, und obgleich sie noch Fremde waren, verstanden sie einander ohne ein Wort. Dann drehte sich, als wäre es so geplant und geprobt gewesen, Prinz Reginald im Schlaf und stieß ein leises Wimmern aus. Es war ein eigentümlich einsamer und verletzlicher Laut, und Robert wusste, dass er verloren hatte, noch ehe die Prinzessin ihre knappe Antwort gab. »Nein. Ich bleibe.« Jäh lief sie davon und verschwand in der Dunkelheit, die immer noch grün, so rasend grün um ihn brannte.

ELF

Robert vertraute Mortmain seine Bedenken nach dem Frühstück an (selbst das reisende Küchenpersonal räumte ein, es sei »keine Glanzleistung« und verwendete fast so viel Zeit auf das Entschuldigen wie auf das Anrichten). Unerwähnt ließ Robert lediglich seinen Traum, soweit er sich dessen entsann, und dass er die Prinzessin angeschrien hatte. Umso klarer drückte er sich dafür aus, was das Thema ihres sehr wahrscheinlichen Todes anging.

Der Diener hörte aufmerksam zu, zeigte sich jedoch unbeirrt.

»Es ist einerlei«, sagte er mit untypisch finsterer Miene. »Wäre es Euch gelungen, die restliche Gesellschaft zur Umkehr zu bewegen, hätte mein Herr den Schutz der Prinzessin zum Vorwand genommen, mit ihnen heimzugehen. Dies wäre …« Er schüttelte sich und beendete den Satz nicht. »Ich kann in meinen Berichten eine Menge vor König Krije verheimlichen, aber nicht das. Und vor die Wahl zwischen König Krije und hundert geheimnisvollen Drachentötern gestellt, ziehe ich die geheimnisvolle Gefahr vor, besten Dank.«

»Ich denke mir das nicht aus, Mortmain.«

»Natürlich nicht. Aber eigentlich könnte es besser kaum laufen, wenn Ihr es bedenkt: Es gibt keinen Grund, weshalb unser Plan gegen dieses … was auch immer es ist … weniger ausrichten sollte als gegen einen Rakai – vorausgesetzt, Euer Giftgemisch ist so effektiv, wie Ihr sagt. Und wenn der Prinz den Kopf von etwas wahrhaft Neuem und Ungewöhnlichem heimbringt, etwas über alle Maßen Wildem, wenn es nicht gerade vergiftet ist … nun, umso größer sein Ruhm! Zeigt etwas Vertrauen in Euch, Meister Thrax. Seid versichert, meines genießt Ihr.«

Robert stieß einen Laut aus, der halb säuerliches Grunzen, halb Schnauben war, und ging los, beim Satteln der Pferde und Maultiere zu helfen. Erschüttert hatte er feststellen müssen, dass der Adel und seine Dienerschaft herzlich wenig davon verstanden, wie man Sättel und Lasten in unwegsamem Gelände absichert. Fünf, zehn, ein Dutzend Mal am Tag dachte er aus diesem oder anderen Gründen müde: *Oh Mutter, wenn du nur wüsstest.* Doch Odelette würde schon dafür sorgen, dass sie es niemals erfuhr, was er auch sagte. Es war eine Fähigkeit, für die er sie zusehends bewunderte, ja gar beneidete.

Das Wetter wurde nicht besser, und die Straße, die sich höher und höher dem Gebirge entgegenwand, immer schlechter. Es hatte wieder geregnet, ein schwerer Nebel war geblieben, und Matsch bespritzte den farbenfrohen Putz von Ross und Reiter. Schlingpflanzen verfingen sich in den Rädern der Vorratswagen, und die gewaltigen Wurzeln, die den Weg wie ein Aderngeflecht durchzogen, zwangen alle, die nicht ohnehin schon liefen, um die Last zu lindern, abzusteigen und die Wagen gemeinsam über die Hindernisse zu heben. Die großen, dunkelgrauen Felsen, die beiderseits herandrängten, ließen erst drei, dann nur noch zwei Pferde nebeneinander zu; und bis der Weg sie schließlich auf vergleichsweise ebenes und weniger heikles Gelände entließ, mühte sich der Zug im langsamen Gänsemarsch voran. Viele Reiter gingen zu Fuß, auch die Prinzessin, wie Robert, der hinter ihr lief, bemerkte. Mehrfach bot Prinz Reginald ihr an, sie zu sich auf sein Pferd zu nehmen, doch sie schüttelte den Kopf und marschierte weiter, worauf er ebenfalls abstieg und ihr Gesellschaft leistete. Robert bemerkte auch ihr Lächeln und dass sie seinen Arm annahm.

Am späten Nachmittag kamen sie um eine scharfe Kurve und sahen das Dorf vor sich liegen. Oder eher näherten sie sich dem, was höchstwahrscheinlich einst ein Dorf *gewesen* war – sie mussten es wohl einfach glauben. Sämtliche Gebäude wirkten, als hätte man sie in Stücke gerissen, Brett für Brett, Stein für Stein, Schindel und Ziegel für Schindel und Ziegel. Nicht einmal Schornstein und Ofen des Bäckers waren geblieben; alles, was sich einst erhoben hatte, war plattgedrückt. Selbst die Straße war versengt und gesprungen, und alles war bis zur Unkenntlichkeit verbrannt. Sie sahen keine Menschenseele.

Stille ergriff die Gesellschaft, so allumfassend wie die Stille der Ruinen. Dann, sobald der erste Schock von ihnen abließ und der unmögliche Anblick derselbe blieb, sank gewiss ein Dutzend auf die Knie, um in gedämpftem Flüsterton zu beten.

Die Stimme der Prinzessin klang fast unmenschlich klar – wenngleich etwas zittrig – in der kalten Luft. »Haben Drachen das getan?« Und plötzlich sahen alle Robert an.

Er nickte, ohne eine Antwort zu geben.

»Müssen aber wirklich *große* Drachen gewesen sein«, murmelte Prinz Reginald mit belegter Stimme. Wortlos trat Mortmain an die Seite seines Herrn, als machte er sich bereit, ihn wenn nötig zu stützen. Weiter schweigend, lief Robert ganz langsam voran, die Augen auf die verbrannte, festgestampfte Erde gerichtet. Die Prinzessin folgte ihm, ohne ihm die Führung streitig zu machen, und alle anderen taten es ihrem Beispiel gleich. Robert wandte kein einziges Mal den Kopf.

Er führte sie durch die verstreut liegenden Trümmer und hob die Hand, wenn die Pferde über einen jener viel zu frischen Buckel steigen mussten, die niemand zu genau betrachten mochte, manche davon schmerzlich klein. Es war, wie sich den Weg durch einen Albtraum zu bahnen, und bald verstummten sogar die leisen Gebete.

Als sie das schwarze Feld auf der anderen Seite des verheerten Dorfes erreichten, das im Schatten der nebelverhangenen Berge nur umso dunkler wirkte, blieb er stehen und warf der Prinzessin einen Blick zu. Er deutete mit dem Kinn auf drei Aschehaufen, vom Regen getränkt und doch – verglichen mit den formlosen anderen – eindeutig als einstmals menschlich erkennbar. Sie wirkten wie ein Häuflein zerlumpte Puppen, von den Kindern, die sie nicht mehr brauchten, achtlos beiseitegeworfen. Eine – Cerise hielt sie für die Älteste, obgleich sie es nie mit Sicherheit wissen würde – hatte den Mund zu einem stummen, welken Schrei geöffnet.

Auch Roberts Stimme, als er schließlich sprach, klang so heiser, als hätte er sie lange schon nicht mehr benutzt. »Diese drei haben sie wahrscheinlich zuerst gesehen. Und sie wollten die anderen warnen …« Er verstummte.

»Rakai?«, fragte Prinz Reginald.

»Nein, Eure Hoheit.« Robert schüttelte den Kopf. »Wartet hier.« Den Prinzen und alle anderen ignorierend, löste er den Speer mit Eisenspitze von der Seite des vordersten Wagens, dann überquerte er allein das Feld in Richtung Wald. Er bewegte sich langsam und studierte konzentriert den Boden. Von Zeit zu Zeit hielt er aus keinem für die Zuschauer ersichtlichen Grund inne. Niemand folgte ihm.

»Hier können wir nicht bleiben«, verkündete die Prinzessin. »In wenigen Stunden wird es Nacht. Vielleicht finden wir im Wald einen besseren Platz für das Lager.« Ihr Gesicht war ohne Farbe, und ihre Augen wirkten groß, doch ihre Stimme war fest und niemand widersprach ihr. Nur als sie einen Augenblick allein mit Prinz Reginald hatte, klammerte sie sich an seinen Arm, als wäre er ein Rettungsfloß, und sie eine Schiffbrüchige fern des Ufers. »Ich wünschte, wir hätten diesen Weg nie beschritten«, sagte sie. »Beim Erlöser, ich wünschte, das hätten wir nicht.«

Was den Prinzen anging, so war sein größter Wunsch, irgendwo anders zu sein als dort, wo er stand. Doch stellte er fest, dass er keinen Schritt tun konnte: Auf irgendeine Weise wussten seine Füße, dass sie ihn – wenn sie sich nur ein Stück bewegten – panisch den Hang hinab und von dannen tragen würden, so lange, bis das Gebirge bloß noch ein schwacher grauer Klecks am Horizont war. Um Cerise und sich selbst zu beruhigen, nahm Reginald Zuflucht hinter seiner Maske der Selbstsicherheit, so wie er es immer tat – es war sein ältester Trick. »Wenn wir die Kreaturen finden, die das angerichtet haben, kümmern wir uns um sie.«

»Die Leute, die hier lebten, haben das sicher ebenfalls versucht«, antwortete die Prinzessin scharf. »Ich hoffe, wir stellen uns besser an als sie. Thrax – der Drachenjunge – glaubt nicht, dass uns das glücken wird. Merkst du es?«

»Äh … ja.« Tatsächlich sah man es Robert an, und das jagte Prinz Reginald mehr Angst ein, als er ohnehin schon hatte, was er nicht für möglich gehalten hätte. Wie sehr er sich doch wünschte, Robert unter vier Augen zu sprechen – um Zuversicht zu schöpfen und vielleicht auch rasch sein Wissen aufzufrischen, wie man am besten mit Drachen verfuhr, die ganze Dörfer auslöschten. Doch war er von königlicher Geburt und sollte derlei Probleme eigentlich ganz allein lösen können. *Götter*, dachte er. *Wieso nur wurde ich als Prinz geboren? Was verdammt hat mir das je genutzt?* Das strenge, unversöhnliche Gesicht seines Vaters stieg vor seinem inneren Auge auf, und zum ersten Mal schien es ihm tatsächlich Antwort auf seine quälenden Selbstzweifel zu geben. Was würde König Krije in einem solchen Moment wohl tun? Sicherlich nicht wie ein Pavian im Matsch herumsitzen.

»Dann werden wir Meister Thrax wohl das Gegenteil beweisen müssen«, sagte er mit einer Überzeugung, die er nicht empfand. »Und mit diesem Beweis Bellemontagne zur Ehre gereichen. Am besten beginnen wir damit, dass wir uns so gut es geht bewaffnen, alle bis zum Küchengehilfen. Wo gehandelt wird, kann Furcht gar nicht erst Fuß fassen.«

Das waren die richtigen Worte, dennoch fand die Prinzessin darin keinen Trost. Sie hatte Angst und fühlte sich schuldig, denn sie alle waren ihrer Sturheit wegen in dieser Lage, und sie wünschte inniglich, sie könne ihre Entscheidung zurücknehmen. Der Drachenjunge verstand offensichtlich nichts vom korrektem Betragen gegenüber einer feinen Dame oder gar Prinzessin, aber auf *Drachen* verstand er sich – und ein knapper Blick in die Runde bewies ihr, dass es falsch gewesen war, ihren Stolz über sein Wissen zu stellen. Sobald das Nötigste erledigt war, würde sie ihren Fehler beheben müssen. Und wenn das hieß, dass man sie gänzlich auf die Weisung eines Bauern angewiesen sah … nun, dann sollte es so sein. Es blieb Zeit genug, solcherlei Eindrücke zu korrigieren, sobald die Fahrt beendet war, und ihr Gefolge fern dieses schrecklichen Orts.

~

Jeder Schritt führte Robert tiefer dem Geheimnis entgegen. *Alles hier ist falsch,* dachte er. Was er sah und roch, ergab schlicht keinen Sinn. Seine Hände hielten den Speer so fest gepackt, dass ihm die Knöchel schmerzten. Ausnahmsweise war er dankbar für das absurde Gewicht der Waffe – das *Ostrya*-Eisenholz, eine Hopfenbuchenart aus dem Süden, hatte Elpidus fast ein Monatsgehalt gekostet, doch nichts in Bellemontagne kam seiner Stärke und Elastizität gleich. Härter als Eiche, doch beinahe so biegsam wie Eschenholz, an drei Stellen mit Sintereisen verstärkt; die geflügelte Spitze war eine Sonderanfertigung. Es war eine vielseitige Waffe, die gestoßen wie geschwungen gleichermaßen nützlich war, je nach Drache. Äußerst praktisch.

Robert ging es schlecht wie nie zuvor. All seine Muskeln zogen sich zusammen wie eine Schlange, die seine Seele umklammert hielt. *Alles hier ist falsch.* Und während er sich weiter an den Rand des Waldes heranpirschte, beschlich ihn zunehmend der Verdacht, dass er sich den Grenzen seiner Kenntnis würde stellen müssen. Mit was für Drachen sie es hier auch zu tun hatten – es war keine Art, von der er je gehört hatte, weder von seinem Vater noch irgendwem sonst.

Seltsamerweise ertappte er sich dabei, wie er im Geiste mit Odelette sprach. *Rakai töten und fressen, ob ihre Opfer nun Bergziegen oder Menschen sind – sie spucken Feuer, wenn man sie reizt und ihnen Angst macht, manchmal auch während der Paarungszeit. Doch sie zerstören nicht mutwillig und löschen auch nicht ein ganzes Dorf aus, nicht so. Ich bin genauso ratlos und überfordert wie Reginald, die Prinzessin oder der Rest. Ich weiß nicht, womit ich es hier zu tun habe, Mutter, was meine Augen mir sagen. Ich spüre zwar etwas, das stimmt – ein Teil von mir ahnt irgendwas – aber ich weiß es nicht …*

Und wieso nur habe ich das komische Gefühl, dass du mehr darüber weißt?

~

König Antoines Hofnarr war längst zurück nach Schloss Bellemontagne getollt, und die meisten anderen Höflinge waren ebenfalls umgekehrt, abgesehen von den sechs Prinzen, die grimmig weiterstapften, nach wie vor entschlossen, Prinz Reginald jeglichen romantischen Triumph streitig zu machen. Auch den Musikanten und Waffenknechten sah man die Erschöpfung deutlich an, doch sie marschierten fast so flott wie eh und je. Mindestens einmal die Stunde stimmten sie, wie es das Gesetz verlangte, die Nationalhymne des Landes an, »*Unser schönes Bellemontagne*«. So auch zu Sonnenuntergang, gleichfalls wie verlangt – König Antoine war wirklich verliebt in das Lied –, während sie bereits das einladende Wäldchen betraten, in dem die Prinzessin das Lager aufschlagen wollte. Da griff der erste Drache an.

Die Kreatur hatte in einem tiefen, in die zerfurchte

Straße geschlagenen Graben gelauert und schien nun direkt aus dem Boden zu platzen. Riesenhaft und schwarz geschuppt, mit einem grünlichen Schimmer im Lichte der Abendsonne. Mit aufgesperrtem Maul wuchs sie vor der zu Tode erschrockenen Truppe empor, und Robert wollte schon die Ohren schützen vor dem welterschütternden Gebrüll; aber kein Laut drang aus dem grellroten Schlund, und die völlige Stille war furchterregender als jeder Schrei. Der Sturm der weiten Mitternachtsschwingen fegte den Waffenknechten die Helme vom Kopf, doch schwang sich der Drache zum Angriff nicht in die Lüfte. Er stürzte sich einfach nur auf sie.

Robert hatte schon mit Feuerspeiern zu tun gehabt – viele der gewöhnlichen Hausdrachen konnten einen richtig schmerzhaft versengen, wenn man sie in die Enge trieb, und ein schwaches Gift hatten sie auch. Doch vor einem weiß glühenden Flammenstrahl in Deckung zu springen, der einem sogar die Haare unter dem Hut verbrannte … das war Schrecken, das waren Blase, Beine und Gedärme, die sich allesamt in Wasser verwandelten, das war, alle anderen Menschen auf der Welt zu vergessen. Es war der Moment, in dem Gaius Aurelius Konstantin Heliogabalus Thrax, achtzehn Jahre alt, begriff, dass er wirklich sterben würde.

Verursachten die Drachen auch kein Geräusch – zwei weitere kamen von beiden Seiten heran –, die Pferde machten es mehr als wett. Sie schrien wie der Wind, warfen ihre Reiter ab und preschten los, wobei sie auf dem schroffen Boden immer wieder stürzten in ihrer blinden Furcht. Die Menschen gerieten nicht minder in Panik. Manche blieben liegen, wo sie hingefallen waren – betäubt oder schlimmer –, während anderen die Angst so den Verstand raubte, dass sie direkt auf die Drachen zuflohen. Robert sah, was dabei herauskam. Er sah es auf immer und ewig, bis ans Ende seiner Tage.

Es waren die Pferde, die sie retteten. Der Geruch und das Geschrei der entsetzten Tiere lenkten die Drachen von den Menschen ab in ihrer Gier, sodass sie mehr als einmal Pferdefleisch – gebraten oder roh – den Vorzug gaben. Zwei Drachen waren grünlich-schwarz, der dritte aber war blutrot und schien zu lachen, wobei ihm die Flammen ums Maul leckten wie eine verspielte Hundezunge. Dieser Drache mochte lieber Menschen, und ließ sich genüsslich Zeit mit ihnen.

Vorsichtig richtete sich Robert auf die Knie auf und sah sich betäubt nach Cerise um. Er hatte die Prinzessin doch gerade erst – vor Ewigkeiten – an der Spitze des Zuges reiten sehen. Ihr Pferd war beim Anblick der Drachen als Erstes durchgegangen. Endlich entdeckte er sie, besinnungslos im völlig verkohlten Dickicht des Straßenrands. Prinz Reginald war nirgends zu sehen. Auf dem Bauch kroch Robert auf sie zu, betend, dass er die Drachen nicht auf sich aufmerksam machte.

Überall um ihn herum stolperten klagende, schreiende Männer und boten leichte Beute für weiße Flammen und rote Schlünder. Einer der Waffenknechte fiel direkt vor ihm zu Boden. Er wirkte fast durchsichtig, seine Haut in der Hitze wie mit seinem Kettenhemd verschmolzen. Robert kroch um ihn herum. Etwas weiter links lag ein menschlicher Schlackehaufen in Fötusstellung. Ein Musikant, obgleich man das bloß am Horn in seinen Händen erkannte. Es sah aus, als hätte er sich damit des Drachen, der ihn getötet hatte, erwehrt. Robert kroch weiter.

Als er Prinzessin Cerise erreichte, versuchte diese gerade, sich aufzusetzen. Robert stieß sie kurzerhand wieder hin und warf sich auf sie. »Kopf runter!«, rief er ihr ins Ohr. »Bleibt unten und folgt mir!« Er verspürte den verrückten Impuls, sie zu küssen, widersetzte sich aber. »Folgt mir! Tut, was ich tue!«

Auf Händen und Knien wies er ihr den Weg. »Reginald?«, krächzte sie aus heiserer Kehle. »Wo … Reginald?«

Der leichte Stich – sehr leicht nur, gewiss – irgendwo unterhalb seiner Lunge ärgerte ihn, selbst mitten in diesem Massaker. Er sagte bloß: »Wir werden ihn finden. Jetzt Kopf runter und weiter.«

Sie fanden Prinz Reginald zusammen mit Mortmain, was wohl wenig überraschend war. Der Prinz schalt seinen Diener mit so viel Eifer, als hätte er nie seinen prächtigen Schnurrbart und die Hälfte seines Haars an die Flammen verloren. »*Ein* Drache! Das hattest du versprochen. *Garantieren* war das Wort, wenn ich mich recht entsinne. Und mit was habe ich es hier zu tun? Drei! Zähl sie nur – *drei* Drachen, und alle spucken sie Feuer. Mortmain, sobald wir diesem Albtraum entronnen und wieder in Sicherheit sind, bist du entlassen. Und *kein* Zeugnis!«

»Sehr wohl, Hoheit«, antwortete Mortmain milde. »Ich werfe Euch nichts vor, nicht im Geringsten, bestimmt nicht. Doch bis dahin …«

»Bis dahin *runter!*«, zischte Robert scharf. »*Runter!*« Irgendwie gelang es ihm, die Arme um drei Rücken auf einmal zu legen und drei Leute flach aufs Gesicht zu pressen. »Nicht aufschauen – Augen zu! Der Rote kommt direkt in unsere Richtung. *Augen zu!*«

Doch kam er nicht umhin, selbst die Augen zu öffnen, als

zwänge ihn ein böser Zauber, zuzusehen, wie der blutrote Schrecken über die verkohlten Leiber der Männer stapfte, mit denen er fünf Tage lang geritten war und gesungen hatte. Der Drache machte einen fast verspielten Eindruck, hielt ab und an inne, um wählerisch an einem Opfer zu knabbern, oder eins in die Luft zu werfen und mit seiner Flammenzunge zu fangen – oder auch nicht, ganz, wie es ihm eben gefiel. Robert wandte den Kopf ab und übergab sich ins spitze Gras.

Dann geschah etwas.

Es geschah nicht so sehr mit ihm als *durch* ihn und über ihn und überall um ihn herum. Die Wut, die ihn überwältigt hatte, als Prinzessin Cerise nicht hatte umkehren wollen mit ihrem Gefolge – *oh Götter, wie viele wohl überhaupt noch am Leben sind?* –, ergriff abermals von ihm Besitz, wilder noch als zuvor, verzehrte ihn wie Drachenfeuer. Er wischte sich den Mund mit dem Ärmel ab und stand auf, damit der rote Drache ihn sehen konnte. Der Zorn in ihm schrie ihm herausfordernd entgegen, befahl ihm – ohne jede Worte, so lautlos wie der Drache selbst.

Und für Angst blieb plötzlich gar kein Raum mehr.

Der rote Drache setzte sich auf die Hinterläufe – was für kleine Drachen halbwegs bequem war, aber nicht für wirklich große – und legte den Kopf schief. An einem weit entfernten Ort dachte Robert: *Oh, Adelise macht das immer, wenn sie sich fragt, wo Patience sich vor ihr versteckt.* Er lief auf den Drachen zu.

Hinter sich hörte er die Prinzessin rufen, doch weder hielt er an noch sah er zurück. Er spürte, wie sein rechter Arm sich hob, als hätte er einen eigenen Willen, und verfolgte mit gelinder Neugierde, wie er einen Halbkreis beschrieb und nicht nur auf den roten Drachen, sondern auch die anderen beiden deutete, die wie Kühe oder Wild zwischen den Leichnamen weideten. Und obschon er nach wie vor kein Wort sagte, hallte die Wut, die seinen Arm hinaufstieg, mit Donnerschlägen in ihm wieder, bis er nichts anderes mehr hörte. Der rote Drache wich einen Schritt zurück.

Robert wusste keinen Augenblick, was er eigentlich wollte von den drei Drachen. Später konnte er sich an keinen direkten Befehl erinnern, nur an den unausgegorenen Wunsch, sie mögen nun *gehen*, fortgehen und ihn und seine Gefährten mit ihren Toten in Frieden lassen. Er hätte es in Worte gekleidet, bloß gab es in diesem Augenblick keine Worte mehr auf der Welt, also warf er den Kopf zurück und streckte die Zunge heraus, damit sie es *wussten.* Er schmeckte den blutigen Wind, schmeckte das Feuer, und er leckte den feurigen Wind, damit sie es *wussten.*

Was jedoch folgte, hätte er sich nie ausgemalt, selbst wenn es Worte dafür gegeben hätte. Die beiden schwarzen Drachen ließen von ihrem Mahl, schüttelten träge die Häupter, als wären sie gerade erst aus tiefem Schlaf erwacht, und spien Feuer aufeinander. Die Schwingen weit ausgebreitet, stießen sie ineinander wie Schlachtrosse, schnappten bösartig nach des anderen Hals, Brust und Bauch. Ihre knackig gebrannten Schuppen hatten ihren Glanz im letzten Licht des Tages schon verloren. Der rote Drache tanzte fast zu ihrem Kampf, biss abwechselnd Fleisch aus ihren großen Leibern, die seinen Angriff keiner Antwort würdigten. Und die fortwährende Stille machte den Albtraum noch schlimmer.

Da kam Robert zu sich, so plötzlich, als hätte er sich

nackt im Wind wiedergefunden. In einiger Entfernung rissen die Drachen einander in Stücke. Er wandte sich ab und stolperte zurück zur Prinzessin, Mortmain und Prinz Reginald. Dort fiel er nieder, mit offenem Mund, von unbändigem Durst verzehrt. Der Prinz begriff als Erster, was Robert fehlte, und flößte ihm sorgsam das letzte Wasser aus seiner Feldflasche ein. Er war auch der Erste, der ein paar krächzende Worte über die gleichfalls trockenen Lippen brachte. »Gerettet ... du hast uns gerettet. Uns *gerettet*, der Drachenjunge ...«

»Was ist geschehen?«, fragte Mortmain fassungslos. »Was hast du getan?«

Prinzessin Cerise war auf den Beinen und ließ den Blick über die verbrannte, blutgetränkte Erde schweifen. »Ich habe sie getötet«, sagte sie ganz leise.

Robert schüttelte schwach den Kopf, sagte aber nichts. Vielleicht würde er nie wieder sprechen.

»Ich habe sie alle getötet«, wiederholte die Prinzessin. »Hätte ich nur gehört.« Sie drehte sich zu Robert um, doch er wandte den Blick ab, weil er den Schmerz in ihren Augen nicht ertrug. Prinz Reginald legte ungeschickt die Arme um sie, sie aber erhob sich steif und ging nicht darauf ein. »Ich kann nicht nach Hause«, sagte sie. »Wie kann ich je wieder nach Hause?«

Da sah Robert sie an und fand endlich die Stimme wieder. Er zeigte hinter sie: eine Handvoll Waffenknechte, Musikanten und Diener, ein Wundarzt und drei Prinzen, manche auf den Beinen, manche noch darum bemüht, sich aufzurichten, andere am Boden, zuckend und wimmernd. »Weil *sie* nach Hause müssen. Die anderen werden wir morgen begraben – sie müssen heim.«

»Ich werde Gräber ausheben«, sagte Prinz Reginald. »Wenigstens dafür bin ich zu gebrauchen.« Er wirkte nicht komisch mit seiner halbseitigen Glatze, bloß traurig und beschämt.

Der rote Drache und einer der schwarzen waren schon tot; der dritte – nun gleichfalls rot bis auf die Schwingen – richtete sich noch einmal triumphierend über den Kadavern auf, dann kippte er zur Seite. »Euer Vater wäre heute stolz gewesen, Eure Hoheit«, sagte Mortmain.

»Noch ein Wort über meinen Vater«, sagte Prinz Reginald. »Ein Wort nur, Mortmain.« Mehr sagte er nicht, aber er hatte bislang nie in diesem Ton gesprochen, und Mortmain wich ein Stück vor ihm zurück.

Prinzessin Cerise aber setzte sich auf den Boden und barg ihr schönes Gesicht in den Händen.

ZWÖLF

Sie brauchten zwei Tage, um die Toten zu begraben. Sie waren zu wenige, und die Toten zu viele, und nicht alle Überlebenden waren in der Verfassung, zu graben. Der Arzt versorgte sie, so gut er konnte, und der Priester lebte lange genug, um die hölzernen Grabpfähle zu segnen, die Prinzessin Cerise mit blutenden Händen in den harten Boden rammte. Prinz Reginald wollte das eigentlich übernehmen, wurde aber stumm zurückgewiesen. Als sie fertig waren, brachen sie auf nach Hause.

Auf dem ganzen Heimweg sprach die Prinzessin kein Wort. Sie ritt wie zuvor an der Spitze der kläglich geschrumpften Prozession, doch hielt sie den Blick gesenkt und saß bar jeder adeligen Würde und Überheblichkeit zusammengesunken im Sattel. Robert ritt wieder am Ende der Gesellschaft – es war kummervoll, wie gering diese Distanz nun war – und hielt wachsam die Augen offen, damit keine auf Rache sinnenden Drachen ihnen aus dem Wald des Massakers folgten. Aber selbst von dort hinten merkte er stets, wenn die Prinzessin wieder anfing zu weinen.

In stiller Übereinkunft vermieden sie jenes letzte, von Drachen heimgesuchte Dorf. Wann immer sie jedoch eine Ortschaft gleich welcher Größe erreichten, strömten die Bewohner ihnen hilfsbereit entgegen. Irgendwie war die

Kunde ihres erlittenen Unheils ihnen vorausgeeilt, und waren sie auch erschüttert und zahlenmäßig dezimiert, so rangen sich viele – jedoch nicht die Prinzessin – ein qualvolles Lächeln oder eine kraftlose Geste ab. Die Dorfbewohner waren überwiegend Frauen und Kinder, da die Männer zumeist bei der Arbeit auf dem Feld waren. In einem Ort aber fiel Robert ein großgewachsener alter Mann ins Auge, der sich auf einen knotigen Stab stützte und Prinz Reginald, als dieser vorüberritt, wütend anzustarren schien. Es war offensichtlich ein persönlicher Groll, auf einen bestimmten Menschen gerichtet, den Robert auch in jeder weiteren Siedlung auf ihrem Weg sah, oder doch zu sehen glaubte. Er sagte sich, dass er sich täuschen musste, dass ein so alter Mann unmöglich Schritt mit ihnen halten konnte – aber was er sah, gab ihm dennoch zu denken.

Erst, als sie Schloss Bellemontagne schon ganz nahe waren, richtete er das Wort an Mortmain, der neben ihm ritt. »Vermutlich ist dies nicht der rechte Zeitpunkt, über meine Zukunft als Diener zu reden?«

»Tatsächlich wäre es sogar der logischste Zeitpunk«, gab Mortmain zurück. »Ich wollte es eigentlich selbst schon ansprechen.«

»Wirklich?« Zwar hatte er Mortmain seit ihrem ersten Treffen im Großen Saal, das sich mittlerweile in einem anderen Leben ereignet zu haben schien, durchaus zu schätzen gelernt, aber ihm zu vertrauen war etwas anderes.

Mortmains Loyalität galt zuvörderst seiner eigenen glatten, wachsbleichen Haut; dann König Krije und damit Prinz Reginald. Robert nahm an, dass er auf dieser Liste deutlich tiefer rangierte, doch das mochte keine große Rolle mehr spielen. »Wann sollen wir mit meiner Ausbildung beginnen?«

»Tja«, sagte Mortmain. »Das kommt ganz darauf an.« Robert sah ihn an. »Ihr habt unser aller Leben gerettet«, fuhr Mortmain fort. »Prinz Reginald war der Erste, der das eingestand. Der Allererste, wie Ihr Euch sicher erinnert.«

Robert zuckte die Achseln. »Kann gut sein. Ich weiß nicht mehr genau, was passiert ist.«

»Exakt. Die Drachen mögen schlicht aus Hunger übereinander hergefallen sein oder aus Dummheit oder … wer weiß schon, weshalb solche Kreaturen tun, was sie tun?« Mortmain hob einen Finger und seine Augen weiteten sich leicht, als käme ihm gerade ein neuer Gedanke. »Es wäre auch vorstellbar, dass der Anblick eines furchtlosen, bedrohlichen Helden wie Prinz Reginald sie vor lauter Angst in den Wahnsinn trieb. Das wäre doch möglich, oder?«

Robert verzog keine Miene. »Ich kann mich nicht entsinnen, dass Prinz Reginald auch nur in Sichtweite gewesen wäre, bis die Prinzessin und ich ihn bei Euch fanden.« Er hielt Mortmains Blick stand und fühlte sich sehr viel älter als noch vor einer Woche. »Wir waren alle verrückt vor Angst, als die Drachen angriffen, ausnahmslos. Wahrscheinlich kam der Prinz direkt zu Euch gerannt und suchte Euren Schutz – ich kann es ihm nicht verübeln. Sagt mir, dass ich mich täusche.«

Mortmain öffnete den Mund, doch Robert erfuhr nie, was er hatte antworten wollen. Eine matte, ausdruckslose Stimme zu seiner Linken sagte: »Du täuschst dich nicht.« Neben ihm ritt Prinz Reginald auf einem der Wagenpferde. Sein eigenes Pferd war beim Angriff des ersten Drachen buchstäblich unter ihm weggebrannt worden.

»Ich bin fortgerannt«, sagte er. »Habe meine Waffen von mir geworfen und bin blindlings losgerannt, um Mortmain zu finden. Ich habe geweint wie ein Kind, das sich das Knie aufgeschlagen hat. Und nun wird er dich bitten, mir den Ruhm zu überlassen, damit ich als Held und Drachentöter vor meinen Vater treten kann. Das war immer der Plan, war dir das nicht klar? Wie anders hätte ich es je gewagt, zu einer Drachenjagd auch nur aufzubrechen?« Er neigte sich zu Robert und ergriff mit verblüffender Kraft seinen Arm. »Aber tu es nicht, hör nicht auf ihn! Mir ist egal, was mein Vater von mir denkt – ich weiß, was *ich* denke, und das ist schlimm genug. Du bist der, der sich dem Feuer stellte und … und den Schreien und den Pferden, und der … der ganzen Schrecklichkeit – du warst das, niemand sonst.« Er wies mit dem Kinn zur Prinzessin. »Du bist der, der von Anfang an mit ihr hätte reiten sollen – das weiß sie ebenfalls. Lass nicht zu, dass ich von Mortmain zum Helden gemacht werde, ich will es nicht! Ich will nicht!« Er lenkte das schwerfällige Pferd zurück zum anderen Ende des sich dahinschleppenden Zuges, um allein zu sein.

»Er ist aufgebracht«, sagte Mortmain. »Er steht unter ziemlich großem Stress.« Eine Weile sprachen weder er noch Robert ein Wort.

»Also schön«, sagte Robert schließlich müde. »Ich bin einverstanden. Prinz Reginald kann der Drachentöter sein – erzählt dem König und der Königin, was Ihr wollt, mir egal. Wenn ich könnte, würde ich das alles auf der Stelle vergessen. Preist ihn so laut und öffentlich Ihr mögt, aber während man ihn feiert, und die Menschen trauern – was eine Weile dauern dürfte –, werdet Ihr mich lehren, der Leibdiener eines Prinzen zu sein. Sind wir uns einig?«

Mortmain wirkte gelinde überrascht. »Das sind wir. In der Zeit, die uns bleibt, werde ich Euch nach allen Regeln der Kunst in der Tätigkeit eines Leibdieners unterweisen. Und eine Kunst ist es – das dürft Ihr mir glauben.«

»Nach allen Regeln«, wiederholte Robert. »Früher habe ich bloß davon geträumt, mit einem Prinzen oder Herzog zu reisen, und mit seinen Augen andere Länder, andere Leute zu sehen … alles, was nicht Bellemontagne ist. Heute … möchte ich lernen. Nicht bloß, was Ihr tut, sondern was Ihr seid. Wie man schmeichelt, wie man lobt, wie man jemanden dazu bringt, etwas zu tun, und ihn dabei glauben lässt, es wäre seine eigene Idee – wie man einem Herrn von Stand die Worte in den Mund legt, wie man ihn kleidet, unterrichtet, berät und nach Belieben *formt*, zu was man will. Zweifelsfrei muss ein bescheidener Drachenbekämpfer diese Dinge wissen, wenn er es in der Welt zu etwas bringen will. Versteht Ihr, wonach ich strebe, Mortmain?«

»Ich verstehe«, sagte Mortmain. »Ich werde es Euch lehren.«

Robert lachte betrübt. »Odelette – meine Mutter – erzählt immer, die Göttin Vardis habe mir bei meiner Geburt die Seele eines Helden verliehen. Sie kennt sich aber nicht gut aus mit Helden, und Vardis vielleicht auch nicht.«

»Lacht nie in Gegenwart Eures Herrn.« Mortmains Stimme war schlagartig streng geworden. »Er wird immer denken, dass man insgeheim über ihn lacht. Und sprecht nie bedenkliche Themen wie Seelen und Göttinnen an. Euer Ziel muss stets lauten, dass Euer Herr froh und leichten Herzens ist. Also erzählt ihm stets frohe, leichte Dinge.« Er schenkte Robert sein dunkles, trockenes Lächeln. »Und hiermit endet Eure erste Lektion.«

~

Zurück bei der Familie, zusammen mit Ostvald und Elfrieda in die Küche gedrängt, sah Robert sich liebevoll genötigt, die Drachenjagd und das Gemetzel in dem so einladenden Wäldchen gleich mehrfach wiederaufleben zu lassen. Ein ums andere Mal ließ ihn Rosamonde die drei Drachen beschreiben, damit sie mit wohligem Quietschen erschauern konnte, und Hector erbat sich Details, wie Prinzessin Cerise sich angesichts der schrecklichen Gefahr verhalten hatte. Ostvald wollte alles über ihre Waffen und Rüstungen wissen, so nutzlos sie sich auch erwiesen hatten, während Elfrieda einfach andächtig an seinen Lippen hing. Odelette hingegen interessierte nur, ob er auf der Reise auch gut gegessen und geschlafen hatte, ob er Freundschaft mit seinen vornehmen Gefährten geschlossen hatte, und was für ein Gefühl es gewesen war, allein und unbewaffnet auf die Drachen zuzuschreiten. Als er ihr den Moment so gut es ging ausmalte, klatschte sie in die Hände und tanzte fast vor Verzückung. »Ich *wusste* es! Ich wusste, die Götter würden meine Gebete erhören!«

»Nun«, hielt Robert dagegen. »Wenn eine Heldenseele für dich etwas ist, das einen dazu bringt, sich vollkommen töricht und lebensmüde zu verhalten, während man sich vor Angst gerade einnässt und kaum noch stehen kann …«

»Ja!«, unterbrach ihn Odelette. »Das ist *genau*, was ich meine, nur nicht das, wovon ich rede. Du hattest Angst vor den Drachen, natürlich – dein Vater und ich haben schließlich keine Dummköpfe erzogen. Da war aber *noch* etwas, etwas *anderes* … oder nicht?«

Sie stand ganz nahe und blickte ihm forschend ins Gesicht, während seine Brüder und Schwestern verwundert zusahen. »Ich war … wütend«, sagte Robert. »Die Drachen haben alle getötet, verbrannt und verschlungen. Ich war sehr wütend.«

»Ja«, flüsterte seine Mutter. »Das dachte ich mir.« Robert verstand sie kaum. Sie wandte sich kurz ab und überkreuzte dreimal die Handgelenke in einer Geste, die er nie zuvor gesehen hatte. Als sie ihn wieder ansah, lächelte sie, ihr Gesicht aber war blass und Tränen glitzerten in ihren Augen. *»Drachenherz«,* sagte sie leise. Robert starrte sie an.

»Vardis gab dir nicht bloß eine Heldenseele«, sagte Odelette. »Sie gab dir auch das Herz eines Drachen. Ich hörte von diesen Dingen – meine Mutter erzählte mir davon – aber ich dachte … Ich hielt es bloß für Geschichten.« Sie schloss die Hände fest vor der Brust. *»Drachenherz.«*

Robert stellte fest, dass ihre Zuhörer alle unwillkürlich einen Schritt zurückgewichen waren – alle bis auf Elfrieda, deren Augen strahlten wie die seiner Mutter. Das ängstigte und ärgerte ihn zugleich, und er sagte: »Nein. *Nein*, die Geschichte von der Heldenseele habe ich nie geglaubt, und diese glaube ich auch keine Sekunde. Ich bin *ich*, und ich habe *meine* Seele und *mein* Herz, zusammen mit meiner Leber, meinen Nieren, meinen Zähnen, meinen Füßen …«

»Die Füße deines armen Vaters«, sagte Odelette zärtlich. »Er hat ja so gelitten unter diesen Füßen …«

»*Meine* Füße! Und mein eigener und inniglicher Wunsch, kein Held zu sein, kein Drachentöter …«

»Natürlich nicht! Das könntest du nie, nicht bei dem, was du für sie empfindest.« Sie zeigte an ihm vorbei, und da erst fiel Robert auf, dass die Drachlinge – selbst die namenlose Weiße – in der Küche waren. Sie hockten auf Stuhllehnen, Regalen und Schultern und lauschten aufmerksam der Unterhaltung. »Du redest mit ihnen, und sie hören auf dich.«

Robert fühlte sich an das Gespräch mit Mortmain auf dem Drachenmarkt erinnert. »Und diese Großen, Bösen – wusste ich doch, dass es nicht die Könige sind – hast du gespürt, und was *sie* spürten, hast du gegen sie gewandt, damit sie übereinander herfallen. Nur jemand, der das Herz und die Natur eines Drachen teilt, kann so etwas machen. Nur ein Drachenmeister. Nur mein Sohn.«

Die folgende Stille wurde nur von einem ehrfürchtig gemurmelten *»Ja«* unterbrochen, und Robert erkannte Elfriedas Stimme. Er schüttelte den Kopf, um einen klaren Gedanken zu fassen, da begegnete sein Blick dem Adelises, die ihren geschuppten Hals so weit sie konnte vorreckte. Ihre meergrünen Augen schauten hell und voller Einsicht. Sie hielten ihn gebannt, während er sich um eine Antwort mühte. »Ich bin bloß ich. Ein einfacher Mensch, der gerne der Leibdiener eines Prinzen wäre. Das ist alles.«

»Der Diener eines Prinzen?« Odelette lachte verächtlich, obwohl das vor einer Woche noch ihr kühnster Traum gewesen wäre. »Wenn Prinz Reginald erfährt, was du bist, wird er dich anbetteln, dass du *ihn* als Diener annimmst, das verspreche ich dir …«

»Nein! Du wirst ihm gar nichts sagen – du wirst *niemandem* irgendwas sagen!« Robert merkte, dass die anderen ihn erschrocken anstarrten. Ruhiger fuhr er fort: »Ich dachte, dass ich Drachen verstehe – das tue ich nicht. Ich will es auch nicht. Ich hab sie von Nahem erlebt und will weder ihre Herzen noch ihren Geist oder irgendwas sonst von ihnen in mir haben. Nein, niemals wieder.« Er tätschelte abwesend die Hand seiner Mutter und schob sie sachte von sich. »Wenn ihr mich nun alle entschuldigen würdet, mein Unterricht wartet auf mich. Ostvald, gleich morgen früh müssen wir zu Gerhards' Molkerei – sie haben ein Gelege Lindwurmeier kurz vorm Schlüpfen gefunden, und die Spuren der Mutter hinterm Stall. Wir treffen uns um acht an der Kreuzung.«

Dann verließ er Küche und Haus, ohne sich umzusehen. »Dir bleibt keine Wahl, mein Sohn!«, rief Odelette ihm nach. »Das Geschenk einer Göttin kann man nicht zurückgeben.« Doch Robert drehte sich nicht einmal um, als seine Schwester Patience zu schluchzen begann. Mehrere Drachlinge eilten zu ihr – Adelise koste ihr sogar das Gesicht, um die Tränen zu stillen –, Patience aber weinte weiter.

~

»Sie *wollen*, dass man ihnen sagt, was sie zu tun haben. Das ist das Wichtigste, woran man bei ihnen denken muss.«

»Prinzen? Herzoge? Die feinen Herrschaften?«

»Sie alle. Tief in ihrem Inneren *wissen* sie, dass sie Narren sind – sie wissen genau, dass sie nicht wissen, was sie tun, wenn sie Männer in die Schlacht schicken, Gesetze erlassen und Verträge aufsetzen, jemanden heiraten, jemand anderen befördern und jemand Dritten in den Kerker werfen. Sie freuen sich, wenn man ihnen sagt, was sie anziehen sollen, welches Essen sie dick macht, welche Tänze an welchem Hof gerade in Mode sind – sogar, wann sie ins Bett gehen sollen, ob Ihr's glaubt oder nicht. Disziplin, System, Beständigkeit – das ist es im Kern. Und ich glaube, das genügt als Eure zweite Lektion.«

Sie waren in den Stallungen. Mortmain hatte Robert gezeigt, wie man Prinz Reginalds Stoffhemden faltete und Eisenhemden polierte, und mit welchen Tricks man schlammige Stiefel putzte. Der Prinz grübelte derweil auf dem Heuboden. Dort verbrachte er neuerdings sehr viel Zeit, obwohl er da oben oft niesen musste. »Ihr redet von ihnen, als wären sie Kinder«, stellte Robert fest.

»Genau das sind sie auch – große Kinder, die sehr gefährlich werden können, wenn man nicht gut auf sie achtgibt. Sie wollen das so, es ist ihnen eine große Erleichterung, nachdem sie den ganzen Tag Erwachsene gespielt haben. Achtung, Ihr habt da einen Fleck vergessen, gleich da am Schaft. Ach, die hohen Herren lieben ihre Stiefel so.« Sorgsam legte Mortmain ein ordentlich gefaltetes Hemd auf dem Futterfass ab und musterte Robert mit seinen seltsamen gelb-braunen Augen. »Ihr werdet niemals ein Diener, dass wisst Ihr.«

»Doch, das werde ich.« Die Bemerkung überraschte Robert, und er reagierte ungehalten. »Nach gerade mal zwei Lektionen könnt Ihr so was doch nicht sagen!«

»Hätte ich vor gewissen Entwicklungen auch nicht. Da hättet Ihr es vielleicht auch wirklich vollbracht, so sehr, wie Ihr Euer Leben ändern wolltet. Nun aber …« Mortmain schüttelte den Kopf. »Nun wollt Ihr etwas gänzlich anderes, und das wissen wir beide. Es spielt keine Rolle, wie viel Unterricht ich Euch erteile. Ihr erlernt nur das Handwerk. Ihr werdet kein Leibdiener sein – sondern ein Mann, der weiß, was ein Leibdiener tut. Fraglos sehr nützlich, aber … nicht dasselbe.«

Robert sah ihn für einen Augenblick sprachlos an, dann senkte er den Kopf. »Versucht, das Positive daran zu sehen«, sagte Mortmain. »Prinzessinnen heiraten in der Regel keine Diener.«

Roberts Kopf schnellte so rasch hoch, dass Mortmain das

Knacken der Halswirbel hörte. »Wovon redet Ihr? Prinzessin Cerise wird Prinz Reginald heiraten. Das weiß doch jeder!«

»Vielleicht auch nicht«, sagte Mortmain. »Vielleicht nicht jeder.«

Sie betrachteten einander schweigend. Bloß Mortmains linke Braue zuckte fragend. »Es ist richtig so«, beharrte Robert. »Sie *sollte* ihn heiraten. Er … nun ja, er ist ein Prinz und ein Held.«

Mortmains Mund ahmte das Zucken der Braue nach. »Unter uns gesagt, er wäre lieber gar kein Prinz. Er kann das nicht gut, und das ist ihm peinlich. Was sein Heldentum angeht, König und Königin mögen ihm das abkaufen, aber die Prinzessin weiß … was sie weiß. Und bald werden es auch alle anderen wissen – außer Ihr vielleicht.« Er gluckste so leise, dass Robert es fast nicht hörte. »Vielleicht seid Ihr ja wirklich als Held, als Liebling der Götter geboren. Begriffsstutzig genug wärt Ihr jedenfalls.«

Robert nahm sich nicht die Zeit, daran Anstoß zu nehmen. »Der alte Mann«, platzte es unvermittelt aus ihm heraus. Mortmain blinzelte. »Auf dem Rückweg … in den Ortschaften, durch die wir gekommen sind. Den habt Ihr gesehen … oder nicht?«

Der Diener runzelte nachdenklich die Stirn. »Ein alter Mann, und immer derselbe?« Robert nickte. »Ich war nicht in bester Verfassung, irgendwen zu erkennen, versteht Ihr? Aber ich entsinne mich … *ja!* Ja, ich … ziemlich groß? Langes Haar, ein bisschen wie Eures, bloß weiß, genau. Stützte sich auf einen Stab, wirkte nicht glücklich – höchst eigenartig. Könnte ich so rasch von Ort zu Ort reisen, wie er das offenbar vermag, *wäre* ich glücklich.« Die eigenartigen Augen forschten unerwartet tief in den seinen. »Ihr haltet ihn für eine Art Zauberer, oder?«

Robert zuckte seufzend die Schultern. »Ich würde einen echten Zauberer nicht erkennen, wenn er mir über den Weg liefe. Ich habe mich einfach gefragt, als ich ihn überall sah, den ganzen Heimweg über … ob er vielleicht auf irgendeine Art etwas mit diesen Drachen zu tun hatte.« Mortmain sah ihn völlig verständnislos an. »Die Drachen, die uns angegriffen haben«, erklärte Robert. »Von solchen habe ich noch nie gehört. Mein Vater hat mich alle Drachenarten gelehrt – er ging sie immer wieder mit mir durch, und er schrie mich an oder schlug mich sogar mit seinen Hosenträgern, wenn ich eine vergaß. Mein Vater nahm seine Arbeit wirklich sehr ernst.«

»Hosenträger?«, staunte Mortmain. »Wie schlägt man jemand mit den Hosenträgern?«

»Ich kenne Drachen so wie Ihr das Alphabet«, fuhr Robert fort. »Selbst die, die ich noch nie gesehen habe. Die Drachen, die uns angriffen, passen nicht zu den Beschreibungen meines Vaters – sie passen zu nichts, von dem ich je gehört oder gelesen habe. Irgendjemand …« Er zögerte, fasste erstmals in Worte, was er nun sagen musste. »Jemand hat sie *gezüchtet.*«

DREIZEHN

Du brauchst nicht mit mir zu warten«, sagte Ostvald. »Es ist kalt, du zitterst. Geh ruhig weiter in den Ort, ich warte auf Robert.«

»Er kommt sicher gleich. Ich wollte bloß guten Morgen sagen und sehen, wie … du weißt schon, wie es ihm geht.« Tatsächlich zitterte Elfrieda in der Morgenkälte und ihre Zähne klapperten unkontrolliert. Ostvald hätte ihr ja seinen schweren alten Ledermantel über die Schultern gelegt, doch er wusste es besser. Sie ließ den Blick über die Kreuzung schweifen – niemand zu sehen, und bloß ein neues Grab – und lächelte etwas wehmütig. »Wie oft wir drei uns hier getroffen haben – seit wir als Kinder gemeinsam zur Schule gingen. Wie lange das her ist …«

»Wie lange wird es schon her sein?«, erwiderte Ostvald. »Wir sind alle achtzehn. Wobei – du ja erst siebzehn.«

»Ach, *du*«, sagte Elfrieda wie so oft. »Du kapierst wieder nicht, was ich meine.« Sie tat einen Schritt in die Richtung, aus der Robert kommen würde. Ostvald wandte sich ab.

Die Hufschläge aus der Richtung des Dorfs überraschten sie beide, und sie wirbelten herum und erblickten Prinz Reginald, der auf einer kastanienbraunen Stute auf sie zupreschte. Die Stute kannte Ostvald aus den Ställen des Schlosses; Reginald hingegen erkannte er fast gar nicht. Die einstmals prächtige Erscheinung war einem matten, traurig dreinschauenden Mann gewichen; es war erschütternd, wie ungepflegt und wie viel älter er wirkte, als er sein Pferd zügelte, um mit ihnen zu reden. Er hatte tiefe, dunkle Ringe unter den Augen, als hätte er tagelang nicht geschlafen, und seine Stimme klang so schlaff, wie er die Schultern hielt. »Ich habe eine Nachricht für euren Freund, den Drachenjungen. Könnt ihr sie ihm überbringen?«

Ostvald nickte stumm – selbst verzagter Adel hatte diese Wirkung auf ihn –, doch Elfrieda gab bereitwillig Antwort. »Sehr wohl, Euer Hoheit, das werden wir unverzüglich, wenn Ihr sie uns aushändigt!« Ihre Wertschätzung gekrönter Häupter stand Odelettes in nichts nach; obendrein hatte dies noch etwas mit Robert zu tun. Sie streckte die Hand aus, in Erwartung einer Schriftrolle oder eines Pergaments.

»Nein, Mädchen, es sind bloß ein paar Worte. Sag ihm, dass ich ging, eine Lüge wahr werden zu lassen. Kannst du dir das merken?«

»Ja«, hauchte Elfrieda, ganz überwältigt von seiner düsteren Art. Der Prinz schnalzte seinem Pferd und ritt weiter; dann drehte er sich noch einmal um. »Der Prinzessin Cerise könnt ihr dasselbe sagen, solltet ihr sie sehen.« Er trat dem Pferd die sporenlosen Stiefel in die Flanken und ritt davon. Ostvald und Elfrieda starrten ihm sprachlos nach: der eine vor Verblüffung, die andere vor Sorge.

Sie fanden ihre Sprache wieder, als kurz darauf Robert eintraf. Elfrieda berichtete ihm von der Begegnung und der Nachricht, wobei sie sich mehrfach verhaspelte, während Ostvald ungeduldig mit den Füßen scharrte. »Wir müssen los, bevor bei Gerhards die Lindwürmer schlüpfen«, murmelte er immer wieder, doch weder Robert noch Elfrieda hörten ihn.

»Das gefällt mir nicht«, sagte Elfrieda sicher schon zum vierten Mal. »Es *gefällt* mir nicht, Robert. Etwas Schreckliches wird passieren, oder nicht?« Sie klang wie ein verängstigtes kleines Mädchen.

Robert stand beim Karren und blickte erst die eine, dann die andere Straße hinab, gefangen in einer unmöglichen Abwägung. Dann sah er Ostvald an, als nähme er ihn zum ersten Mal seit seiner Ankunft richtig wahr. »Ostvald, du wirst dich allein um die Eier kümmern müssen. Ich kehre so schnell es geht zurück.«

Sich einer Anweisung Roberts zu verweigern war Ostvald so fremd, wie es ein *Nein* zu Elfrieda gewesen wäre. »Und wie schnell ist das?«, fragte er kleinlaut.

»Ich weiß es nicht.« Zum dritten Mal fragte Robert Elfrieda: »Das hat er wirklich so gesagt? Er wolle eine Lüge wahr werden lassen?« Sie nickte unglücklich. Robert warf einen fahrigen, abgelenkten Blick in die Runde. »Ich muss mir ein Pferd leihen«, sagte er mehr zu sich selbst. »Woher nehme ich nur ein Pferd?«

»Geh nicht«, bat Elfrieda. Zugleich rief Ostvald: »Walter hat ein gutes! Walter der Brauer, nicht Walter von der Gerberei. Hat es auf dem letzten Frühjahrsmarkt gekauft. Ist ein Hengst, könnte also etwas Arbeit machen, dafür läuft er den ganzen Tag.«

Robert zog eine Grimasse. »Walter hasst mich. Ich habe Jarold erzählt, dass er billigen Hopfen benutzt und seine Maische färbt. Was auch stimmt, aber trotzdem. Er wird mir nie sein Pferd leihen.«

Ostvald schaute auf seine Füße. »Ich hab nur gesagt, dass

er ein Pferd hat«, murmelte er. »Ich hab nicht gesagt, dass du es *leihen* sollst.«

Ein Lächeln stahl sich auf Roberts Gesicht. Er drückte seinem alten Freund die Griffe des Karrens in die Hände. »Danke, Ostvald. Es wird nicht lange dauern, versprochen.«

Dann rannte er los in Richtung Dorf. Sie sahen noch, wie er die Abzweigung zur Brauerei nahm, dann war er hinter einer Gruppe Bäume verschwunden. Elfrieda sah Ostvald wütend an. »Ach, *du!*«, sagte sie in einem Ton, den sie noch nie benutzt hatte.

~

Prinzessin Cerise holte Robert ein, lange bevor er Prinz Reginald auch nur erspäht hatte.

Beim Geräusch der Hufe wandte er sich um und sah sie in wildem Galopp. Ihr roter Umhang und ihr ungekämmtes Haar flogen im Wind. Er fluchte leise und zügelte den Hengst, um auf sie zu warten.

Sie hatte die ganze Zeit schon gerufen, sodass sie außer Atem war, bis sie ihn erreichte, und Robert zuerst das Wort ergriff. »Prinzessin, dies zu tun obliegt allein mir. Das wissen wir beide.«

»Wir wissen nichts dergleichen!« Die Wangen der Prinzessin waren rot vor Entrüstung, und ihre Nase glänzte. »Reginald reitet zurück nach … wo *es* passiert ist, um sich meiner als würdig zu erweisen, und das ist unglaublich, unglaublich dumm von ihm, jemand muss ihm folgen und ihn zurückholen, ehe Drachen ihn fressen, und niemand muss das mehr …«

»Wie ich«, unterbrach Robert sie. »Entschuldigung, *als*

ich«, schob er nach, denn was Grammatik anging, war Odelette eine Eiferin.

So ruhig und vernünftig es ging fuhr er fort: »Eure Hoheit, ich glaube nicht, dass der Prinz sich auf eine weitere Drachenjagd begeben hat. Selbst wenn, würde er keine finden. Wenn ich mich nicht sehr täusche, sucht er einen alten Mann, den wir beide für einen Zauberer halten, und der etwas mit den Drachen zu tun haben mag, die Ihr und ich noch jede Nacht in unseren Träumen sehen.« Er hielt inne, sah der Prinzessin in die Augen und wartete, bis sie nickte. »Ich hoffe, dass ich ihn sicher zu Euch zurückbringe. Aber falls er aus irgendeinem Grund nicht umkehren mag …«

»Dann sollte er nicht allein sein. Ja, ich verstehe.« Sie hatte sich etwas beruhigt, glättete sich sogar flüchtig das Haar. »Er meint, sich mir beweisen zu müssen, das arme Dummerchen.« Auf einmal standen Tränen in ihren Augenwinkeln, obgleich sie sich ein Lächeln abrang. »Dabei wissen wir doch beide, was in ihm steckt.«

»Ja«, sagte Robert nach nur kurzem Zögern. »Ja, natürlich.«

»Du begreifst also, wieso ich dich begleiten muss? Wie die Dinge liegen?«

»Ja, das tue ich.« Robert räusperte sich und nahm die Zügel auf. »Wir sollten uns beeilen. Er kann noch nicht weit sein.« Sie setzten sich in Bewegung. »Werden der König und die Königin sich keine Sorgen um Euch machen?«, fragte er noch.

»Mein Vater schon. Meine Mutter …« Wehmut und Zuneigung traten in die dunklen, warmen Augen der Prinzessin. »Meine Mutter ist sehr romantisch veranlagt, auch wenn das niemand glaubt.«

»Meine ebenfalls.« Sie lächelten einander kurz an; dann setzte die Prinzessin ihr Pferd in Galopp, und Robert folgte ihr mit einer Pferdelänge Abstand die Straße hinab. Hin und wieder sah sie zu ihm zurück, immer auf eine seltsam verwunderte Weise, und einmal schüttelte sie abwesend und kaum merklich den Kopf. Er fragte sich, ob er sie auf die gleiche Weise ansah.

Sie holten Prinz Reginald an diesem Tag nicht mehr ein. In dem Dorf, das sie um die Mittagszeit erreichten, erzählte man ihnen, dass eine gute Stunde zuvor tatsächlich ein stattlicher Reiter über den Marktplatz galoppiert sei, aber keine Pause eingelegt und auch niemanden angesprochen habe. Robert und die Prinzessin hasteten gleichfalls weiter, hatten jedoch auch im nächsten Weiler, den sie kurz vor Sonnenuntergang erreichten, keinen Erfolg. Zwar war der Prinz hier ebenfalls durchgekommen, hatte auch etwas gegessen und sein Pferd getränkt, war aber längst wieder aufgebrochen. Ein gut aussehender junger Mann, ein bisschen abwesend vielleicht, hieß es.

Weiter ritten sie an diesem Abend nicht. Prinzessin Cerise und Robert aßen im einzigen Gasthof, wo sie auch übernachtete, wohingegen er im Stall bei den müden Pferden schlief. Während des Essens sprachen sie vor allem von Prinz Reginald – zumindest die Prinzessin tat das –, so wenig wie möglich von Drachen und flüchtig von dem alten Mann, nach dem der Prinz suchte, sofern Roberts Intuition ihn nicht trog. »Er war auf dem Heuboden und muss gehört haben, wie Mortmain und ich über den Zauberer redeten – sofern er denn einer ist. Der alte Mann, nicht Reginald.« Dunkel nahm er wahr, dass ihre Zweiergespräche nicht besser wurden.

Prinzessin Cerise beugte sich über ihr vergessenes Mahl und starrte ihn an. »Du glaubst wirklich, dass er ein Zauberer war?«

»Mortmain stellte mir dieselbe Frage.« Er schlug mit der flachen Hand auf den Tisch. »Ich sagte ihm dasselbe wie Euch – ich weiß es nicht, keine Ahnung. Aber wie er da ständig auftauchte und Prinz Reginald jedes Mal anstarrte, als wäre er richtig wütend auf ihn …«

»Weil er die Drachen vernichtet hat!« Die Prinzessin beabsichtigte, ebenfalls mit der Hand auf den Tisch zu schlagen, vernichtete aber bloß ihren Nachtisch. Sie nahm es kaum wahr, ebenso wenig wie den Schlamm, der auf ihrem Reitrock trocknete, oder die Haarsträhnen, die ihr über die Augen fielen. »Gut, an sich warst das ja du – aber er hat geholfen.« Robert erwiderte nichts. »Oder wollte dir helfen. Ist ja eigentlich fast dasselbe.«

»Die Drachen haben einander getötet«, sagte Robert. »Ich weiß nicht, was passiert ist. Oder ob ich irgendwas damit zu tun hatte. Vielleicht *war* es Prinz Reginald.« Sie sahen einander schweigend über den Tisch hinweg an. »Vielleicht glaubt der alte Mann das ja.«

»Diese Drachen …« Der Prinzessin versagte kurz die Stimme, ihr Blick indes blieb tapfer. »Du denkst, ein Zauberer hat sie geschaffen? Gezüchtet?«

»Es sollte sie nicht geben«, sagte er schlicht. »Sie ergeben keinen Sinn. Sie sind größer als die Könige – viel zu groß, um abzuheben –, anscheinend erfüllen diese Schwingen aber ihren Zweck. Die Flammen, die sie spien, glühten weiß, habt Ihr das gesehen?« Die Prinzessin nickte. »Kein Drache auf der Welt kann in seinem Körper solch ein Feuer kochen, und wenn, dann würde er es nicht überleben. Trotz allem bestehen sie noch aus Fleisch und Blut. Daran hat mein Vater mich stets erinnert.«

»Dein Vater«, sann die Prinzessin. »Ich erinnere mich noch, wie er immer zum Schloss kam. Ein sehr großer Mann – oder schien er mir bloß so, weil ich noch ein Kind war? *War* er denn groß?«

»Ja, das war er. Größer, als ich es je sein werde.« Es war das erste Mal, dass sie von seiner statt ihrer Familie sprachen – oder überhaupt von Roberts Leben, was das anging. Es warf sie beide kurz aus dem Gleichgewicht und sie lächelten verlegen. »Und noch etwas zum Thema Drachen«, sagte Robert. »Sie sind schlau. Den Leuten kommt das nie in den Sinn – sie denken immer, die großen sind gemein und dumm, und die kleinen … na ja, die halten sie für fieses Ungeziefer: vergiften, häuten, verkaufen, fertig. Sie sind aber schlau, sie haben *Gefühle*, und sie …« Plötzlich merkte er, dass er halb aufgestanden war und so laut sprach, dass die anderen Gäste im Schankraum schon schauten. »Tut mir leid«, murmelte er, senkte den Blick und nahm wieder Platz. »Es tut mir leid.«

»Du hast ebenfalls Gefühle«, sagte die Prinzessin leise. »Du hast sie gern.«

Robert konnte sie immer noch nicht ansehen. »Die, die wir … die uns angegriffen haben – die sind *zu* schlau. Wenn es ans Fressen geht, steht sich jeder Drache selbst am nächsten. Sie arbeiten normalerweise nicht zusammen.« Er dachte an Adelise, Lux und die anderen, die daheim gemeinsam die Betten machten und die Hühner in den Stall brachten. »Normalerweise nicht«, wiederholte er. »Diese aber … die haben uns einen Hinterhalt gelegt und uns von drei Seiten zugleich angegriffen, damit wir ihnen nicht entkommen. Sogar mein Vater hätte da nicht weitergewusst.«

»Du hast sie gern.« Prinzessin Cerise stützte die Ellbogen auf den Tisch, das Kinn auf beiden Händen, und betrachtete ihn mit ihren dunklen Augen, die es in ihrer Familie kein zweites Mal gab. »Du denkst viel an sie.«

»Ich bin ein Drachenbekämpfer«, gab er schroff zurück. »Da muss ich mich ja wohl mit ihnen auskennen.« Er versuchte, ihren fragenden Blick zu erwidern, und scheiterte.

»Aber du hasst es. Du hasst es wirklich. Du hasst deinen Beruf.«

»Ich werde das ja nicht ewig machen – mein Leben lang Gift in Wände sprühen und Nester und Eier suchen. Mortmain bringt mir bei, wie man ein Leibdiener wird.«

Er hatte eigentlich nicht vorgehabt, Mortmains Meinung zu seiner Eignung preiszugeben, aber er hätte es ebenso gut tun können, denn die Prinzessin brach in Gelächter aus. »Ein Leibdiener? Du könntest doch … oh, niemals könntest du …«

Das Gelächter ließ sie den Satz nicht beenden; das Gelächter und Roberts Wut. »Wieso denn nicht? Weil ich nicht gut genug bin? Nicht schlau genug? Nicht wohlgeboren, manierlich oder *sauber* genug? Ist das vielleicht das Problem?« Seine Augen waren so weit, dass man das Weiße sah.

Die Prinzessin aber hielt dagegen und rief über den Tisch: »Nein, natürlich nicht! Das habe ich doch nicht gemeint! Du könntest kein Diener sein, weil du viel besser bist! Lieber Himmel, weißt du denn nicht …« Sie stockte kurz. »Weißt du denn nicht, dass du auch ein Held bist? Praktisch genau wie Reginald? Hast du denn gar keine Ahnung?«

Dieses Mal trat der Wirt an den Tisch, höflich zwar aufgrund der Prinzessin, dennoch bestimmt. Sie beglichen ihre Rechnung und verließen den Schankraum. Erst am Fuß der Treppe, wo sich ihre Wege für den Abend trennten, richtete Robert leise das Wort an sie. »Ich will gar kein Held sein. Helden töten immer irgendwas. Ich will ganz *gewöhnlich* sein – egal, was Vardis oder meine Mutter davon halten. Ich will einfach nur ein gewöhnliches Leben.«

»Nun, das wirst du nicht kriegen. Genauso wenig wie ich.« Die Prinzessin sprach nicht länger streitlustig, sondern verhalten wie er, und ihr Gesicht erschien ihm in diesem Moment auf eine gänzlich andere Weise schön als zuvor. »Ich habe versucht, mich zu verkleiden, so wie Prinzessinnen im Märchen das ständig tun. Ich bin auch gut darin! Ich habe mich schon als alte Bettlerin verkleidet, als Bäuerin, als Straßenmädchen – alles, um für einen Tag oder auch nur ein paar Minuten dem zu entkommen, was ich bin. Egal, wie viel Mühe ich mir gebe, es funktioniert einfach nie – die Leute erkennen mich immer. Genau, wie sie dein Leben lang erkennen werden, was *du* bist, wenn du nun vorgibst, jemandes Diener zu sein. Glaub mir, Robert. Ich weiß, wovon ich spreche.«

Es war das erste Mal, dass sie ihn beim Namen nannte. Eine lange Zeit, so schien es ihm, sahen sie einander an, und keiner sagte ein Wort. »Wir sollten morgen früh los – sehr früh«, sagte er dann. »Ja«, sagte Prinzessin Cerise und ging nach oben.

Robert schaute ihr nach, bis sie auf dem Treppenabsatz verschwunden war. Dann vergrub er die Hände in den Taschen und machte sich langsam auf den Weg zum Stall. Es schien kein Mond, als er nach draußen trat, und die warme

Nacht wurde abseits des Gasthofs rasch dunkler. Daher hörte er zwar die beiden Pferde leise zur Begrüßung schnauben, machte aber kaum die Gestalt des Stallknechts aus, der mit dem Kopf auf einem Haferfässchen schlief. Robert tastete sich vorwärts, vergewisserte sich, dass die Pferde es warm und trocken hatten und sie auch ausreichend mit Stroh und Futter versorgt waren. Darauf suchte er sich ebenfalls eine Ecke, schob sich ein paar Armvoll halbwegs sauberes Heu zusammen und wollte sich gerade hinlegen, als er draußen vor der Tür das Gras rascheln hörte. Er konnte niemanden im Eingang erkennen, hörte aber das Rascheln. Er drückte sich gegen die Wand, griff nach der nahen Mistgabel und wartete, wobei er so flach und leise atmete wie möglich.

Niemand trat ein. Das Flüstern des Grases hielt an, doch was ihm mehr Angst bereitete, war die Tatsache, dass die Pferde keinen Laut von sich gaben. Dabei waren sie freundliche Tiere, die menschliche Gesellschaft mochten. Also waren sie entweder eingeschlafen, oder was immer da draußen war … er beendete den Gedanken nicht. Schließlich wurde er ungeduldig und pirschte sich langsam die Wand entlang, bis er nahe genug an der Tür war, um einen raschen Satz nach draußen zu machen. In geduckter Haltung drehte er sich hierhin und dorthin und stieß seine Mistgabel in die Nacht. »Reginald?«, fragte er das Dunkel. Sein Mund war fast zu trocken zum Reden. »Prinz Reginald?«

Der Angriff kam so plötzlich, dass er ihn weder sah noch hörte, und so heftig, dass er sich hinterher kaum daran erinnern konnte. In einem Augenblick traf ihn etwas mit solch überwältigender Macht, dass es ihn vom Boden hob –

daran erinnerte er sich noch, genau wie daran, dass er auf der anderen Seite des Stalls wieder landete und erschöpft nach Atem rang. Dann, ohne jeden Übergang, war da das Gesicht der Prinzessin, blass und zerfurcht, ja beinahe alt vor Sorge, die sich über ihn beugte und ihn vorsichtig nach Knochenbrüchen abtastete. »Es geht mir gut«, wollte er sagen, bekam es aber nicht aus der Kehle. Sie jedoch las seine Lippen und lächelte erleichtert.

»Ich kam noch einmal nach unten, weil ich dich daran erinnern wollte, Mistral nicht zu viel Heu zu geben – sie frisst wie ein Schwein und dann kriegt sie Bauchweh. Da hab ich dich gehört. Kannst du dich setzen? Ich helfe dir.«

Mit ihrem Arm um den Rücken setzte Robert sich auf, und sobald der Schwindel und die Übelkeit von ihm ließen, erhob er sich. Im zweiten Anlauf blieb er sogar auf den Beinen. »Das war der Zauberer, oder?«, fragte die Prinzessin. »Er hat dich angegriffen mit einem … Spruch oder Donnerschlag oder so etwas. Es war der Zauberer.«

»Ich nehme es an«, sagte Robert schwach. »Nein … nein, war es nicht«, sagte er dann, weil eine weitere Erinnerung langsam zur Oberfläche seines aufgewühlten Verstands stieg: *der Geruch kalten Rauchs … Macht auf Macht, die über mir zusammenschlägt und unter mir wogt wie die See … große grüne Augen, die mich kennen …* Hätte Prinzessin Cerise ihn nicht gestützt, seine Beine hätten ihm abermals den Dienst versagt. »Er war es nicht«, sagte er.

Ich lebe noch. Wieso lebe ich noch?

VIERZEHN

Ostvald fand keinen Schlaf. Dies war mehr als ungewöhnlich für ihn, geradezu epochal. Er war in der Lage, an jedem Ort, zu jeder Zeit, unter jedweden Bedingungen zu schlafen. Bis zu einem gewissen Grad konnte er sogar während der Arbeit schlafen und sie dennoch mit gewohnter Effizienz erledigen. Robert und Elfrieda hatten ihn schon Nickerchen halten sehen, während er Wagenräder ausbesserte, Heu machte oder sogar einen Acker umgrub, und seine Speichen gerieten absolut gleichmäßig und seine Ackerfurchen kerzengerade. Wenn sie ihn damit aufzogen, grunzte er meist verlegen. »Müsst mich schon wecken, wenn ich einfach so wegdöse. Sonst spiel ich noch jemandem einen Streich und krieg es gar nicht mit.«

»Du siehst aber so süß aus, wenn du schläfst«, sagte Elfrieda dann. »Tief in Arbeit und in Schlaf versunken.« Ostvald war sich nie sicher, ob das als Kompliment gemeint war, fasste es aber gerne so auf, da Elfrieda ihm so selten eines machte. Die einzige andere Gelegenheit, an die er sich entsann, war in ihrer Kindheit gewesen. Da hatte er ihr ungeschickt ihre einzigen brauchbaren Schuhe ausgebessert, und sie hatte ihm zum Dank einen flüchtigen Kuss gegeben und war mit ihren geflickten Schuhen losgerannt, um Robert darin zu umtanzen. So langsam und zerstreut er auch sein mochte, Ostvald entsann sich im Schlafen wie im Wachen an den Sommergeschmack ihrer Lippen.

Heute Nacht dagegen, drei Tage nach dem überstürzten Aufbruch erst Prinz Reginalds, dann Roberts und der Prinzessin, gab es zu viel, über das Ostvald nachdenken musste, und ihm tat schon der Kopf weh. Er streifte sein Hemd und seine Sandalen wieder über (seine Hosen zog er zum Schlafen normalerweise nicht aus, denn man wusste ja nie) und wanderte ziellos den Weg hinab, den er normalerweise nahm, um Robert vor der Arbeit zu treffen. Der Duft der Kräuter, die seine Mutter, eine Hebamme, täglich für ihre Rezepturen und Geburtszauber sammelte, wärmte die Nacht; und der Mond, der langsam über die fernen Gipfel stieg, denen Bellemontagne seinen Namen verdankte, schien seinen ganz eigenen Geruch zu haben, schroff und unerreichbar wie die Berge. Er wünschte, Robert und Elfrieda wären bei ihm; er hatte solche Gedanken nicht gern allein.

An der Kreuzung zog es ihn in Richtung von Roberts Haus, der vagen Hoffnung folgend, dass sein Freund vielleicht schon wieder heimgekehrt war. Ein Licht in der Küche machte ihm kurz Hoffnung, doch als er klopfte, öffnete Odelette. Sie war angekleidet und erst misstrauisch, dann erkannte sie ihn. »Du kannst also auch nicht schlafen«, stellte sie fest.

Ostvald schüttelte den Kopf. »Kam er vor seinem Aufbruch noch mal heim? Hat er … du weißt schon … was gesagt?«

»Nein. Aber ich weiß, wo er hin ist – Elfrieda hat es mir erzählt.« Odelette trat zurück, um ihn einzulassen. Sie schlang die Arme um sich, als wäre ihr auf einmal kalt. »Normalerweise wäre ich auch nicht so nervös, aber …«

Selbst Ostvald entging nicht, wie abrupt sie sich auf die Zunge biss. Sie machte ihnen Tee. Ihm war unbehaglich in dem stillen Haus; er war es gewöhnt, dass es von Roberts Geschwistern wimmelte. Einmal glaubte er, hinten im Eck kurz etwas Grünes zwischen einem Stuhl und dem Kohleneimer aufblitzen zu sehen, doch ein Zwinkern seiner müden Augen später schien dort nie etwas gewesen zu sein. *Ich trinke meinen Tee und dann gehe ich heim und wieder ins Bett. Seit Robert weg ist, fehlt mir der Schlaf.*

»Ist Walter immer noch böse, weil Robert sein Pferd nahm?«, fragte Odelette bei der Arbeit.

»Na ja, ich hab Walter gesagt, dass es für einen guten Zweck war. Ich fürchte aber, dass er mir nicht glaubt.«

Der Tee war so süß und stark wie Odelette ihn immer machte. Sie saßen gemeinsam in der Küche und unterhielten sich gezwungen. »Ich bin sicher, dass es ihm gut geht«, sagte Ostvald. »Den anderen auch.« Odelette sagte: »Mein Junge hat das Herz eines Drachen. Ich mache mir gar keine Sorgen.« Sie tranken weiter Tee, und die Stille zwischen ihnen zog sich hin.

»Er ist Prinz Reginald gefolgt«, sagte Ostvald zum vierten oder fünften Mal. »Und die Prinzessin ist *ihm* gefolgt. Also sind alle gut aufgehoben, und bald kommen sie gemeinsam heim. Wohlbehalten.«

»Ja, natürlich. Keine Frage.« Odelette ging zur Anrichte und brachte eine Flasche mit einer tief bernsteinfarbenen Flüssigkeit. Sie goss sich einen großzügigen Schuss in die Teetasse, zögerte kurz und bot die Flasche Ostvald an. »Du bist noch ein bisschen jung.« Ostvald hielt ihr wortlos die Tasse hin. »Na, es wird dir schlafen helfen. Mein Elpidus hat den gemacht.«

Ostvald hustete nur ein paar Mal. »Das ist … sehr gut, Frau Thrax.« Als Odelette sich einen Augenblick abwandte, griff er hinter seine rechte Schulter und versuchte, sich auf den Rücken zu klopfen. »Wahrscheinlich sind sie morgen wieder da«, sagte er ein bisschen schwach. »Ich würde wetten, dass sie morgen wieder da sind.«

Abermals das grüne Blitzen in und aus einer schattigen Ecke, zu schnell, um es richtig wahrzunehmen. Odelette drehte sich hastig um. »Nein. Morgen nicht, Ostvald. Eine Mutter weiß solche Dinge.«

Ostvald nahm einen zweiten Schluck von seinem Tee mit Schuss. Man konnte sich durchaus daran gewöhnen, wenn man nur halbwegs aufpasste. »Das wird Elfrieda traurig machen. Sie mag Robert.«

»Ja, ich weiß.« Odelette kam näher und zeigte mit dem Finger direkt auf seine Brust. »Und du magst Elfrieda sehr – hast du immer schon. Sag mir, dass ich mich irre.« Sie lächelte ein bisschen, schien froh über die Ablenkung von ihren Sorgen.

»Ich mag sie.« Ostvald schluckte schwer. »Klar mag ich sie. Sie … sie ist Elfrieda.«

»Und sie ist in Robert verliebt. Das merkte ich schon, als ihr noch Kinder wart. Er ist aber nicht der Richtige für sie. Mit ihm würde sie nie glücklich werden.«

Die Schwere hatte nun Ostvalds Brust erreicht. »Wieso sollte sie mit ihm nicht glücklich werden? Er ist sehr schlau, genau wie sie, und sieht wirklich gut aus, genau wie …« Da trocknete sein Mund vollständig aus, und er trank einen großen Schluck Tee. »Davon abgesehen sind beide … beide sind *schnell*, und ich bin *nicht* schnell, werde es auch nie sein. Ich bin einfach …« Er zuckte die Achseln und ließ beinahe die Tasse fallen. »Ich bin ich. Der große alte Ostvald. Der langsame alte Ostvald. Ich eben.«

Odelette lächelte liebevoll. »Du bist genau, was Elfrieda braucht. Ob du den Mut findest, ihr das zu sagen, ist eine andere Frage. Nicht alle kriegen, was sie brauchen.« Sie tätschelte ihm die Schulter, wobei sie sich – das ließ sich kaum übersehen – zwischen ihn und die Ecke des Raums stellte, in der er das grüne Huschen gesehen oder zu sehen geglaubt hatte. »Ich halte dich aber für viel mutiger, als du denkst. Eine Mutter weiß solche Dinge. Geh jetzt heim. Ich garantiere dir, dass du schlafen kannst.«

Als sie die Tür hinter ihm geschlossen hatte, sagte sie laut, ohne sich umzudrehen: »Adelise, meine Güte, ab ins Bett! Allesamt – ins Bett!« Denn kaum, dass sie wieder unter sich waren, saßen alle Drachlinge in der Küche, auf Stühlen, Regalen und Töpfen verteilt. Es war eindeutig, dass sie auf etwas warteten: auf Robert oder darauf, dass sie Neuigkeiten von ihm brachte, Odelette war sich nicht sicher. »Wann lernt ihr endlich, dass ihr euch nicht zeigen dürft, wenn Leute da sind?«, rügte sie die Drachlinge. »Ich weiß ja auch nicht mehr als ihr«, fuhr sie sanfter fort. »Doch es geht ihm schon gut – da bin ich ganz sicher. Geht schlafen jetzt.«

~

Auf der weiteren Reise fanden sie entlang der Straße Spuren von Prinz Reginald. Hier hatte er sich hastig etwas zu essen gemacht und das Feuer nicht komplett vergraben; da war ihm beim Trinken aus einem Bach wohl sein Halstuch entglitten, das Prinzessin Cerise aufhob und schützend an ihre Brust drückte; dort hatte sein Pferd ein Hufeisen verloren, und er hatte das hinkende Tier zu einem Schmied im nächsten Weiler geführt. »Das ist so typisch für ihn«, seufzte die Prinzessin. »Er würde einfach niemals ein lahmes Pferd reiten.«

»Das Pferd ist nicht lahm. Es braucht bloß ein Hufeisen.«

»Du weißt, was ich meine. Es zeugt von seinem Charakter.«

Robert sah sie an, sagte aber nichts. »Was?«, fragte die Prinzessin.

»Nichts. Ich glaube nicht, dass sich ein Besuch im Ort für uns lohnt. Wir werden ihn dort nicht finden.«

»Wir holen auf. Da bin ich mir sicher. Er dürfte bloß ein paar Stunden Vorsprung haben.«

»Ist es nicht klar, weshalb sein Pferd das Eisen verlor?« Robert berührte sie sanft an der Hand. »Weil er es stärker antreibt als wir. Wir legen Pausen ein, während Prinz Reginald praktisch nie anhält. Sein Vorsprung wird von Tag zu Tag größer. Wir holen ihn nicht ein, es sei denn …«

Die Prinzessin zügelte ihr Pferd und sah ihn angriffslustig an. »Es sei denn, er wird verwundet … oder stirbt. Das wolltest du doch sagen, oder?«

»Nein, wollte ich nicht – ganz und gar nicht! Es sei denn, er *will* von uns eingeholt werden, das meinte ich!« Doch das stimmte nicht, und Robert wusste, dass die Prinzessin es wusste. »Wir müssen auf alles gefasst sein«, sagte er leise.

Prinzessin Cerise zog die Hand weg und preschte voran. »Mein ganzes Leben ging ich davon aus, den perfekten Ritter zu lieben, einen Helden – einen Drachentöter. Allmählich denke ich, ich will mit Helden niemals mehr etwas zu schaffen haben. Sie sind dumm, sie sind stur, lassen sich nichts sagen und rennen los, um Heldendinge zu tun, und dann muss man sie …« Sie schluckte oder schniefte oder hatte einen Schluckauf und Robert verstand den Rest fast nicht. »Dann muss man sie heimholen.«

Den Rest des Tages ritt er ein Stück hinter ihr; sie wiederum sah ihn nicht an, bis sie ihr Lager an einem nachtblauen, sternenvollen Teich aufschlugen. Robert führte ihrem Feuer trockene Zweige zu, und die Prinzessin drehte darüber am Spieß einen Hasen, den sie mit einem Steinwurf erlegt hatte. »Mein Vater hat mir das beigebracht«, hatte sie ausgeführt, als Robert sich über ihre Treffsicherheit überrascht gezeigt hatte. »Papa war nicht immer König, weißt du.«

Sie waren dem von Drachen zerstörten Dorf nahe genug, um seine aschene Leblosigkeit zu riechen; der Schauder der Heimsuchung wirkte noch nach. Der Boden, über den sie ritten, war hart und zerklüftet, und sie hatten den ganzen Tag keine Spur des Prinzen mehr entdeckt. Der Hase geriet teils etwas verkohlt und teils nicht richtig durch, dennoch ließen sie nur Fell und Knochen übrig und sprachen während des Mahls fast kein Wort. Danach holte Robert Wasser vom Teich, das sich als so kalt entpuppte, dass sie Kopfschmerzen davon bekamen, und darüber mussten sie lachen, was etwas half. »Ich spüre, dass er in der Nähe ist«, sagte die Prinzessin. »Nicht, dass es einen Grund dazu gäbe, aber ich spüre es einfach … verstehst du?«

»Ich weiß schon den Grund«, sagte Robert vorsichtig. »Diese Gegend war sein Ziel. Hier wollte er weitere Drachen finden und beweisen, dass er fähig ist … Ich meine, statt nur …« Er begrub die letzte Hoffnung für den Satz und versuchte sich an einem anderen Kurs. »Ich meine, herausfinden, ob es überhaupt noch mehr dieser Drachen *gibt.* Wie gesagt, sie ähneln nichts, was mir je unterkam. Wir müssen herausfinden, woher sie stammen – und wenn sie wirklich jemand züchtet, sollten wir das besser wissen. Bestimmt war das auch Prinz Reginalds Absicht. Da bin ich mir sicher.«

Sie senkte den Kopf und blickte in die Flammen. »Als er sagte, er wolle eine Lüge wahr werden lassen, sprach er nicht bloß von den Drachen. Er meinte sich selbst.« Robert wusste nicht, was er hierauf erwidern sollte. »Er meinte, dass *er* eine Lüge sei«, fuhr sie fort. »Alles an ihm – angefangen bei seiner ritterlichen Erscheinung oder wie er zu Pferde sitzt, aufgehört bei … allem, einfach *allem.* Und das stimmt einfach nicht – das weiß ich! Er kann kein … kein Blender, keine Fälschung sein, dass *kann* nicht sein! Mir egal, was er sagt – ich verbiete ihm, nicht wahr zu sein!« Sie krümmte sich zusammen und weinte: schwere, bebende Schluchzer aus der Tiefe ihres Körpers.

Robert – der sich verzweifelt an einen anderen Ort wünschte – legte ihr den Arm um die Schultern. Prinzessin Cerise schien es nicht zu bemerken. Er wollte etwas sagen, doch sein Hals tat ihm weh. Er hustete ein paar Mal und versuchte es erneut.

»Meine Mutter«, hob er an. »Meine Mutter sagt manchmal, dass jeder auf der Welt ein Esel mit dem Herzen eines Löwen ist. Jeder. Bloß dass die meisten Leute es nie herausfinden – müssen sie auch nicht, weil sie gut als Esel zurechtkommen. Trotzdem ist dieses Herz immer da, wenn man es wirklich braucht. Wenn man es suchen geht und es auch finden will. Ich glaube, das ist genau, was Prinz Reginald gerade tut.«

Die Prinzessin gab weder eine Antwort noch sah sie ihn an oder entzog sich seinem Arm. Doch gelang es ihr, die Tränen zu unterdrücken. So saßen sie, während der Mond aufging und ihr Feuer niederbrannte. Die Frösche *knorkten* laut im Teich, von dem langsam ein dünner Nebel aufstieg. Sie hatten Blick auf die Straße, auf der sie gekommen waren, und die in Richtung jenes Wäldchens verschwand, in dem ihre tapfere Gesellschaft in vollem Staat ihrem Untergang entgegenmarschiert war. Robert staunte: solch eine klägliche, trostlose, hundsgewöhnliche Straße, trotz all der Hoffnung und Torheit, die sie getragen hatte, und des Schreckens an ihrem Ende … sowie der Erkenntnis. Er starrte in die Dunkelheit, roch das Haar der Prinzessin.

Was zweifellos der Grund dafür war, dass er den Drachen, der sich aus dem Teich erhob, erst bemerkte, als Prinzessin Cerise laut aufschrie.

Er war größer als die drei Drachen, die erst das Dorf und dann ihre Expedition heimgesucht hatten, doch eindeutig von derselben gebieterisch bösen Abstammung. Ohne das Wasser zu teilen, entstieg er dem Teich, in dem er sich unmöglich versteckt haben konnte; gleichsam benetzte kein Wasser das dunkle Gewand des Mannes, der ihm im Nacken saß und mit seinem Stab befahl. Er war alt und wirkte durch und durch grau, doch aus seinen Augen sprach eine diebische Freude, wie Robert es sich nie ausgemalt hatte und eigentlich auch nie hatte ausmalen wollen. Dann sprach der Alte, und seine Stimme hatte einen Bronzeklang, umso kälter ob des schonungslosen Untertons, den gerechter Zorn so verlässlich verleiht. »Sag ihr, sie soll Ruhe geben! Verschwendung von Zeit und Mühe, wegen einer Illusion derart zu heulen.«

Prinzessin Cerise verstummte mit einem verächtlichen Schniefen.

»Ich wusste, Ihr könnt nicht real sein«, sagte Robert. »Drachen mögen kein Wasser.«

»Ach, *meinen* Drachen macht das gar nichts«, antwortete der alte Mann vergnügt. »Du weißt nicht halb so viel über Drachen, wie du denkst, Gaius Aurelius Konstantin Heliogabalus Thrax. Was für ein Jammer, dass du nicht lange genug leben wirst, all das zu lernen, was du wissen müsstest.«

»Soll das eine Warnung sein?«, hob Robert an. »Selbst meine kleine Schwester Rosamonde …« Doch die Prinzessin war aufgesprungen, hatte die Fäuste in die Hüften gestemmt und unterbrach ihn. »Was habt Ihr Prinz Reginald getan? Illusion oder nicht, ich werde Euch töten, wenn Ihr ihm ein Leid zugefügt habt!«

»Oh, sie gefällt mir!«, sagte der Alte zu Robert. »Sie gefällt mir wirklich. *Viel* zu gut für einen Sohn von Krije, das steht fest.« Der Drache, wie illusorisch auch immer, spie Feuer bei dem Namen.

»Ihr seid Dahr«, sagte Robert langsam. Der alte Mann verneigte sich tief vom Nacken des Drachen. »Ihr seid tot. Krije hat Euch getötet. Vor langer Zeit schon.«

»Ach, das stimmt wohl. Wie man's nimmt.« Dahr seufzte kummervoll. »Krije war stets, sagen wir, etwas salopp, was seine Großtaten anging. Respektabel in vielerlei Hinsicht, aber nicht, was man als akkurat bezeichnen würde. Also ja, getötet hat er mich, wohl wahr. Bloß nicht, hm … fachgerecht.«

»Prinz Reginald wird das schon erledigen«, sagte die Prinzessin zornig. »Sobald er zurück ist … wo auch immer Ihr ihn eingesperrt habt. Wo ist er?«

Der alte Mann gluckste auf eine aufreizend onkelhafte Art. Robert fiel auf, dass seine Augen dieselbe Farbe wie die seines Drachen hatten: so schwarz, dass sie beinahe lila wirkten. »Eins nach dem anderen, Kind, eins nach dem anderen.« Er neigte höflich das Haupt. »Prinzessin Cerise von Bellemontagne, es ist wahrlich eine Ehre. Ich kannte deine Eltern gut – von schwachem Geiste, alle beide. Ihnen wird nichts geschehen, solange sie mir nicht in die Quere kommen.«

Die letzten Worte knackten wie Kiefernsaft im Feuer. Dahrs Glucksen wurde tiefer und dunkler, während er die Furcht in Cerises Gesicht auskostete, verstummte jedoch, sobald er sich an Robert wandte. »Und nun …« Seine leise Stimme liebkoste die Worte, bis sie sangen und klangen wie der polierte Rand eines Weinglases. »Zu *dir.*«

»Meine Eltern werdet Ihr nicht gekannt haben.« Robert mühte sich um einen festen Ton. »Ich stamme aus bescheidenen Verhältnissen, Eurer Aufmerksamkeit nicht wert.«

Der alte Mann hob einen langen, belehrenden Zeigefinger. »Oh, man kann nie wissen, was einen Zauberer interessiert. In diesem Fall aber hast du völlig recht. Mein einziges Interesse gilt dir – *Drachenmeister.*«

Das Wort schlug mit einer Kälte zu, dass Robert davor zurückschreckte wie vor einer Schlange. »Ich bin nichts dergleichen, werter Dahr«, brachte er hervor und erhob sich. »Zwar bin ich in der Drachenkunde nicht ganz unbewandert, doch bin ich kein Meister und strebe es auch nicht an. Diese Ehre gebührt einzig Euch.«

»Versuch nicht, mit mir zu spielen!« Das Bronzegurren fiel wie Fleisch von einem verrottenden Leichnam, sodass nur die langen, nackten Zähne blieben. »Auf dein Geheiß hin ließen meine Drachen – meine Kinder! – von ihrer rechtmäßigen Beute ab und zerstörten einander. Dein Geheiß! Nie gab es einen Drachenherrn, der einen solchen Befehl hätte geben können – niemals, *nie!*« Es kostete Dahr vernehmlich Mühe, sich zu beherrschen: Tatsächlich hörte Robert einen erstickten Laut aus der Kehle des Phantoms. »Bis heute.«

Roberts Kiefer schmerzte schon vor Mühe, seine Zähne am Klappern zu hindern, und seine Beine taten vor Entschlossenheit weh, weder zu zittern noch blindlings in die Nacht zu enteilen und alles aufzugeben: Prinzessin Cerise, sein gestohlenes Pferd und die Gebete seiner Mutter um einen Helden zum Sohn. »Ich kann mit Drachen fühlen«, sagte er mit leiser, klarer Stimme. »Vielleicht verstehe ich sie auch ein bisschen. Doch ich bin nicht ihr Herr oder Meister.«

Da lächelte der alte Mann und wurde wieder zum Großvater mit dem Sack voller Süßigkeiten. »Das ist ein Jammer, ein echter Jammer. Denn Meister oder nicht, ich kann mir dich nicht leisten, Gaius Thrax. Ich kann es mir nicht erlauben, dich am Leben zu lassen.«

Was Robert da getan oder gesagt hätte, fand er nie heraus, denn plötzlich war die Prinzessin vor ihm, dem kaltblauen Blitz eines Eisvogels gleich, und stellte sich dem Zauberer entgegen. Ihre Stimme war bemerkenswert ruhig. »Du wirst ihm nichts tun. Ich bin Prinzessin Cerise und werde das nicht zulassen.«

Robert hatte schon die Hand auf ihrer Schulter, um sie beiseitezuschieben, als der Alte loslachte: ein echtes Lachen diesmal, nicht das gutmütige Glucksen, unter dem sich Blut und Messer verbargen. »Ach, sie *gefällt* mir! Ich mag sie noch aus dem Weg räumen müssen, aber gefallen tut sie mir.« Er senkte förmlich den Kopf und zwinkerte mit seinen Drachenaugen. »Denk dran, Mädchen – was du hier siehst, ist bloß eine Vision, die ich entsende. Sie hätte nicht einmal die Macht, dir das schöne Haar zu zerzausen. Ich brannte bloß darauf, dich und deinen Begleiter zu sehen, der weder das ist, was er glaubt, noch, was er sich zu sein erträumt.« Er sprach zu dem geisterhaften Drachen, der nun die großen, ledrigen Schwingen ausbreitete. »Wenn wir uns das nächste Mal begegnen, werden die Dinge anders liegen, fürchte ich.«

»Warte!« Die Stimme der Prinzessin war so gebieterisch wie damals, als sie in einer anderen Welt, einem anderen Leben, die Aufstellung des Zuges befehligt hatte. »Wo ist Prinz Reginald?«

Der Alte blinzelte und tat überrascht. »Wo? Oh Kind, er ist schon auf dem Weg zurück zu dir, so schnell sein Ross ihn trägt. Oder wird es doch sein, sobald er es von seinem Baum herabschafft.« Er lächelte, Blut und Messer wie zuvor. »Er ist ein flinker Bursche, dein Prinz, das muss man ihm lassen. Er ist außer Reichweite des Drachen geklettert, der ihn bewachen sollte, und hat den Baum fast komplett abgeerntet, so unreif seine Früchte waren – und wenn er gut achtgibt und nicht im Halbschlaf von seinem Ast fällt …«

»Holt die Pferde!«, sagte Robert zur Prinzessin. Cerise sah ihn an, dann Dahr, dann wieder ihn, dann eilte sie ohne Erwiderung los. »Also wer so mit einer Prinzessin reden darf, hat sicher eine interessante Zukunft vor sich«, sagte Dahr.

»Wo steckt Ihr?«, verlangte Robert zu wissen. »Sagt, wo

Ihr wirklich seid, und wir treffen Euch da, Euch und Eure Bestien …«

»Ah-ah«, rügte ihn Dahr und zeigte mit dem Stab auf ihn. »Ausgerechnet du? Gerade du solltest doch wissen, dass Drachen keine Bestien sind. Insbesondere meine Kinder …« Das gehässige Glucksen war zurück. »Der Trägste unter ihnen ist immer noch ein Weiser, ein Mystiker, verglichen mit eurem Prinz Reginald. Möglicherweise hat der Prinz ja allmählich erkannt, dass der Drache, der ihn auf seinem Baum gefangen hält, nicht realer als mein Reittier ist – andererseits …«

»Wo seid Ihr?« Aber der Alte verblasste bereits mitsamt seinem Drachen, sank zurück in den echten Nebel des echten Teichs, dem ihre Erscheinungen entstiegen waren. Nur seine Stimme hallte noch nach. »Wo man mich und meine Kinder wirklich findet? Fragt König Krije – Krije wird die Antwort kennen. Oh, das tut er ganz bestimmt!«

FÜNFZEHN

Sie trafen Prinz Reginald auf der Straße. Er führte sein Pferd hinter sich, doch als Prinzessin Cerise zu ihm rannte und Robert die Hufe der Stute nach Verletzungen absuchen wollte, winkte er müde ab. »Mit ihr ist alles in Ordnung. Ich schäme mich bloß, mich von einer Kreatur tragen zu lassen, die so viel mutiger und klüger ist als ich selbst.« Er wich ihren Blicken aus. »*Sie* wusste, dass der Drache nicht echt ist. Sie rupfte einfach Gras und kratzte sich den Rücken – am selben Baum, in dem ich mich versteckte, saures Obst aß und mich vor Angst einnässte. Und euch um Hilfe rief, flehte, dass ihr mich retten kommt: ein Mädchen und ein einfacher Bauernjunge.« Er begegnete Roberts Blick. »Verzeih«, murmelte er. »Das war die Scham, die aus mir sprach.«

»Alles gut«, sagte Robert. Da brach der Prinz abrupt am Straßenrand zusammen, und obgleich er nicht weinte, bebten seine Schultern unbeherrscht. Prinzessin Cerise sah Robert an, dann kniete sie sich neben den Prinzen. »Er ist ein Zauberer«, sagte Robert steif. »Täuschung ist sein Geschäft – sie liegt in seiner Natur. Beide sind eins. Er hätte jeden von uns getäuscht.«

Prinzessin Cerise pflichtete ihm wortreich bei, doch Prinz Reginald fand keinen Trost. »Mein Vater tat recht daran, mich zu verachten. Er wusste seit dem Tag meiner Geburt, dass ich nie mehr sein würde als der Schatten seines Schattens – und ich trotzte ihm und verspottete ihn, weil er die Wahrheit kannte.« Er schob die tröstenden Hände der Prinzessin von sich. »Es ist nicht meine Schuld, dass ich der Sohn eines großen Königs bin – es ist nicht meine Schuld, dass ich wie ein Held aussehe. Es *ist* aber meine Schuld, dass ich ein Narr und ein Feigling bin. Hätte ich es gewagt, mich diesem falschen Drachen zu stellen, hätte ich erkannt …«

»Genug«, sagte Robert laut. »Es reicht!« Er traute seinen eigenen Ohren kaum – *erst kommandiere ich eine Prinzessin herum, jetzt brülle ich noch einen Prinzen an.* »Genug, Euer Hoheit. Erzählt mir von Dahr und Eurem Vater.«

Abgelenkt von seinem Elend, hob Prinz Reginald überrascht den Blick. »Was? Also ich weiß nicht, was es da zu erzählen gibt. Dahr war ein böser Zauberer, und mein Vater tötete ihn noch vor meiner Geburt. Das ist an sich alles, was ich weiß.«

»Er ist am Leben«, sagte Robert. Prinz Reginald blickte verständnislos drein. »Denkt nach, Hoheit!«, sagte Robert. »Was hat Euer Vater Euch erzählt?«

»War er damals schon so ein drachiger Zauberer?« Prinzessin Cerise versuchte abwechselnd und ohne Erfolg, Prinz Reginald den Schmutz von der Kleidung zu klopfen und ihm aufzuhelfen.

»Mein Vater hat mir vor allem von seiner eigenen unbezwingbaren Tapferkeit und Kraft erzählt«, antwortete Reginald bitter. »Wenn man ihm zuhört, hat er den Zauberer nicht bloß unter Lebensgefahr vernichtet, er vereitelte auch seine Machtgelüste – was immer Dahr vorhatte – und erniedrigte ihn zudem vor aller Augen. Der Teil ist ihm besonders wichtig.«

»Erzählt uns die Einzelheiten gern auf dem Heimweg.« Robert zog Prinz Reginald hoch und bugsierte ihn nicht allzu sanft zum Sattel. »Euer Hoheit!«, schnappte er, als der Prinz zögerte. »Das Letzte, was Dahr uns sagte – ich meine seine Illusion –, das Letzte, was er sagte, war, dass König Krije, Euer Vater, sicher wisse, wo er sei. Für mich heißt das: Entweder ist er bereits in Corvinia oder auf dem Weg dorthin.«

Prinz Reginald, schon halb im Sattel, fiel wieder runter. Robert fing ihn gerade noch auf.

»Der direkte Weg von hier nach Corvinia führt durch Bellemontagne«, sagte die Prinzessin leise. Ihr Ausdruck war derselbe, auch ihre Stimme klang wie immer; doch Robert kannte ihr Gesicht inzwischen, und bemerkte daher, dass ihre Lippen die Farbe alten Schnees angenommen hatten.

»Die Drachen würden diese Strecke fliegen, und fliegen können sie anscheinend. Sie haben keinen Grund, Bellemontagne zu betreten.«

»Mein Vater«, hob die Prinzessin an, stockte und begann erneut. »Mein Vater verstand sich nicht gerade gut mit … mit Dahr. Allen beiden.«

Sie schwankte und stützte sich mit den Händen am Rücken ihres Pferdes ab, verlor aber nicht die Besinnung. Robert half ihr aufzusteigen und beobachtete sie sorgsam. Als er zuversichtlich war, dass sie sich im Sattel halten konnte, stieg er selbst auf. Wie auf dem Hinweg ritt er ein Stück hinter ihr.

Prinz Reginald blies Trübsal und fiel immer weiter zurück, so weit, dass Robert ihn schließlich zu sich rief. »Erzählt mir, wie König Krije Dahr getötet hat, Euer Hoheit. Alles, woran Ihr Euch erinnert – *alles.*«

»Ich habe doch schon erzählt, was ich weiß! Ich war ja nicht einmal dabei, und die letzten achtundsiebzig Mal, als mein Vater die Geschichte erzählt hat, habe ich nicht mehr zugehört. Alles, woran ich mich erinnere, ist sein Geprahle: wie Dahr mit einem Heer von Zauberern in Corvinia einfiel und mein Vater ihnen mit Gebrüll und ganz allein – so seine Worte – entgegentrat und sich überhaupt nicht um die Zaubersprüche der anderen ›kleinen Pisser‹ scherte, wie er sie nannte, sondern direkt auf Dahr losging. Und er sagte immer … er *behauptete* …« Er hielt inne und wirkte auf einmal verwirrt.

»Fahrt fort, Eure Hoheit«, drängte Robert ihn. »Weiter.«

»Na ja, er *behauptete*, er habe Dahr seinen Stab abgenommen und entzweigebrochen und ihn mit beiden Stücken totgeprügelt. Und die ganzen anderen Zauberer sahen bloß zu und schritten nicht ein, denn wenn man den Stab eines Zauberers zerbricht, ist er hilflos – weil er in gewisser Weise *in* dem Stab ist. Dahr hat aber einen, ich hab es gesehen! Das heißt also … Was heißt das jetzt? Ich verstehe rein gar nichts mehr.«

»Ich auch nicht«, sagte Robert. »Alles, was ich weiß, ist, dass er am Leben ist. Und was er hat, das sind Drachen.«

~

Mortmain schritt auf und ab.

Wie bei allem ging er auch hierbei höchst präzise und ökonomisch vor: so viele Schritte bis in die Ecke des Schlosshofs, so viele hinüber zur Ringmauer; so viele Schritte an der Mauer entlang bis zur kalten Esse des Hufschmieds, so viele von da bis zu der Puppe, an der die jungen Ritter das Tjosten übten, so viele zurück in die ursprüngliche Ecke und wieder von vorn. Er hätte den Parcours im Schlaf laufen können – und tat es in der Woche seit Prinz Reginalds Verschwinden oft auch im Traume.

An diesem speziellen Morgen hatte er zu seiner Überraschung – und Verärgerung – Gesellschaft: von einem kleinen, dunkelhaarigen, etwas schmuddeligen und nervtötend lebhaften Bauernmädchen, das sich keck als Elfrieda-Soundso vorstellte. Automatisch nahm er an, dass sie auf Neuigkeiten von Prinzessin Cerise aus war. Die Armen – das galt in Bellemontagne ebenso wie anderswo – führten ihr Leben, indem sie so eifrig sie konnten das Leben des Adels verfolgten. »Sie ist noch nicht zurück, junge Frau«, sagte Mortmain nicht unhöflich. »König und Königin haben seit Tagen kein Auge zugetan und das komplette Schloss und seine Bewohner stehen am Rande des Nervenzusammenbruchs. Mir persönlich ist ebenfalls nicht wohl zumute. Es steht dir frei, diese Neuigkeiten nach Gutdünken zu verbreiten. Schönen Tag noch.«

Doch das lästige Kind knickste ausgesprochen förmlich – *nur die Bauern halten heutzutage noch die alten Traditionen hoch* – und richtete das Wort an ihn. »Guter Herr, mein Begehr ist Nachricht von einem Mann – na ja, fast noch ein Junge, wir wuchsen zusammen auf – namens Robert Thrax, nur dass das eigentlich nicht sein richtiger Name ist, so möchte er aber genannt werden. Wie auch immer, er zog los, Prinz Reginald zu suchen …« Da genoss sie Mortmains ungeteilte Aufmerksamkeit. »Als der davonlief, Ihr versteht, und ich dachte bloß, vielleicht …« Und hier machte sie den willkommenen Eindruck, als ob ihr allmählich die Puste ausginge. »Wenn Ihr mir irgendetwas von ihm zu berichten wüsstet, wäre das … jede Information, selbst ein Gerücht …« Hier brach sie ab, wenngleich mehr der Tränen als der ausbleibenden Luft wegen. »Sofern Ihr etwas wisst …«

»Der Drachenjunge«, sagte Mortmain sanft. »Der gerne Diener eines Prinzen wäre. Ja, ich kenne ihn, mir war bloß nicht bewusst, dass er loszog …« Er seufzte und tätschelte Elfrieda-Soundso verlegen die Schulter. »Komm schon, nicht weinen, er ist dir nicht verloren. Er überstand das Gemetzel im Wald, ich nehme an, er wird auch das hier überstehen. Interessanter Bursche.«

»Aber was soll ich tun?«, begehrte Elfrieda auf. »Ich kann doch nicht den ganzen Tag still daheim rumsitzen wie so ein braves Mädchen und auf ihn warten – das *kann* ich nicht! Ich kann nirgends still sitzen! Es muss doch etwas geben, das ich tun kann!«

Mortmain betrachtete sie: hübsch auf die Art der Unterschicht, reizvoll gar, mit einer Verheißung echter Intelligenz unter dem ländlichen Dialekt, dem ländlichen Kittel, den ländlichen Holzschuhen. »Du kannst mit mir auf und ab gehen, wenn du magst«, schlug er vor. »Das ist, was ich tue.«

Also folgte Elfrieda ihm auf seinem Weg: Hofecke, Mauer, kalte Esse, schwingende Puppe, wieder die Ecke …

Sie redeten nur wenig, aber immer wenn sie an einer bestimmten Schießscharte in der Mauer vorbeikamen, lief einer von ihnen hin – Elfrieda rannte wie das Kind, das sie war, während Mortmain eine gewisse Würde wahrte –, um auf die beiden zum Schloss führenden Hauptverkehrsstraßen zu blicken, in der Hoffnung auf eine ferne Staubwolke, die den Nachhauseweg begleitete. Elfrieda drehte sich sogar dreimal im Kreis und raunte etwas zu ihrer Namensgöttin, Elfrieda von den Zähnen. Mortmain, umsichtiger als sie, murmelte bloß den leeren Wegen zu: *»Komm zurück, du Idiot, komm zurück …«* Nach einigen Stunden fügte er das Wort *wohlbehalten* hinzu.

So fand sie Ostvald: Immer noch den Hof durchmessend, merklich fußmüde inzwischen, wiewohl in fast perfektem Gleichschritt und beiderseitigem, stillem Stolz auf ihre Sturheit. Er sprach Elfrieda an, weil er viel zu schüchtern und argwöhnisch war, das Wort an Mortmain zu richten. »Dein Vater will, dass du sofort nach Hause kommst. Sein böser Zeh hat ihm gesagt, dass es bald regnet, und alle sollen helfen, das Heu reinzubringen. Er hat gesagt, ich soll dir sagen, das ist ein Befehl.«

Elfrieda zuckte die Achseln, ohne aus dem Tritt zu geraten. »Sein Zeh erzählt ihm alles, was er hören will. Ich muss hierbleiben.«

»Er sagt, wenn du nicht heimkommst, wird er dich schlagen.«

»Wäre nicht das erste Mal.« Da hielt Elfrieda an und begegnete seiner Sorge mit schwachem Lächeln. »Robert könnte jeden Augenblick zurück sein, begreifst du nicht? Wenn ich nicht da bin …«

Ostvald wollte den Rest des Satzes nicht hören. »Dann leiste ich dir eine Weile Gesellschaft. Ich kann auch später noch zur Arbeit.« Und mit diesen Worten, seelenruhig, schloss er sich Elfrieda und Mortmain auf ihrer absurden, geduldigen Hofrunde an. Zunächst versuchte er, die Unterhaltung am Laufen zu halten, doch seine Begleiter waren zu schweigsam und die Umgebung zu laut: Der Schmied schlug Dellen aus einer Rüstung und die Stechpuppe schwang klingelnd herum, um einen weiteren frischgebackenen Ritter vom Pferd zu fegen. Als Nächstes versuchte Ostvald es mit Pfeifen, laut und falsch, aber das handelte ihm bloß einen gereizten Seitenblick Elfriedas ein. Mortmain war es keiner Regung wert. Schließlich schwieg Ostvald genau wie die anderen, teilte jedoch nicht ihre Begeisterung für die Schießscharte und die zwei Straßen. Einmal griff er scheu nach Elfriedas Hand; sie zog sie nicht zurück, reagierte aber auch nicht anderweitig, und so ließ er sie bald wieder los.

Eine gute Stunde waren sie gemeinsam marschiert, als ein einzelner Reiter auf einem schweißnassen Pferd auf das Schloss zugaloppierte; da er allerdings allein war und über die weniger genutzte Straße kam, nahmen sie erst nur flüchtig Notiz von ihm. Er klapperte durch das Tor, sprang vom Pferd, warf dem Stallknecht die Zügel zu und verschwand hastig stolpernd im Schloss. »Nicht Robert«, sagte Elfrieda, »Falsche Richtung«, sagte Mortmain und Ostvald sagte: »Mir tun die Füße weh.«

Mehr redeten sie nicht, sondern liefen weiter, bis sie dann – Elfrieda zuerst – des Gewispers im Schloss gewahr wurden: Wispern auf Wispern, sachte erst, dann immer stärker und vernehmlicher. Es schien von überall zu kommen, als ob die Steine der ehrwürdigen Mauern beschlossen hätten, all ihre Geschichten zugleich zu erzählen. Der Betrieb im Hof kam nach und nach zum Erliegen. Der Hammer des Schmieds sank herab wie der einer Glockenspielfigur, wenn sie die Stunde schlägt. Die Wäscherinnen und die flinken Knappen, die den jungen Rittern beim Training auswichen, kamen langsam zum Stillstand. Selbst die

Hunde und Raben am Boden hielten inne, die Köpfe aufmerksam schief gelegt, und lauschten auf das Gemurmel der Steine. »Doch Robert«, sagte Elfrieda.

König Antoine und Königin Hélène traten aus dem Schlosstor in die Sonne, begleitet vom Boten. Beide wirkten älter, als sie waren, und ihre königlichen Roben schienen ihnen plötzlich zu groß zu sein. Die Augen des Königs waren trocken, aber rot; die Königin presste sich immer wieder die Knöchel der rechten Hand an die Lippen. Der Bote blieb auf Abstand, staubig und beschämt.

König Antoine hob die bebende Stimme, sodass man ihn im stillen Hof deutlich hörte. »Mein Volk! Wir haben Kunde erhalten, dass unsere geliebte Tochter, die Prinzessin Cerise …« Er brach abrupt ab, wandte den Kopf, um Blicke mit der Königin zu tauschen, und fuhr unter Mühen fort. »Unsere Tochter, gemeinsam mit Prinz Reginald von Corvinia und … äh … Thrax, der mit den Drachen, ich kenne seine Mutter, eine reizende Dame …« Königin Hélène zischte ihm etwas ins Ohr. »Gewiss. Alle drei sind weiter nach Corvinia gezogen, statt nach Hause zu kommen. Weil nämlich Dahr – der Zauberer Dahr, der eigentlich tot sein sollte … äh … er ist *nicht* tot, und Prinz Reginalds Vater, König Krije, Krije hat ihn getötet … anscheinend aber nicht genug … und Prinz Reginald glaubt, dass Dahr auf dem Weg nach Corvinia ist, um Krije zu töten, deshalb ist *er* sofort dorthin, weil … weil er ein Held ist.«

Er machte plötzlich einen schwachen Schritt zurück und stützte sich auf den Boten, als versagten ihm die Beine den Dienst. Königin Hélène tätschelte seinen Arm und nahm seinen Platz ein. »Unsere Tochter begleitet ihn, weil sie ebenfalls eine Heldin ist«, sagte sie. »Dieser junge Mann hier sagt, dass er ihnen einen direkteren Weg nach Corvinia wies – zum Mädchenfluchtpass, jenseits unserer Südgrenze. Dann verließ er sie und den Drachenjungen und begab sich wie befohlen so schnell er konnte zu uns. Das ist, was wir wissen.«

Nicht nur der König, auch Elfrieda wirkte etwas wackelig auf den Beinen, als sie diese Neuigkeiten vernahm. Ostvald legte ihr vorsichtshalber den Arm um die Schultern, doch sie schüttelte ihn nachdrücklich ab, ohne ihn anzusehen. König Antoine, der sich immer noch auf den Boten stützte, fand die Kraft, zu verkünden. »Und noch etwas wissen wir: Es sind Drachen im Spiel.«

Da wandte Elfrieda sich jählings ab und marschierte ohne ein Wort an Ostvald oder Mortmain zum Hinterausgang des Schlosses. Bestürzt starrte Ostvald ihr nach, rief sie – sie sah nicht zurück – und stapfte ihr dann ungelenk in seinen Arbeitsstiefeln hinterher. Mortmain, ganz bleich vor Erschütterung, merkte nicht einmal, dass sie gingen.

Sie lief immer schneller, rannte schon fast, als Ostvald sie bei den Ställen einholte, in denen Prinz Reginald geschlafen hatte. So flehentlich er auch ihren Namen rief, sie wandte sich erst um, als er mit beiden Händen ihre Schultern fasste. »Wo willst du hin?«, fragte er.

Ausnahmsweise sagte sie nicht bloß »Ach, du!«, allerdings wäre es Ostvald fast lieber gewesen als ihre beinahe zärtliche Erwiderung. »Das ist eine dumme Frage, selbst für dich.«

Als er nichts entgegnete, schenkte sie ihm den langen, mitleidigen Blick, den er so gut kannte. Langsam und deutlich wie zu einem Kind sagte sie: »Du hast den König gehört. Da sind Drachen. Robert wird mich brauchen.«

»Nein«, sagte Ostvald. »Nein, Elfrieda.« Ihm war, als hörte er von fern jemand anderen sprechen, und ihm gefiel dieser eigenartige Klang. »Elfrieda, du gehst nirgends allein hin.«

Die Erschütterung auf ihren Zügen stand der Mortmains in nichts nach. »Ostvald, ich habe meine Entscheidung getroffen. Du weißt, wie ich bin, wenn ich mich entschieden habe.«

»Ich weiß, wie du bist«, sagte er standhaft. »Ich weiß, wie du dein ganzes Leben warst – unser aller Leben. Immer hast du Robert und mir gesagt, wie du dir etwas wünschst, und wir haben gemacht, was du wolltest und wie du es wolltest, und uns gefreut wie die Schneekönige. Diesmal nicht.« Elfrieda starrte ihn mit offenem Mund an – eine Erfahrung, die er ungemein genoss, gleich, was sie ihn später kosten würde. »Diesmal nicht. Wenn du Robert folgen willst, ist das deine Entscheidung, keine Frage. Aber ich gehe mit.«

»Ganz bestimmt nicht! Auf gar keinen Fall!«

»Robert ist doch nicht dein dummes Eigentum …«

»Vielleicht noch nicht …«

»Und wenn ich beschließe, mitzukommen, um ihn heimzuholen …«

»Schlag dir das aus dem Kopf!«

»Du kannst nicht gut reiten, du konntest noch nie …«

»Das stimmt nicht! Das *stimmt* einfach nicht …!«

~

Der Mädchenfluchtpass war genau so steil und schwierig wie jener verängstigte Bursche sie gewarnt hatte; zudem war die Landschaft zermürbender in ihrer Trostlosigkeit als jede andere, die Robert jemals gesehen hatte. Schon ehe sie die Baumgrenze erreichten, fand das rastlose Auge an nichts mehr Halt als ein paar dürren Kiefern, die aus einem zerschlissenen Teppich von Torfmoosen und grauem Reif ragten. Bargen die beiden Tage auf dem Pass noch einen Hauch Wärme, so waren die Nächte boshaft kalt, so kalt, dass die drei in voller Kleidung auf dem harten Boden schliefen, dicht zusammen, die Prinzessin in der Mitte. Des Tages ritt sie gleichfalls zwischen ihnen, Prinz Reginald vorneweg und Robert als Abschluss, wo er Ausschau nach den verschiedenen Raubtieren hielt, die sich die Herrschaft über diese Berge streitig machten. Er bekam nie welche zu Gesicht, doch die Pferde witterten sie ständig, was es oft nötig machte, abzusteigen und sie zu führen, bis sie sich wieder beruhigten. Robert und Prinz Reginald bekamen beide Nasenbluten.

Keiner redete viel während des Tages; nachts jedoch, als Prinz Reginald zu ihrer Linken schnarchte, murmelte die Prinzessin: »Er hält sich schon viel besser, meinst du nicht?«

»Na ja, er ist auf dem Weg nach Hause, um seinem Vater beizustehen. Das mag die Sinne wecken.«

Die Prinzessin lächelte nachsichtig. »Ah, jetzt machst du dich über mich lustig.«

»Nein, tue ich nicht.« *Doch, tust du.* Aber das Lächeln hielt an.

»Spielt keine Rolle – ich verdiene es sicher. Worauf es ankommt, ist, dass er König Krije zeigen wird, dass sein Sohn nicht weniger ein Mann ist als er, und das wird gewiss einen Riesenunterschied für sein Selbstbild machen. Ich bin mir sicher, das Verhältnis zu seinem Vater ist der Schlüssel zu

Prinz Reginald. Oder nicht?« Als Robert nicht gleich Antwort gab, stupste sie ihn spielerisch mit dem spitzen Ellenbogen. »Robert, ich schätze deine Meinung mittlerweile sehr. Ich wüsste wirklich gerne, wie du darüber denkst.«

Robert, der sich vor Kälte zu einem Ball zusammengerollt hatte – er spürte seine Füße schon nicht mehr –, versuchte befangen, in den Genuss der Körperwärme der Prinzessin zu kommen, ohne dass es sich als Gekuschel auslegen ließe. »Ich denke, Prinz Reginald ist sehr viel mutiger, als er weiß. So wie die meisten Menschen.« Er schlang die Arme um sich und barg die Hände in den Achseln. »Es erhält aber nicht jeder die Gelegenheit, sich zu beweisen. Vielleicht besser so, wenn man es bedenkt.«

»Aber er *muss* sich beweisen! Sonst erfährt er es nie, und sein Vater auch nicht, und er wird sich immerzu so für sich schämen … oh, er *muss* einfach herausfinden, wie tapfer er wirklich ist!«

Da wieherte Prinz Reginalds Stute unvermittelt vor Entsetzen und riss an ihrem Strick. »Sie riecht wieder die Wölfe«, sagte Robert müde. »Ich schaue besser mal nach.« Er stand auf und stolperte zitternd durch die Kälte, überprüfte sorgsam sämtliche Pflöcke und Halfter, dann kehrte er zu ihren dünnen Sommerdecken am erlöschenden Feuer zurück – das letzte Holz hatte er schon nachgelegt. »Alles in Ordnung?«, fragte die Prinzessin schläfrig, als er neben ihr Platz nahm.

»Ja«, versicherte Robert ihr. »Alles in Ordnung.«

Sie lächelte mit geschlossenen Augen. »Wusste ich's doch. Danke dir, Robert.« Die letzten Worte verliefen sich in Gemurmel und kurz darauf zartem Schnarchen. Robert aber fand noch keinen Schlaf, denn jenseits der Feuerglut wachten grüne Augen, und sein Verstand wurde von Bildern und Phantasien heimgesucht, die ihm durchweg missfielen. Er wünschte von ganzem Herzen und ohne die geringste Scham, er wäre zu Hause bei seiner Familie, in seinem Bett, mit einem Drachling auf dem Kissen und einem weiteren, der ihm morgens mit den Tatzen die Lider zu öffnen versuchte. *Ich gehöre nicht in eine Heldengeschichte – das ist was für Prinzen und Prinzessinnen. Ich will einfach nur ein Diener sein – ist das denn zu viel verlangt?* Die Wölfe strichen geduldig ums Lager, die Pferde klagten ihre Angst, Prinz Reginald und Prinzessin Cerise schnarchten friedlich und Robert dachte: *Ja, das ist es wohl …*

~

»Er ist kein Esel! Er ist ein Maultier!«

»Du bist das Maultier! Was du da redest – natürlich ist er ein Esel! Schau dir seine Hufe an!«

»Schau du doch mal, wie groß er ist! Viel zu groß für einen Esel!«

»Groß? Meine Füße schleifen ja schon über den Boden! Er ist ein großer Esel, das ist alles!«

»Er ist ein Maultier! Ein kleines Maultier – mehr hatten sie nicht im Stall, hab ich doch gesagt!«

»Mehr konntest du nicht reiten, meinst du! Ich komme mir ja wie ein Verbrecher vor, mich von dem armen Ding tragen zu lassen …«

»Wieso läufst du dann nicht? Los, lauf doch!«

Zur Antwort glitt Ostvald von dem kleinen Tier, das ihn und Elfrieda in die Berge Corvinias trug. »Gut, ich laufe – bitteschön!« Verärgert gab er dem Tier einen Klaps auf die

Seite, worauf es spornstreichs davonstob, eine schreiende Elfrieda auf dem Rücken. Über sich selbst erschrocken rannte Ostvald ihnen fluchend hinterher und holte sie rechtzeitig ein, um Elfrieda vor einem Sturz auf die Straße zu bewahren, und sie und die unbekümmerte Kreatur zugleich zu beruhigen und auch zu rügen. »Lieber Gott, was ist nur in dich gefahren? Bist auf einem Hof aufgewachsen wie ich, aber erkennst keinen Esel, wenn du einen siehst?«

»Er ist ein kleines Maultier«, beharrte Elfrieda stur, ihre Augen aber waren feucht. In ihnen sah er ein zerwühltes, glitzerndes Bild seiner selbst, das ihn mehr anrührte, als ihm in seiner Verärgerung recht war. »Er ist ein Esel, Elfrieda, und das weißt du«, sagte er sanfter. »Wieso kannst du das nicht einfach zugeben?«

»Weil er alles war, was ich auftreiben konnte – ja doch! –, und er wirkte so friedlich und folgsam, dass ich wirklich dachte, er könnte uns beide tragen. Ist ja gut – ein Maultier wäre besser gewesen, es tut mir *leid!* Bist du nun zufrieden?«

»Nein«, sagte Ostvald. »Ich bin überhaupt nicht zufrieden. Jetzt werde ich nämlich über den Pass laufen müssen, um dir bei der Rettung deines Herzallerliebsten zu helfen …«

»Robert ist nicht mein Herzallerliebster, das habe ich nie gesagt!« Elfrieda errötete tief, wütend auf sich selbst wie auch auf ihn. Ostvald setzte sie wieder richtig in den Sattel und trieb den Esel vorsichtig an.

Nach einer Weile sagte sie: »Ich finde einfach, dass wir da sein sollten, wenn er … dem bösen Zauberer und den Drachen und allem begegnet. Um ihm zu helfen.«

»Und wie genau sollen wir ihm helfen? Oder dem Prinzen, der Prinzessin oder irgendwem? Indem wir ganz laut schreien, bis sie zu unserer Rettung eilen?«

»Also *ich* werde bestimmt nicht schreien! Für dich kann ich nicht sprechen …«

»Wir werden einfach nur im Weg stehen, zu nichts nütze sein und sie höchstwahrscheinlich in noch größere Gefahr bringen, weil sie auf uns achtgeben müssen.« Er holte tief Luft. »Wir können immer noch nach Hause, Elfrieda.«

»Nein, können wir nicht.« Ostvald äffte sie stumm nach. »Sie werden uns brauchen«, sagte sie trotzig. »Ich weiß nicht wie und warum, aber ich weiß es.«

Ostvald grunzte und gab keine Antwort. Elfrieda blickte zu ihm herab und berührte sachte seine Hand am Sattel. »Ich werde nicht den ganzen Weg reiten – wir können uns alle ein, zwei Meilen abwechseln.« Große Schwingen verdunkelten einen Moment lang die Sonne am Himmel, und sie duckte sich. *»Drache?«*

»Bergadler. Eine Riesenhilfe wirst du sein, wenn erst die echten Drachen kommen.« Das verletzte sie sichtlich, und Ostvald tat es sogleich leid. Er sagte ihr das, Elfrieda aber ritt ohne ein weiteres Wort voran. Dennoch stieg sie nach etwa einer Meile ihres Weges ab und wies ihn mit einem knappen Nicken an, sich in den Sattel zu setzen. Als er sich sträubte, gab sie ihm einen Stoß – einen harten –, und er gehorchte. Dann lief sie schweigend neben dem Esel her, bis die Reihe wieder an ihr war.

SECHZEHN

Es war kein Traum. König Krije wusste, dass es kein Traum war.

Allerdings war: Er lag in seinem großen Bett; er trug sein leichtes abendliches Kettenhemd und lag behaglich und geborgen unter seiner üblichen Decke corvinischer Jagdhunde, ein jeder so groß wie ein Kalb und ebenso wild wie ihm treu ergeben, und durchweg von der einzigartig braunen Farbe mit dem Stich ins Violette, die sie als die Hunde Krijes kennzeichnete. Sie erwachten mit ihm, grollten ihr Misstrauen, rochen die Furcht in seinem Schweiß, spürten sie in der Starrheit, mit der er sich gegen das totenkopfförmige Kopfteil lehnte und ins Leere stierte. Sie drängten sich aneinander und folgten gemeinsam seinem Blick; sie konnten nicht sehen, was er sah, knurrten es aber trotzdem an. Dann legten sie sich wieder schlafen.

Der alte Mann, der direkt vor dem Fußende des Bettes in der Luft saß, lächelte den König mit spöttischer Gelassenheit an. »Prächtige Tiere, die du da hast, Krije. Furchtlos, mörderisch, absolut loyal, und nicht im Mindesten von etwas wie Intelligenz belastet. Lange hatte ich dasselbe Bild von dir.«

»Du bist tot«, sagte König Krije. Die Worte steckten ihm im Hals und waren kaum zu vernehmen.

Zauberer Dahr schüttelte den Kopf und lächelte weiter. »Ich kann dich nicht hören, mein Freund. Wie jeder andere war ich immer so an dein hirnloses Gebrüll und Gegröle gewöhnt, dass ich dich, wenn du wie ein normaler Mensch redest …«

»Du bist tot, verdammt!« Krijes Aufschrei weckte die Hunde, die nun die Zähne fletschten und fauchten, bis er sie mit einem Klaps zum Schweigen brachte und wütend mit den Armen wedelte. »Ich hab dich mit deinem eigenen Stab weich wie Pudding geprügelt und deine Leiche meinen Schweinen zum Fraß vorgeworfen!«

»Ja«, antwortete der Zauberer nachdenklich. »Ja, daran erinnere ich mich. Tja, etwas so Grobes und Vulgäres würde ich dir sicherlich nie antun.« Er strahlte ihn wohlwollend an. Nach wie vor schwebte er ein wenig höher als des Königs Bett. Das Schlafzimmer war dunkel, nur ein seltsames Licht umgab ihn, wenngleich dieses nichts sonst erhellte. »Ich habe weitaus interessantere Pläne mit dir, mein lieber alter Krije.«

Was für Eigenschaften ihm auch fehlen mochten, niemand hatte König Krije je mangelnden Mut vorgeworfen. Er schnappte sich den Dolch, der nachts unter seinem Kissen lag, sprang aus dem Bett und stach nach der leuchtenden Erscheinung. »Komm nur, du milchtrinkender Feigling! Ich habe nie einen Zauberer gekannt, der auch nur das Rückgrat einer Sardine, einer verdammten Schlammkröte besessen hätte! Komm schon – ich warte auf dich!« Er hechelte wie seine Hunde vor lauter Wut und Frustration.

»Oh, ich werde kommen, keine Sorge.« Dahr würdigte den König kaum eines Blickes. »Doch es macht mir solchen Spaß, mir Zeit zu lassen, die Gegend anzusehen, in dem wohligen Wissen, dass du an mich denkst.« Der helle Riss in der Luft tat sich weiter auf, Dahr blickte über seine Schulter und König Krije sah die Drachen hinter ihm. Sie waren rot und schwarz und grün – manche waren irgendwie alle drei Farben zugleich, je nach Lichteinfall – und sie schienen König Krije groß wie Kathedralen zu sein. Es waren mehr, als er zählen konnte. Dahr wandte sich ihm wieder zu, und als er dann lächelte, glänzten seine Zähne wie Drachenzähne. »Als ich dich das letzte Mal besuchte, hatte ich Zauberer zur Verstärkung. Diese hier mögen sich als etwas standhafter erweisen … meinst du nicht?«

Dann war er verschwunden, und mit ihm die Drachen, und der alte König Krije krallte sich an seine Hunde und stimmte in ihr Geheul ein, bis Wachen und Dienerschaft panisch mit Schwertern und Fackeln und Wärmflaschen gerannt kamen, um zu sehen, wovon ihr Herrscher wohl heimgesucht wurde. Krije war ausgesprochen vage, was den Quell seiner Qual anging; doch ungeachtet ihrer unterschiedlichen Auslegungen kamen sie in einem erstaunlichen Punkt überein: Er rief tatsächlich nach seinem Sohn.

~

Sie waren schon auf dem Weg nach Corvinia, als Prinzessin Cerise schließlich der Versuchung nachgab und ihre Schreibsachen aus der Satteltasche nahm. Das Manöver war durchaus heikel, denn sie hatte sich noch nie bei ihren Versuchen, sich das Lesen beizubringen, beobachten lassen, und sie hatte auch nicht die Absicht, damit anzufangen. Prinz Reginald wusste natürlich schon davon, doch irgendwie war das etwas anderes, weil er adlig war wie sie, und daher Analphabet. Robert aber *konnte* offensichtlich lesen, und die Prinzessin scheute sich – das war noch vorsichtig formuliert –, in seiner Gegenwart zu üben.

Deshalb tat sie es bei Nacht, bei Mondlicht oder Feuerschein, und erst, wenn ihre Gefährten schliefen. Manchmal wurden ihr die Finger vor Kälte zu taub, um den Griffel zu halten, sie gab aber ihr Bestes, so lange wie möglich. Darauf verstaute sie Griffel, Wachstafel und das alte Gedicht, das sie nun schon so lange abschrieb, und schlüpfte wieder zwischen die schlummernden, schnarchenden Männer, um sich an ihren großen Körpern so gut es eben ging zu wärmen. Ohne Gekuschel.

Wie es mit solchen Dingen nun mal ist, war es natürlich Robert, der sie bei ihren Übungen ertappte. Das Gedicht war auch fordernd und einnehmend genug, dass sie sich oft in seinem Fluss verlor und ihre Umgebung gar nicht mehr wahrnahm. So kam es, dass sie am letzten Abend ihres Abstiegs vom Mädchenfluchtpass aufschrak und ihn hinter sich entdeckte. Robert hatte es sich in der Hocke bequem gemacht, seine Augen blickten freundlich drein, sein Gesicht jedoch war ausdruckslos. »Ich habe gar nicht gemerkt, dass du wach bist«, stammelte sie, gelähmt vor Schreck, Unbehagen und Wut.

Zu ihrer Überraschung schien er noch peinlicher berührt als sie. »Tut mir leid. Ich wollte Euch nicht nachspionieren. Man lernt das Leisesein, wenn man tut … was ich tue. Ich finde es einfach bewundernswert, wie Ihr Euch das Lesen beibringt. Ich hätte das allein nie geschafft. Wenn meine Schwestern nicht wären …« Er schüttelte den Kopf, lächelte nun aber. »Wirklich unglaublich, was Ihr da tut.«

Die Prinzessin errötete; das ärgerte sie stets. »Das kann

jeder lernen«, sagte sie knapp. »Und es sollte auch jeder. Prinzen ebenfalls.«

Prinz Reginald rülpste leise im Schlaf, was beide als Vorwand nahmen, um ihn und nicht einander anzusehen. »Was schreibt Ihr denn ab?«, fragte Robert. »Sieht brüchig aus.«

»Ist es auch. Ich muss sehr vorsichtig damit umgehen. Es ist die *Chanson de Jeannot et Lucienne.* Aus der Bibliothek meines Vaters geklaut.«

Robert machte große Augen. »Das Lied über den Jungen und das Mädchen, die davonlaufen, weil er einen Büttel umgebracht haben soll …«

»Der diesen armen alten Mann verjagen wollte …«

»Genau, aber der Junge war es gar nicht, sondern …«

»Verrat es mir nicht! So weit bin ich noch nicht!« Die Prinzessin seufzte niedergeschlagen. »Manchmal geht es so *langsam* voran – und du kennst es wahrscheinlich schon auswendig.«

»Nun, meine Mutter hat es mir vorgelesen. Bevor ich das konnte.« Robert stand langsam auf und streckte die verkrampften Beine, da kam ihm ein Gedanke. »Ich könnte Euch helfen, wenn Ihr wollt, Hoheit. Dann klappt es mit dem Lernen vielleicht etwas schneller.«

Prinzessin Cerise erwog das Angebot und war durchaus versucht, doch schließlich schüttelte sie den Kopf. »Nein, ich muss das selbst schaffen. Ich weiß nicht, wieso – aber so ist das nun mal.« Sie steckte ihre Sachen zurück in die Satteltasche. »Wir beide schlafen jetzt besser.«

Sie sprachen in dieser Nacht nicht weiter darüber, aber als sie da im Halbschlaf auf dem Hang lag und zu dem Sommersprossenhimmel kalter Sterne aufsah, dachte die

Prinzessin schläfrig: *Prinz Reginald hasst seinen Vater, eilt ihm aber trotzdem zu Hilfe. Meinen Vater liebe ich, doch mache ich ihn verrückt vor Angst, weil ich mich für Fremde wie Reginald und König Krije in Gefahr begebe. Und Robert … hat Robert seinen Vater geliebt oder bloß von ihm gelernt? Ich wünschte, ich könnte ihn das fragen, genau jetzt, diesen kleinen Jungen in meinem Schlafzimmer, der sich verzweifelt an einen Drachen klammert …*

~

»Du musst reiten. Solange einer von uns immer läuft, kommen wir nie irgendwo an!«

»Ich hab es dir wieder und wieder gesagt – er ist ein Esel, er kann uns nicht beide tragen. Reite ruhig vor, wenn du es so eilig hast, ich hole dich später ein.«

»Ich kann nicht, ich habe Angst! Er läuft immerzu weg mit mir – wenn du mitreiten würdest, würde er das nicht tun.«

»Aha! Also bin ich wohl doch für etwas gut!«

Getroffen blickte Elfrieda von ihrer prekären Warte auf dem Eselsrücken auf ihn herab. »Natürlich bist du das! Du bist für eine Menge Dinge gut!«

»Ach ja? Nenne mir zwei.«

Sie mochten vielleicht nicht jeden Schritt ihres Weges solchermaßen gezankt haben; sofern es aber eine Stunde des Friedens gegeben hatte, konnte keiner sich daran entsinnen. Seiner Aufforderung indes begegnete Elfrieda mit einem derart langen Schweigen, dass es Ostvald tiefer traf, als er es für möglich gehalten hätte. Gerade wollte er den Mund öffnen, um den denkbar bittersten Triumph davonzutragen, als sie ihm leise antwortete. »Bei dir habe ich keine Angst.«

Ostvald starrte sie an. »Wie bitte?« Elfrieda wiederholte ihre Antwort. »Das ist doch Unsinn!«, sagte er. »Du hast eben selbst gesagt, dass du Angst auf dem Esel hast – und nachts hast du auch Angst, beim leisesten Geräusch …«

»Vielleicht. Vielleicht bin ich bloß ein großer Angsthase – na schön! Aber ich weiß, du lässt nicht zu, dass mir was Schlimmes passiert. Das habe ich immer schon gewusst.« Sie warf ihm einen Seitenblick zu und lächelte – das erste Mal seit wirklich langer Zeit, wie ihm schien. »Für wie blöd hältst du mich eigentlich?«

Ostvald blieb die Luft weg, und kalter Schweiß trat ihm auf die Stirn. Weil er Ostvald war, betete er, dass Elfrieda es nicht mitbekam. »Robert …«, sagte er lahm. »Robert würde das auch nicht zulassen. Dass was Schlimmes passiert. Dir.«

»Klar, weiß ich doch«, sagte Elfrieda ungeduldig und schwieg eine Weile. »Steigst du jetzt mit auf, oder nicht?«, wollte sie schließlich wissen.

»Ja … also … kann ich schon machen. Aber wenn ich zu schwer bin …« Er trat an den Esel, um hinter ihr aufzusteigen; beinahe reichte es, ihm einfach das Bein über den Rücken zu schwingen.

Sie hatten sich in Bächen gewaschen, wann immer sie auf welche gestoßen waren, dennoch rochen sie nach der Straße und nach Esel. Ostvald aber roch einzig Elfriedas Haar, und achtete keine Sekunde lang darauf, was sich in den Locken alles verfangen hatte. Ganz vorsichtig und leicht legte er ihr die Hände auf die Hüfte … dann zog er sie weg … und legte sie wieder hin. »Ach, ihr lieben Götter!«, rief Elfrieda und tätschelte ihm kurz die Hand.

»Der Esel scheint zurechtzukommen«, stellte er irgendwann fest.

»Hab ich doch gesagt.«

»Einholen werden wir sie trotzdem nicht. Nicht rechtzeitig.«

Elfrieda wandte scharf den Kopf. »Rechtzeitig für was?« Das Beben ihrer Stimme war nicht zu überhören.

»Keine Ahnung.« Ostvald zuckte hilflos die Achseln. »Für was auch immer passieren wird und wogegen wir wahrscheinlich auch nichts ausrichten können. Du hast doch gehört, dass der König Drachen erwähnt hat. Hast du schon mal einen richtig großen Drachen gesehen? Also so *richtig* groß?«

»Ja«, sagte Elfrieda tapfer; und dann: »Nein. Keinen *richtig* großen.«

»Ich habe schon Lindwürmer gesehen. Mit Robert. Die können echt gemein werden, aber ich glaube nicht, dass der Zauberer welche hat. Ich fürchte, er hat was deutlich Schlimmeres. Bestimmt sogar.«

»Wir kehren trotzdem nicht um. Das *können* wir nicht, Ostvald!«

»Das weiß ich – das habe ich auch nicht gesagt. Was ich meine, ist ...« Sein ganzes Leben lang hatte Ostvald sich an die rechten Worte, oder was den rechten Worten auch nur halbwegs ähnelte, herangetastet; doch nie hatte er so verzweifelt getastet wie jetzt. »Wenn wir ankommen, und da viel los ist ... was auch immer es ist, meine ich ... würde es mich wirklich beruhigen – und freuen –, wenn du dich ein kleines bisschen zurückhalten könntest. Ich meine, stürz dich vielleicht nicht einfach mitten rein, um irgendwen zu retten oder zu schlagen ... weißt du? Nur so als Idee?«

Elfrieda antwortete nicht und drehte sich kein weiteres Mal zu ihm um. »Ach, verdammt!«, stieß er entmutigt aus. »Ich bitte dich doch nur, auf dich aufzupassen, wenn ich … wenn ich nicht kann! Das ist alles.«

Sie zuckelten gemächlich weiter, kaum schneller, als Ostvald zu Fuß gewesen wäre, und immer noch schwieg Elfrieda und sah ihn nicht an. Als sie endlich etwas sagte, war es so leise, dass er es beinahe nicht verstand. »Du bist süß.«

»Nein, bin ich nicht«, sagte Ostvald. »Ich bin groß und dumm und schusselig, und Robert macht alles richtig, genau wie du – meistens –, und mir war nie klar, weshalb ich euer beider Freund sein darf. Das hab ich die ganzen Jahre nicht kapiert.« Er merkte, dass er laut geworden war, und senkte die Stimme, bis sie fast so leise war wie ihre. »Ich bin einfach … dankbar.«

Unvermittelt glitt Elfrieda zu Boden und lief neben dem Esel, den Blick geradeaus. »Wieso läufst du denn?«, murmelte er, sobald er seine Überraschung verwunden hatte. »Du musst nicht laufen …«

Da sah Elfrieda ihn an, und ihre schwarzen Augen waren Gewitterwolken des Zorns, die Iris kaum sichtbar. »Ich laufe, damit ich dich besser hauen kann!« Sie hieb ihm mit der geballten Faust auf den Schenkel. »Damit ich dich besser *hauen* kann … besser *hauen* …«

»Au!«, protestierte Ostvald. »Au, hör auf damit!« Die Hiebe taten weh – klein oder nicht, Elfrieda war deutlich stärker, als sie aussah –, aber die einzige Verteidigung wäre gewesen, nach ihr zu treten, und das vermochte Ostvald einfach nicht. Stattdessen trieb er den Esel zu einer Art schaukelndem Trab an, sodass sie keuchend neben ihm herrennen musste, was sie nicht daran hinderte, auf sein Bein einzuprügeln. »Damit ich dich besser hauen kann – Idiot, Idiot, *Idiot!*« Vor lauter Schmerz und Peinlichkeit merkte Ostvald erst nach einer Weile, dass sie weinte.

Da rutschte er gleichfalls herab und lief auf der anderen Seite des Esels, wobei er ihre Hände sorgsam im Blick behielt. »Nicht weinen«, sagte er, sobald er es für sicher hielt. »Bitte, Elfrieda.«

Er streckte die Hand aus, doch sie wich zurück. »Du hast recht, du bist wirklich dumm – so dumm – und ich weiß nicht, weshalb sich irgendwer mit dir abgibt. Und bleib auf deiner Seite, wenn du laufen willst.« Und so verbrachten sie den Rest des Tages. Sie sprachen kaum ein Wort, selbst als er Feuer machte und ihnen einen Eintopf aus Wurzeln kochte, die sie nie für essbar, geschweige denn derart wohlschmeckend gehalten hätte.

In der Nacht aber, ohne dass sie je davon erfuhr, rollte sie sich herum, um mit dem Kopf auf seiner Schulter zu schlafen. Ostvald nahm sie in den Arm, so sanft und vorsichtig er irgend konnte. Dann blickte er auf zu den unbekannten Sternen Corvinias und hing Gedanken nach, die nicht minder hochfliegend und fremd waren. Er glaubte nicht, dass er je wieder schlafen würde.

Natürlich schlief er dennoch ein, müde wie er war; zuvor jedoch sah er noch die ersten großen Schatten vorüberziehen. Wolken schoben sich vor den Mond, sodass er sie erst bloß für ihresgleichen hielt. Dann wurde offensichtlich, dass sie sich dafür viel zu schnell bewegten und einander auch zu ähnlich sahen. In diesem Moment war seine Schicksalsergebenheit ein Geschenk. »Morgen«, sagte er nämlich. »Heute Nacht gehört mir.« Und friedlich döste er ein.

SIEBZEHN

Robert merkte es sofort, als sie die Grenze nach Corvinia überschritten. Der abrupte Wechsel im Landschaftsbild verriet es ihm. Bellemontagne verdankte seinen Namen den prachtvollen Hügeln und Bergen, die er und seine Gefährten auf dem Weg überquert hatten; Corvinia lag als flaches, hartes Land vor ihm ausgebreitet, ideal für größere Truppenaufmärsche, außer für Soldaten aber auch nicht sehr einladend, soweit er das sah. Selbst die Farben schienen an der Grenze auszubleichen: Es war ein blasses, sandiges Land unter blassem Himmel. »Kein Wunder, dass Krije sich gerne anderer Leute Ländereien unter den Nagel reißt«, sagte Robert und vergaß kurz Prinz Reginalds Gegenwart. »Bei der Heimat?«

Seltsamerweise war es der Prinz, der gluckste, vielleicht zum ersten Mal, seit sie ihn nach seiner Begegnung mit dem Zauberer aufgelesen hatten. »Corvinia mag das Einzige auf der Welt sein, was mein Vater wirklich liebt. Er redet sich ein, allen anderen ginge es ebenso, und dass sie sich verschworen hätten, ihm sein Land zu stehlen, deshalb muss er ihnen zuvorkommen. Was bleibt ihm anderes übrig?«

Gleichermaßen verblüfft schauten Robert und Prinzessin Cerise ihn an; das war mehr, als der Prinz die ganze letzte Zeit gesagt hatte. Der gesammelte Schmutz, die generelle Schmuddeligkeit der Reise ließen ihn derweil noch schroffer heldisch, noch wackerer verwittert wirken – etwas in der Art. Es war zum Verrücktwerden. Dem zum Trotz blieb er ruhig und hilfsbereit und überließ die Führungsrolle völlig ihnen. Er benahm sich weder wie Roberts Herr noch wie sein Gleichgestellter, sondern mehr wie ein willfähriger Diener. Robert fand dies zutiefst verstörend, schon weil er die Vorstellung, eines Tages Prinz Reginalds Leibdiener zu werden, noch nicht völlig aufgegeben hatte. Traum oder nicht, es schien ihm immer noch realer und weitaus attraktiver als jeder Gedanke an Heldentum. *Helden töten Drachen. Ich will keine Drachen töten. Helden heiraten Prinzessinnen …*

»Wie weit ist es bis zur Festung deines Vaters?«, fragte die Prinzessin. »Wie heißt sie überhaupt?«

»Haults-Rivages«, sagte Prinz Reginald. »Ein Tagesritt, wenn wir die Pferde nicht schonen. Ansonsten etwa anderthalb.«

»Und deutlich weniger, wenn man fliegt.« Anders als Ostvald hatte Robert den Vorüberzug der Drachen nicht gesehen, allerdings hegte er keinen Zweifel, dass sie unterwegs waren und Dahr vielleicht schon seine Rache an König Krije auskostete. »Euer Hoheit, wie groß ist die Armee, die Euer Vater unterhält?« Er konnte es sich nicht verkneifen, leiser nachzuschieben: »Welchen Nutzen sie auch haben mag.«

Die Bemerkung ließ Prinz Reginald dann doch stutzen. »Es ist die bei weitem größte und bestausgerüstete Armee in diesem Teil der Welt. Wir haben eine Redensart in Corvinia: ›Wir bauen Soldaten an wie andere Leute Reis.‹ Zwar kann man Soldaten nicht essen, das scheint mein Vater aber noch nicht erkannt zu haben.«

»Wird er vielleicht bald«, sagte Robert, immer noch verhalten. »Wird er.«

Sie wollten die Tiere nicht überanstrengen, Zurückhaltung war ihnen jedoch unmöglich. Weite Strecken ritten sie in leichtem Trab, aber früher oder später trieb einer von ihnen – meistens, aber nicht immer Prinz Reginald – sein Pferd zum Galopp an, und die anderen zogen unvermeidlich nach. Das höhere Tempo wiederum führte dazu, dass sie Pausen einlegen mussten, damit die Tiere ruhen und trinken konnten, sodass sie am Ende fast mehr Zeit verloren, als sie gewannen. Doch alle drei dachten sie an ein Wäldchen in einem anderen Land, wo Drachen Pferde verschlungen hatten wie gierige Kinder ihre Pfefferminzbonbons, und so blieb ihnen keine andere Wahl.

Sie sprachen kaum, dachten an das Ziel ihrer Reise und sahen vor ihrem geistigen Auge schon den Horizont in Flammen aufgehen und rußig schwarzen Rauch den fahlblauen Himmel verdunkeln. Ironischerweise wirkte die Landschaft zumindest auf Robert bald unerwartet reizvoll: noch immer flach, und das in jede Richtung, gleichwohl von dezenten Schattierungen echter Farbe durchzogen und mit vereinzelten Bäumen und Büschen gesprenkelt, die dem Verlauf richtiger Flüsse folgten. Die Gegend war zudem auch nicht so leblos wie zunächst geglaubt – er erspähte Hasen und Hirsche, deren Fell die Farbe von Winterrauch hatte, es gab Enten und etwas, das wie kurzbeinige Flamingos aussah; und mit der Zeit konnte er zumindest ein Stück weit nachvollziehen, dass jemand wie König Krije glaubte, andere gelüste es nach seinem Reich.

Auch an diesem Abend sahen sie noch keine Spuren von Drachen. Sie schlugen ihr Lager in einem Hain hoher, schlanker Bäume auf, zu dem Prinz Reginald sie führte. Er sagte, dass er als kleiner Junge dort mit seinen Freunden oft Gesetzlose gespielt habe. Seine Stimmung schien sich den Tag über merklich gebessert zu haben, denn er erkannte zahlreiche Lieblingsorte und wusste zu fast jedem eine Geschichte aus seiner Kindheit zu erzählen. Sein alter Charme, so lange erschöpft, kehrte mit voller Macht zurück, und die Konversation mit Prinzessin Cerise ging ihm leicht von der Hand, während sie Steigbügel an Steigbügel ritten und er sie auf diese oder jene historische Stätte hinwies. Die meisten erinnerten an einen der zahlreichen Siege seines Vaters oder seiner Vorfahren. Wie Prinz Reginald leicht beschämt eingestand: »Gegen Leute zu kämpfen ist unsere Stärke. Viel mehr hat meine Familie nie hingekriegt.«

»Dabei hast du so viele Talente«, sagte die Prinzessin. »Wirklich! Du bist zum Beispiel ein sehr guter Koch – was du mit den Eichhörnchen gemacht hast, darauf wäre ich nie gekommen. Du bist auch ein viel besserer Reiter als ich, und … und du hast eine so schöne Sprechstimme. Ich wette, dein Vater hat nicht annähernd so eine Stimme wie du.«

»Nein«, sagte Prinz Reginald leise. »Bloß eine ausgezeichnete Sammlung aufgespießter Köpfe vor den Toren des Schlosses.«

Am Morgen waren er und seine Stute verschwunden. Robert und die Prinzessin suchten ihn mit wachsender Sorge und zogen dabei immer weitere Kreise. »Bloß eine Nachricht!«, stieß Robert frustriert aus. »Wieso hat er uns nicht wenigstens eine Nachricht hinterlassen?«

»Weil er weder lesen noch schreiben kann«, erinnerte die Prinzessin ihn säuerlich. »Er ist von Adel.«

»Aber Ihr könnt doch lesen!«, protestierte Robert. »Ihr übt es jeden Abend – da hätte er doch …«

Beide sahen es zur selben Zeit: Die Ecke ihrer Wachstafel lugte ein Stück weit aus der offenen Satteltasche. Die Prinzessin zog sie heraus, hielt sie ins Licht der Morgendämmerung und las langsam vor. TUT LAIT GEH. MAIN PAPS MAIN PROPLEM. Anstelle einer Unterschrift standen da bloß die beiden Worte: MAIN FROINDE.

Prinzessin Cerise ließ die Tafel fallen. Sie weinte nicht, bedeckte ihren Mund jedoch mit beiden Händen.

Robert sprach das deprimierend Offensichtliche aus. »Er ist allein gegangen. Um sich allein Dahr und den Drachen zu stellen. Um uns zu schützen.«

»Er ist allein gegangen, weil er dumm ist!«, gab die Prinzessin wütend zurück. »So dumm, dass er seinen dummen Vater ganz allein retten will. Um zu beweisen, dass er wirklich mutig ist, ein echter Prinz …« Sie drehte sich buchstäblich im Kreis, konnte ihren Zorn nicht länger zügeln. »Ich hab Helden so *satt!* Ich will mit Helden nichts mehr zu *tun* haben! Ich würde keinen nehmen, wenn man mir ein halbes Pfund Tee drauflegte!« Vor Überraschung musste Robert lachen, und sie fuhr prompt herum. »Und das schließt dich mit ein! Definitiv auch dich!«

Die beiden starrten einander an, und der Moment war unvermutet anders als jeder sonst, seit Robert mit neun Jahren in ihr Zimmer geplatzt war. Ihm war heiß und mehr als nur ein bisschen schwindlig; ein Teil von ihm war sich vollauf bewusst, dass dies der Moment war, in dem der Junge das Mädchen für gewöhnlich in die Arme schloss und mit feurigen Küssen regelrecht verschlang – zumindest in den Büchern und Balladen, die inzwischen Rosamondes komplette Freizeit einnahmen (Patience zeigte noch kein Interesse daran). Doch der Moment verstrich in beiderseitiger Verwirrung. Er sagte bloß: »Also wenn Ihr es nicht zu heldenhaft findet, gehen wir ihn eben retten. Noch einmal.«

Die Prinzessin nickte. Robert half ihr, das Lager abzubrechen und ihre Sachen in den Satteltaschen zu verstauen, ohne dass sie ein Wort wechselten. Erst, als er der Prinzessin mit einer Hand unter dem Fuß in den Sattel half, strich sie ihm übers Haar, so sanft, dass er nicht sicher war, ob er sich nicht bloß getäuscht hatte. »Ich bin froh, dass du bei mir bist«, sagte sie.

Diesmal wählten sie ein rascheres Tempo, doch fehlte jede Spur von Prinz Reginald. Was sie beide spürten, war der Eindruck aufziehenden Dunkels, tiefe Schatten auf dem Weg wie Boten eines nahenden Sturms; die Luft zog sich enger und enger um sie zusammen, bis sie beinahe den straffen Stoff des Himmelszelts erahnten und ihre Trommelfelle spürten. Die Pferde schienen nur schwer Luft zu bekommen, und ihnen blieb bloß, die Köpfe zu senken und sich voranzukämpfen, Wanderer schutzlos im aufkommenden Wind. Dabei war der Himmel klar, die Sonne schien in voller Reife, und die Vorstellung, dass sie nur zwei Gerippe waren, die auf toten Pferden ins Nirgendwo trabten, war an sich absurd. Genau so aber sah Robert sie beide, wie von einer fernen Warte, und das Bild ließ ihn nicht los.

»Schneller«, sagte er mehr als einmal, und sie trieben die Pferde weiter an; doch auch als die Türme von Haults-Rivages ihre Spitzen über den Horizont reckten, war Prinz

Reginald nirgends zu sehen. Sie suchten den Straßenrand nach Spuren ab, die auf Verletzungen – oder Schlimmeres – hinwiesen, entdeckten aber weder Hufspuren noch verräterische Knicke im Unterholz. Prinz Reginald mochte sich ebenso gut in einen der stummelbeinigen Flamingos verwandelt haben und davongeflogen sein.

»Er hat höchstens zwei Stunden Vorsprung«, sagte Robert zähneknirschend. »Ich war vor Sonnenaufgang wach, und da war er noch da und schlief. Er muss seine Stute totgeschunden haben, um Haults-Rivages so schnell zu erreichen.«

Die Prinzessin hatte sich, wohl ohne es zu merken, immer tiefer über den Hals ihres Pferdes gebeugt und preschte voran wie bei einem Rennen. »Wäre ich Dahr«, rief sie abgehackt und atemlos, »ein böser, böser Zauberer, der auf Rache sinnt … Rache an einem König, der mich getötet hat … der mich *vernichtet* hat … würde ich mich zuallererst um seinen Sohn kümmern, dann um ihn.« Unverhofft schenkte sie Robert ein verschwörerisches Lächeln, wie er es noch nicht gesehen hatte. »Mag natürlich sein, dass Dahr in seiner Rachsucht nicht gar so mitleidlos ist wie ich.«

So leise, dass Prinzessin Cerise den Kopf wenden musste, erwiderte Robert: »Ich fürchte doch. Schaut hinter uns.«

Mit einem Schlag, so schien es, war der Himmel voller Drachen. Die meisten waren rot, schwarz oder grün – weiter hinten sah Robert aber auch einen eisfarbenen, und einen, der beinahe türkis war. Mit der Hemmungslosigkeit von Kätzchen erklommen sie den Horizont, zwölf oder zwanzig auf einmal, und schwärmten aus. Schreckgespenster aus uralten Albträumen, die langen Kiefer weit geöffnet und jeder Schwingenschlag wie Donner, strahlten sie gleichwohl eine unbändige Freude aus, als könnten sie ihren Stolz, die schiere Lust an ihrer Existenz, kaum verhehlen. Und Robert, der wie die Prinzessin die Flucht vor ihnen ergriff, konnte das furchtsame Staunen in seinem Herzen nicht leugnen, auch nicht das seltsam beharrliche Gefühl, irgendwie eins mit diesen fürchterlichen Geschöpfen zu sein. Inmitten des Grauens erfüllte es ihn wie ein Glühen – und dass die Prinzessin es ihm nicht ansah, überraschte ihn fast.

Sie hatte einen kleinen Vorsprung gewonnen und rief ihm nun zu: »Wir müssen nach Haults-Rivages! Reginald *muss* dort irgendwo sein – und Krije wird seine Burg sicher verteidigen ...«

»Verteidigen? *Verteidigen?*« Robert spürte das erste warnende Taumeln im Lauf seines Pferdes, doch er wagte es nicht, langsamer zu reiten. »Wie verdammt will man ein Reich gegen sämtliche Drachen der Welt verteidigen?« Er konnte sich nicht entsinnen, sich je so vollkommen verloren und hilflos gefühlt zu haben. Gleichzeitig pulsierte sein ganzer Körper vor nicht minder hilfloser Erregung, den Monstren so nahe, ja ihr Vetter zu sein. »Verteidigen, wie verdammt?«

Sofern die Prinzessin ihm Antwort gab, ging sie unter im Tosen und Toben, das nun fast direkt über ihren Köpfen war. Der unvergessliche Gestank kalter Asche stieg ihm in die Nase, als atmete er die Drachen selbst, bis er an ihrem vorzeitlichen Zorn zu ersticken meinte und sich dabei doch danach sehnte, aus dem Sattel aufzusteigen und sich mit ihrer unermesslichen Pracht zu vereinen. Sein Pferd war kurz vorm Zusammenbrechen; nur blankes Entsetzen peitschte es noch an, den Mauern von Haults-Rivages entgegen. Prinzessin Cerise sah zurück, straffte die Zügel und schlug den Rumpf ihres Tiers, dass es gehorchte. Robert holte Atem, so tief wie nie zuvor in seinem Leben, bat sein Pferd inständig um Vergebung und sprang mit aller Kraft. Er landete hinter der Prinzessin und packte verzweifelt ihre Hüfte, um nicht unter die fliegenden Hufe zu geraten. Ihr Pferd erschrak, galoppierte jedoch weiter, während Robert sich aufrichtete. Das Haar der Prinzessin roch wie warmer wilder Honig, und ihm fehlte der Mut, sich umzudrehen und zu sehen, was aus seinem Pferd geworden war. Vor ihnen schwangen die Tore von Haults-Rivages schwerfällig auf, um sie einzulassen.

So desorientiert Robert war, kam er nicht umhin, beeindruckt zu sein, weniger von den Ausmaßen der Burg als von ihrer massiven Befestigung. Anscheinend hatte Krije oder einer seiner Vorfahren befunden, dass es keine Gräben oder spitzen Pfähle brauchte, um einer Armee standzuhalten, waren die Mauern nur dick genug und die Ländereien ringsum unterjocht genug. Bei einer normalen Armee hätte er damit auch durchaus recht gehabt.

Die Mauern füllten sich mit Bogen- und Armbrustschützen, die ihre Waffen in den drachenbevölkerten Himmel richteten. Ein paar Jungspunde schossen schon los – Robert sah die Bolzen wirkungslos von Knochenkämmen und harten ledernen Bäuchen abprallen –, doch die meisten waren Profis, die mit ihrer ersten Salve auf den Befehl warteten. Zweifelsohne wussten sie ebenso gut wie Robert, dass ihre Pfeile nichts ausrichten würden, dennoch hielten sie die Stellung, während die Drachen näher kamen.

Da sah Robert auf den Mauern einen Mann mit einer Krone. Er wirkte riesig, selbst aus der Distanz, mit breiten

Schultern und starker Brust, und schritt von einer Gruppe Bogenschützen zur nächsten. Er hielt einen großen, glänzenden Speer, und sein purpurroter Umhang schlug bei jedem Schritt im Wind. Mit lautem Gebrüll rief er die Soldaten herbei. »Mut, ihr gottverdammten Säufer! Wir werden Nadelkissen aus ihnen machen, dass unsere Damen fein sticken können! Mut, sage ich! Wer will schon ewig leben?«

Einen endlos langen Moment hielt er sie mit dramatisch erhobener Hand zurück, bis der riesige Höllenschwarm fast reglos über den Mauern und Türmen und bunten Bannern zu hängen schien. Dann schrie er so laut, dass jeder einzelne Drache ihn hören musste: *»Jetzt!«* Und die Pfeile flogen zu Hunderten, eine rauschende Salve nach der anderen. Doch selbst am Boden, wo ihr wild hämmernder Herzschlag und das erschöpfte Schnauben ihres Pferds die lautesten Geräusche auf der Welt waren, hörte Robert die Bolzen kraftlos klappernd zu Boden fallen. Kein einziger Drache schreckte vor dem Beschuss auch nur zurück; stattdessen beschrieben alle einen Bogen und ließen sich dann wie auf ein geheimes Zeichen hin auf Dächern und Zinnen nieder. Dort machten sie es sich bequem, legten die Flügel an und neigten aufmerksam die Köpfe wie eine Papageien- oder Sittichschar.

Stille kehrte ein. König Krijes Männer, so tapfer sie waren, wichen furchtsam zurück, ließen die Waffen fallen und drängten sich schutzsuchend zusammen. Und selbst Krije, der plötzlich allein auf dem Wehrgang seiner belagerten Festung stand – König Krije, dessen überwältigende Präsenz Robert den Prinzen Reginald so viel besser verstehen ließ –, selbst Krije senkte seinen Speer und seine Stimme. »Dahr? Hier bin ich, Dahr!«

Robert glitt vom schweißnassen Pferd und fing Cerise auf, als sie aus dem Sattel rutschte. Instinktiv rannte sie zu den Treppen des Wehrgangs, gefolgt von Robert. Atemlos keuchend erreichten sie die höchsten Zinnen genau in dem Moment, in dem der unheimlich weiße Drache seine eisigen Schwingen ausbreitete und dem Zauberer gestattete, aus ihrem Schutz zu treten. Eine erhabenere und gebieterischere Erscheinung hatte Robert nie gesehen. *Er wirkt mehr wie ein König als Antoine oder sogar Krije. Wenn man es nicht besser wüsste …*

»So, Krije«, sagte der Zauberer. »Hier wären wir.«

Die Stimme des Königs klang wie das erste leise Grollen eines Erdrutsches. »Ich zumindest ja. Bist du sicher, dass du nicht nur eine weitere deiner schmutzigen Illusionen bist?«

»Durchaus. Fass mich ruhig an, wenn du's nicht glaubst.«

Dahr breitete einladend die Arme aus, als wollte er Krije umarmen. Sogar auf die Entfernung sah Robert, wie der König sich ködern ließ und buchstäblich die Lippen leckte. »Wenn ich dich je in die Finger kriege …«

»Dürfte sehr interessant werden«, sagte Dahr gespannt. »Probieren wir's doch!«

König Krije tat einen weiten Schritt auf ihn zu. Die Drachen auf den Zinnen regten sich nicht, aber ihre schmalen, schrägen Augen weiteten sich mit einem kalten Klang, der die Härchen in Roberts Nacken wachrief. König Krije tat keinen zweiten Schritt. »Oder auch nicht«, sagte Dahr.

»Was willst du?« Krijes Stimme klang heiser und stockend, als schnürte ihm sein eigener Zorn die Luft ab. »Elender Lump, was willst du von mir?«

Der Zauberer tat vorwurfsvoll. »Oh, das ist nicht nett,

mein alter Freund. Beleidige ich dich denn für das, was du mir angetan hast? Erhebe ich auch nur die Stimme gegen dich? Nein. Stattdessen gebe ich mir alle Mühe, zu beweisen, dass ich keinen Groll gegen dich hege und dir nichts nachtrage. Mehr noch, ich rette und beschütze sogar jemanden, der dir äußerst wichtig ist. Zumindest nehme ich das an …«

Die Prinzessin holte tief Luft, und Robert flüsterte: »Liebe Götter …«

»Wo ist er?«, fragte der König. Nie hatte Robert tiefere Verzweiflung aus drei so knappen, ausdruckslosen Worten gehört.

Die Veränderung in Dahrs Augen nahm nur er wahr. Doch ein zweiter Drache öffnete die Schwingen mit einem Geräusch wie schwellende Segel im Wind, und Prinz Reginald taumelte aus der kalten Umarmung und stürzte das Gesicht voran zu Boden.

König Krije blieb, wo er war, und sah Dahr wortlos an. Erst, als sich die Augen des Zauberers wieder aufhellten und er großzügig nickte, trat er zu seinem Sohn und kniete neben ihm nieder, sodass sein roter Umhang über Prinz Reginalds Körper fiel. Robert und Prinzessin Cerise verstanden weder, was der König sagte, noch ließ sich erkennen, ob der Prinz noch am Leben war, bis heiserer Jubel – halb Freudenschreie, halb trotziges Grollen – von König Krijes Mannen aufstieg und mehrere den Mut fanden, die drohenden Mäuler und Schwingen zu ignorieren, und dem Prinz zu Hilfe eilten. Er war betäubt und konnte sich nicht aus eigener Kraft erheben, schien aber unverletzt.

Niemand, auch der Prinz nicht, achtete auf Robert oder die Prinzessin. Alle Aufmerksamkeit richtete sich auf drei

Männer: den Prinzen, den sichtlich geplagten und hilflosen König und den friedfertig dreinblickenden Zauberer. »Bitte sehr, Krije«, sagte Dahr so laut, dass alle es hörten. »Nun siehst du, wie manch einer Böses mit Gutem vergilt.«

Prinz Reginald war inzwischen auf den Beinen und hielt sich dank der kräftigen Hände seines Vaters aufrecht. »Junge, wie ist es dir ergangen?«, erkundigte sich Krije mit ungeahnt besorgter, sanfter Stimme. »Kannst du allein stehen?«

»Ich glaube ja, Vater«, antwortete Prinz Reginald kaum vernehmlich.

»Gut«, sagte König Krije. Er trat zurück, nahm bedächtig die Hände von Reginalds Schultern, holte aus und schlug dem Prinzen so hart ins Gesicht, dass dieser abermals gestürzt wäre, wenn ihm nicht mehrere Männer zur Seite gesprungen wären. Ein erschrockenes Keuchen lief durch die Menge, übertönt von König Krije. In einem Furor der Verachtung brüllte er: »*Idiot!* Nur ein Idiot wie du – wenn es denn einen zweiten gäbe – bloß ein stockdummer *Idiot* lässt sich von meinem schlimmsten, ärgsten Feind auf der ganzen Welt gefangen nehmen! Jetzt werde ich dich wohl auslösen müssen. Dabei gefiele es mir nicht schlecht, dich vom höchsten Turm der Burg zu stoßen. Verdammter *Idiot* – ich hätte es mir *denken* können!« Er wirbelte herum, sah Dahr an, der leise, fast still vor sich hin lachte. »Also gut, du. Wie viel?«

Da gerade keine Blicke auf ihnen ruhten, hatten Robert und Prinzessin Cerise sich weit genug herangepirscht, dass Prinz Reginald sie sah. Seine Augen weiteten sich kurz, doch mehr gab er nicht zu erkennen. Dahr antwortete einstweilen nicht – zu sehr genoss er offensichtlich den

Moment –, sodass König Krije lauter wiederholte: »Wie viel für den Idioten?«

Ungeachtet des Schreckens, den die Drachen und ihr Herr in ihm weckten, empfand Robert den Anblick der großen Kreaturen, die da auf den Zinnen hockten, bis auf ihre Augen so reglos wie steinerne Wasserspeier, auf seltsame und widersprüchliche Weise als trostreich. Langsam musterte er sie, einen nach dem anderen – blutig rot und stürmisch grün, tiefseeschwarz und gletscherweiß –, und jeder, den er betrachtete, wandte den fürchterlichen Blick und sah ihn an. Er *spürte*, dass sie ihn sahen, und hätte sich ängstigen sollen – er *hatte* auch Angst … bloß nicht so, wie er wohl hätte haben sollen.

Der Zauberer gluckste noch immer. »Aber nein, mein guter Krije«, erwiderte er nachsichtig. »Das ist ein Missverständnis. Der Junge steht nicht zum Verkauf.« Und etwas an der warmen, amüsierten Stimme ließ Robert mehr frösteln als das durchdringende Starren sämtlicher Drachen.

»Nicht zum Verkauf?« König Krije kratzte sich am Kopf. Dann verschränkte er herausfordernd die Arme vor der Brust. »Unsinn – ich rede von auslösen. Und auslösen lässt sich jeder!«

»Dieser nicht, fürchte ich.« Dahr trat näher an den König und klopfte ihm auf die Schulter – eine fast zärtliche Geste, wie bei einem geschätzten Freund. »Nein, die Frage, die ich mir hinsichtlich deines Sohnes stelle, ist, ob meine Kollegen hier ihn vor deinen Augen knusprig braten sollten oder einfach in beträchtliche Höhe tragen, auf dass er seinen Weg zurück nach unten findet? Es ist eine heikle Entscheidung, wie du sicherlich anerkennst.« Seine Belustigung wurde so hart wie das Mauerwerk. »Schließlich hast du so oft im Laufe deines Lebens vor einer vergleichbaren Wahl gestanden. Ich wüsste deine Meinung wirklich sehr zu schätzen – hast du keinen Rat für mich?«

Diesmal sprach blankes Entsetzen aus dem Keuchen der Soldaten. Unter Tränen und gellen Schreien der Entrüstung wollten König Krijes Männer ihrem Prinzen zu Hilfe eilen. Die Drachen aber reckten sich wohlig auf den Mauern und grollten so tief, dass man es weniger hörte als unter den Füßen spürte. Die Menschen senkten den Blick, sahen alle an, bloß nicht Krije und seinen Sohn. Sie schämten sich in Grund und Boden für ihre Furcht, doch Robert empfand nichts als Mitleid für sie. *Ich bin auch keine Hilfe. Prinz Reginald wird sterben, und Krije auch, vielleicht alle hier, und es gibt absolut nichts, was ich tun kann.*

In dieser Stille – einem trauervollen Abgrund des Füßescharrens und wortlosen Gemurmels – sagte König Krije mit ruhiger Stimme: »Nimm mich stattdessen.«

ACHTZEHN

Einen kurzen Moment lang starrte der Zauberer überrumpelt drein. »Nimm *mich*, was willst du denn mit ihm?«, begehrte Krije abermals auf, so laut diesmal, dass es sein voriges Gebrüll noch übertraf. »Er hat dir nichts getan, ich dagegen schon, und ich bin stolz darauf und würde es wieder tun! *Ich*, nicht der Idiot!« Er spuckte Dahr vor die Füße.

Ein junges Mädchen neben Prinzessin Cerise begann zu wimmern und zu zittern, und die Prinzessin zog es automatisch zu sich. Die Stille auf der Burgspitze wurde nur vom tiefen Winteratem der wartenden Drachen durchbrochen, und Robert merkte, wie sie ein weiteres Mal unwiderstehlich seinen Blick auf sich zogen. Jeder einzelne Drache erwiderte ihn, ergründete Robert so wie er sie. *Aber was wollt ihr? Was erwartet ihr von mir? Dahr ist hier der Herr, nicht ich.* Er dachte an die Drachlinge zu Hause – Adelise und Lux und der scheue Reynald – und suchte ihr Abbild in der bedrohlichen Pracht, die nun vielgestaltig über ihm aufragte. *Was ist es, das wir voneinander wissen?*

Der Zauberer schüttelte langsam, beinahe bewundernd, den Kopf. »Du beweist Edelmut, Krije, keine Frage. Am Ende bleibt kein König, bloß ein Vater, der bereit ist, sich für seinen Sohn zu opfern. Woher aber willst du wissen, dass ich ihn verschone, nachdem ich meine Rache an dir vollzogen habe? Welchen Grund hätte ich, mein Wort zu halten, wo du mich doch ermordet hast?«

»Grund?« Da lachte Krije. »Grund? Du vergisst, dass ich dich kenne, Dahr. Diesen armen Narren zu töten – oder auch meine Leute, ja selbst die ganze Burg abzubrennen – würde dir keinen Moment Freude bereiten, wenn ich nicht mehr wäre und es nicht sehen könnte.« Er senkte die Stimme und zeigte mit seinem feisten Finger auf ihn. »Und wenn du es *jetzt* versuchst, wenn du oder eins deiner Schoßtiere dem Jungen zu nahe kommt – tja, dann *wirst* du mich wohl auf der Stelle töten müssen, *alter Freund*, denn ich werde dich mir vorknöpfen. Und ich *werde* dich in die Finger kriegen, was immer du anstellst, und dieses Mal werde ich deinen Stab nehmen und ihn dir bis zum Anschlag …«

Dahr richtete sich würdevoll auf und gebot ihm zu schweigen. »Schon gut, schon gut, mein wortgewandter Krije, dein Wunsch sei mir Befehl! Du hast ja recht, dein Sohn oder deine Diener interessieren mich nicht. Deine Burg durchaus – sie wird mir bis auf Weiteres hervorragende Dienste leisten – und dein kleines Reich, das du dir angeeignet hast, desgleichen. Ich habe da gewisse Pläne, eine gewisse Vision … ehrlich gesagt aber kam ich einzig deinetwegen. Der Rest ist … nebensächlich.«

»Ist mir eine Ehre.« König Krije deutete eine ungeschickte, unbehaglich wirkende Verbeugung an. »Dann sind wir uns einig?«

»Das sind wir.«

Auf sein Wort hin erfüllte ein scharfes Rauschen die Luft, als die sechs größten Drachen sich von den Wehrbauten erhoben und Krije umringten, der bloß Augen für den Zauberer hatte. Die Drachen reckten die Hälse und betrachteten den König. Manche ließen gar die flammenroten Zungen aufblitzen, als wollten sie ihn kosten.

Prinz Reginald fand seine Stimme wieder, kratzig und rauh. »Nein. *Nein*, verdammt, kommt nicht in Frage! Nimm mich, wenn du unbedingt jemanden töten willst – nimm mich, bei allen Göttern! Soll ich bis ans Ende meiner Tage sein Opfer, seinen Martyrertod am Hals haben? Besten Dank, lieber sterbe ich! Du nimmst *mich* und hast deine Freude daran, verstanden?« Taumelnd warf er sich zwischen seinen Vater und die nächsten Drachen.

Dahr schenkte Krije einen schiefen Blick, sein sardonisches Grinsen scharf wie ein Messer. »Eine gewisse Familienähnlichkeit ist nicht zu leugnen, was?«

»Zu meiner Schande!«, donnerte Krije und stieß seinen Sohn beiseite. »Du stirbst für niemanden, Junge, das hast du nicht in dir! Du wirst ein langes, nutzloses, verhätscheltes Leben führen und im Bett sterben – schlimmer noch, in deinem eigenen –, im Kreis von Priestern und von Frauen. Aus dem Weg jetzt und schau zu, wie ein *Mann* stirbt! Und erzähl deinen Kindern davon, sofern du es jemals vollbringen solltest …«

Prinz Reginald schlug ihn. Keine Ohrfeige mit offener Hand, sondern ein kräftiger Schlag mit einer Schulter so breit wie Krijes eigene dahinter. Er traf den König direkt auf den Mund, und Krije ließ seinen Speer fallen und kippte um wie ein Kegel. Fast augenblicklich war er wieder auf den Beinen; seine Krone hatte er verloren und er spuckte Blut. Nun sprang er Prinz Reginald an die Kehle. Zu Füßen der Drachen rollten beide über den Boden, während der Zauberer zurücktrat und sein Lachen erstmalig aufrichtig klang. »Nur zu, immer ran, aber bitte doch! Tragt es aus – wann, wenn nicht jetzt? Aber beschädige mir deinen alten Herrn nicht zu sehr, guter Junge – er ist mein!«

Inmitten des donnernden Wahns, der sich ringsum entspann, nahm Robert eine kleine Bewegung wahr: Das Mädchen entglitt dem schützenden Arm der Prinzessin. Cerise wirkte wie die letzten Tage ihrer Reise: verschwitzt, schmutzig, die Haare wild, die Laune schlecht, mit zahlreichen abgebrochenen Fingernägeln und einer Schramme auf der linken Wange. Nie war sie Robert schöner vorgekommen, und die Erkenntnis ängstigte ihn. *Bitte nicht. Ich bin ein Drachenbekämpfer. Ein Drachenbekämpfer, der davon träumt, ein Diener zu sein. Bitte.*

König Krijes Soldaten, so verängstigt sie auch waren, standen ausnahmslos ihren Mann. Die Bediensteten und übrigen Bewohner der Burg aber machten sich aus dem Staub, ohne dass die Drachen oder Dahr sie daran hinderten. Der Zauberer klatschte langsam und bedächtig, dass der Klang seiner Hände von den Dächern widerhallte. »Unterhaltsam«, sagte er. »Ein Weilchen.« Er nickte den Drachen einmal zu, richtete das Wort aber an Robert und Prinzessin Cerise. »An eurer Stelle würde ich nicht näher kommen. Bei den anspruchsvolleren Zaubern geht gerne auch mal was daneben.« Sein weißer Haarschopf und Bart glommen im Licht der versinkenden Sonne.

»Moment«, sagte Prinz Reginald. »Moment.« Seine Stimme war nun die eines Kindes. »Was soll das werden? Das ist mein Vater.«

»Schweig, Junge!« Krijes tiefes Grollen blieb eigenartig gelassen – *würdevoll*, befand Robert säuerlich. »An deiner Stelle würde ich auch mir nicht zu nahe kommen«, warnte Krije den Zauberer. »Um Unfälle zu vermeiden.«

»Wohl wahr.« Dahr studierte den König versonnen, als wären sie die einzigen Wesen unter den pfirsichfarbenen Abendwolken. »Du musst entschuldigen«, sagte er so offen es ihm möglich war. »Ich habe genau diesem Moment so lange entgegengefiebert, in dieser Welt und anderswo, dass mir jede Sekunde, jeder noch so kleine Tropfen meiner Rache teuer ist. Du wirst das besser als manch anderer verstehen, denke ich.«

»Wohl wahr«, äffte Krije ihn nach. »Dann bringen wir es endlich hinter uns? Oder soll ich mir noch länger dein Gejammer anhören?«

»Nicht mehr lange«, antwortete der Zauberer milde. »Gar nicht mehr lange.« Er hob die Hände, um König Krijes Anblick einzurahmen wie ein Künstler, der ein noch ungemaltes Bild entwirft. »Das ist mein *Vater!*«, schrie Prinz Reginald erneut verzweifelt. »*Still*, verdammt!«, gelang es Krije noch zu knurren – dann senkte Dahr beide Hände und sprach. Wo König Krije gestanden hatte, blieb nur eine goldene Statue, die Arme verschränkt, das glänzende Gesicht zu einer grimmigen Grimasse verzogen.

Prinz Reginald sprang Dahr mit gleicher hemmungsloser Wildheit an die Kehle wie zuvor sein Vater an die seine, fand sich jedoch so brutal daran gehindert, als hätte sich die Luft zwischen dem Zauberer und ihm in Glas verwandelt. Ein furchtbares Klagen stieg von den Umstehenden auf, und selbst König Krijes Soldaten flüchteten nun zu den Treppen und Wegen nach unten. Robert sah sie zu ihren Pferden stolpern und blindlings in das karge Umland fliehen, wobei sie immer wieder zurück und gen Himmel blickten, aus Furcht vor Dahrs Drachen. Doch diese verfolgten sie nicht.

Prinz Reginald schien sich für einen zweiten fruchtlosen Angriff auf den Zauberer zu wappnen. Er weinte, er tobte, und die anderen mühten sich, keins seiner Worte zu verstehen, weil es sich zu schmählich nach lauschen angefühlt hätte.

»*Nein*, Hoheit!«, rief Robert. »So könnt Ihr ihm nicht helfen!« Die Prinzessin war in Tränen aufgelöst und drohte in einer Woge der Hilflosigkeit zu versinken, was ihr fremd und gleichermaßen empörend war.

Dahr beachtete sie gar nicht. Bewundernd schritt er um sein Werk, den goldenen Krije, um ihn von allen Seiten zu betrachten. »Einfach herrlich«, hörte Robert ihn seufzen. »Es steckt also noch in mir. Ein Jammer nur … ich wünschte doch glatt …« Die Abendsonne setzte Königsstatue und Drachenschuppen in Flammen.

»*Genug.*« Dahr sprach keinen Zauber, vollführte keine sichtbare Geste, aber Prinz Reginald verstummte schlagartig. »Die Zeit für Narretei ist vorbei. Was ich jetzt brauche, verlangt nach einem wirkungsvollen Abendrot. Sagt Lebewohl, wenn ihr mögt, und tretet zurück.«

Robert überlief ein kalter Schauer. Die Augen der Statue waren die Augen König Krijes, gefroren in goldenem Zorn. Dahr folgte Roberts Blick und nickte ernst. »Ja. Er ist noch da. Er wird immer da sein.«

»Was hast du vor?« Prinzessin Cerise sprach gefasst, obschon es sie übermenschliche Kraft kosten musste.

Der Zauberer blickte erst zu den roten und fahlen Streifen, die den Horizont überzogen, dann langsam zu ihr. »Die großen Herrscher von einst haben sich ihren Thron oft aus den Gebeinen und Schädeln ihrer Feinde gebaut. Ich fand diesen Brauch immer äußerst vulgär.« Das schmallippige Lächeln stahl sich abermals auf sein Gesicht. »Krije soll mir zur Gänze ein Thron sein, mein goldener Sitz der Majestät und Macht, und nicht nur jeder, der davor kniet, soll das wissen – nein, auch Krije selbst.« Als sie begriffen, was er da sagte, starrten sie ihn angewidert an. Dahr nickte freundlich. »Aber ja! Seine Form mag sich verändern, doch sein Bewusstsein – diese einzigartige Wahrnehmung, die ihn zu dem Krije machte, den wir kennen und lieben – wird fortwähren. Ich bin sicher, Krije würde es nicht anders wollen. *Ich* ganz bestimmt nicht.«

Prinz Reginald blieb stumm und reglos – ob durch Zauberei oder schlicht vor Entsetzen, wusste Robert nicht. Auch er stand wie angewurzelt, bar jedes Gedanken, jeder Hoffnung und damit auch jeden Worts. Die Prinzessin hingegen kannte keinen Mangel hieran, und die Worte, derer sie sich nun befleißigte, nötigten ihm höchste Bewunderung ab – schon weil Odelette ihn für nicht einmal die Hälfte auf sein Zimmer geschickt hätte. Der goldene König Krije schien mit versiertem Interesse zu lauschen, und selbst Dahr spitzte die Ohren und gluckste anerkennend. »An dir ist eine stattliche Hexe verloren gegangen«, konstatierte er herzlich. »Da spricht Hingabe und echtes Talent aus dir. Ein Jammer, dass nicht die Zeit bleibt, es in die rechten Bahnen zu lenken.«

»*Wäre* ich eine Hexe«, hob die Prinzessin an, doch Dahr brachte sie mit einer Geste zum Schweigen; dabei schaute er nicht sie an, sondern seine wartenden Drachen. In der Stille hörte Robert innerlich, was niemand sonst auf den weiten Dächern vernahm: Der Zauberer sprach die Drachen mit Namen an. *Genau wie ich daheim. Ist Dahr also mein Seelenverwandter? Ist es das, was ich spüre?*

Die sechs Drachen, die Krije umzingelt hatten – zwei

hielt Robert für die größten Schnappser, die er je gesehen hatte, die anderen Spezies waren ihm gänzlich unbekannt –, scharten sich dichter um die goldene Statue. Sie positionierten sich so präzise, als hätten sie den Ablauf einstudiert – *vielleicht haben sie das ja wirklich,* dachte Robert. Mit der Hand auf Cerises Schulter konnte er ihr Zittern spüren. Was war es? Furcht, Verwirrung, Erwartung? *Ich weiß weniger über diese Frau als über die Drachen.*

»In der Natur ist Gold ein vergleichsweise weiches Element«, ließ der Zauberer sie schulmeisterlich wissen. »Das Gold, das ich mache, ist hingegen von einem anderen Geist: so hart, dass nichts auf der Welt es schmelzen kann – nichts als das Feuer eines Drachen. Und auch nicht irgendeines Drachen, sondern bloß das Feuer jener Wesen, die mit der Gabe des Formens geboren wurden, der seltensten und wundersamsten Veranlagung ihrer Art.« Er nickte seinen sechs Drachen stolz zu. »Dies sind meine Goldschmiede, könnte man sagen. Nun seht zu.«

Er sprach, und die Drachen antworteten.

Es begann ganz unten im tiefen, schwingenden Bauch des größten Schnappsers. Weit mehr als bloßer Klang, machte es sich zunächst als ein Schaudern der großen Bodenplatten bemerkbar und baute sich zum Tosen einer Lawine auf. Der Reihe nach wurde es vom Grollen der übrigen fünf Drachen verstärkt, bis König Krijes Burg in ihren Grundfesten erbebte. Das unmögliche Feuer aus des Größten Maul war weiß wie ein Blitz und hätschelte den goldenen König wie eine gut gelaunte Hauskatze. Krije zeigte erst keine Reaktion; wenn überhaupt, schien sein trotziges Antlitz noch verächtlicher zu blicken. *Es bräuchte einen Vulkan,* dachte Robert.

Aber es brauchte bloß sechs Drachen, sechs zärtlich züngelnde Flammen in einem Dutzend verschiedener Farbtöne, so schien es, um die mächtige Statue liebevoll zu weichen, goldenen Klumpen in einer blubbernden gelben Pfütze abzutragen. Was darauf folgte, würde ihrer aller Träume färben.

Von Eiseskälte bis ins Mark erfüllt, gelang es Robert und Cerise nicht, die Augen von der schrecklichen Verwandlung zu wenden. So verfolgten sie gebannt vor Grauen, wie die Drachen ans Werk gingen: Sie benutzten ihr Feuer wie Zungen, Zangen und Bildhauermeißel, rollten, formten und glätteten das geschmolzene Gold, bis es in neuer Gestalt aus sich selbst erwuchs – der Gestalt eines über alle Maßen majestätischen Throns. Robert, der in Bellemontagne nie auch nur ansatzweise solche Herrlichkeit gesehen hatte, kam aus dem Staunen kaum heraus. *Selbst Krije hätte er gefallen,* dachte er benommen. *Er wäre bestimmt sehr beeindruckt gewesen.*

Die Drachen traten von dem goldenen Thron zurück, der einem gleißenden Leuchtfeuer gleich den Triumph des Bösen vom Dach des Schlosses verkündete. Angesichts der Feuer, die ihn, geschaffen hatten, hätte er noch wenigstens einen Tag lang unerträglich heiß sein sollen, doch Dahr koste und streichelte ihn wie man den Kopf eines Kindes oder hilflosen Feindes tätschelt. »Gut«, sagte er. »So ist es gut. Endlich bist du geworden, was dir immer bestimmt war, mein lieber Krije – der Sitz, der Schemel eines, der unermesslich größer ist als du. Und deine neue Stelle sollst du unverzüglich antreten – wenn ich heute Abend mit deinem Sohn, der bezaubernden Prinzessin, die du ihm zugedacht hattest, und ihrem namenlosen, aber interessanten Diener speise. Ich bin ja so froh, dass du uns Gesellschaft leisten wirst, alter Freund.«

Robert fühlte seinen Magen schrumpfen, als des Zauberers Blick kurz auf ihm ruhte. *Wie viel von mir er wohl sieht? Was wissen er und seine Drachen über mich, was ich nicht weiß?* »Mein Herr«, sagte er schüchtern, dann demütiger: »Euer Hoheit«, denn er sprach auch für seine Gefährten. »Wir dürfen nicht säumen. Noch diese Nacht müssen wir auf nach Bellemontagne, um die Prinzessin Cerise ihrer Heimat und ihren besorgten Eltern zuzuführen …«

»Aber dies ist Prinz Reginalds Zuhause.« Der Zauberer klang tief verletzt. »Oder war es doch – und es wäre undankbar und unziemlich, würde ich es dem Prinzen verwehren, seiner Verlobten den alten Glanz zu präsentieren …«

»Ich bin nicht seine Verlobte«, sagte die Prinzessin leise.

»Ach? Nun, wie dem auch sei, ich kann nicht gestatten, dass ihr jungen Leute euch bei Nacht auf eine derart lange und zweifellos gefahrvolle Reise begebt, ohne dass ihr wenigstens eine ordentliche Mahlzeit im Bauch habt. Nein, nein, keinesfalls – was für ein Gastgeber wäre ich denn? Wenn ihr mich bitte begleiten würdet …«

»Ich würde kein Essen von dir annehmen, selbst wenn ich im Verlies verhungerte.« Prinz Reginalds Stimme war matt wie eine alte Rüstung, und so rostig rauh, als hätte er sie jahrelang nicht benutzt.

»Würdest du wohl, wenn ich darauf bestünde«, gab der Zauberer zurück. »Und ich bestehe darauf.«

NEUNZEHN

König Krijes Speisesaal war anders als der Große Saal von Schloss Bellemontagne. Zum einen hingen keine Familienportraits an den steinernen Wänden, sondern dicht an dicht Andenken an Krijes zahllose Eroberungen und Siege. Die üblichen Schwerter, Speere, Schilde und Rüstungsteile, die jeder seiner Krone würdige König für seine Tischgäste ausstellt, wurden in Krijes Halle von den originalen Hand- und Armknochen begleitet, die sie geführt und getragen hatten. Zum anderen huschten keine Drachen in den Wänden; sie hockten im Kreise an den Rändern des großen Raums, der bereits kalt nach ihrer Gegenwart roch. Robert konnte sich des Eindrucks nicht erwehren, dass jedes einzelne der glitzernden, diamantenen Augen auf ihm ruhte.

Er, der Prinz und die Prinzessin saßen am Fußende einer langen, breiten Tafel, während Zauberer Dahr am Kopfende residierte und sich wortreich für den Mangel an Gästen und das vermeintlich karge Bankett entschuldigte. »Wenn man eine Burg gerade erst eingenommen hat, findet man sich zunächst nur mühsam zurecht. Da ihr von Stand seid, wisst ihr ja, wie selten gutes Personal ist.« Er zeigte auf die Dienerschaft, die den Tisch umschwärmte, und zuckte entschuldigend die Schultern.

Die Diener verrichteten ihre Arbeit mit makelloser Effizienz, deckten den Tisch und servierten das Essen – das durchaus reichlich und auch sehr gut war –, aber Robert fand sie fast so verstörend wie die Blicke der Drachen. Sie waren vollkommen lautlos, was nicht dasselbe war, wie nicht zu sprechen: Weder ihre Schritte noch ihr Atem machten ein Geräusch, und ihre Augen waren ausnahmslos von einem blassen Gelb und begegneten nie denen ihrer Gäste. Sie schienen von einer talgigen Weichheit, als hätte man sie buchstäblich aus Kerzenwachs geformt. Anders als die Drachen verströmten sie auch keinen Geruch.

Robert wandte den verunsicherten Blick von ihnen zu Dahr, der ihn über die Tafel hinweg anlächelte. »Ja, junger Herr, du hast es erfasst, in der Tat – und rascher als jene über dir obendrein. Diese meine armen Lakaien, wie ich beschämt gestehen muss, sind weder Mensch noch wenigstens Tier, sondern wurden von mir eigens für diesen festlichen Anlass geschaffen – aus allem, was die Küche an Abfällen und Resten hergab. Dieser Bursche hier« – er zeigte mit dem Finger – »war heute früh noch ein ehrlicher Brotlaib, und wird es auch wieder sein, sobald wir hier fertig und die Plätze abgeräumt sind. Der andere da begann sein Dasein, wenn ich mich nicht täusche, als Kartoffel, es mag aber auch eine Rübe gewesen sein.« Er runzelte die Stirn, als versuchte er, sich zu entsinnen, dann hellte seine Miene sich wieder auf. »Ehrlich gesagt komme ich in das Alter, in dem Garde und Gesinde mich zu ermüden beginnen. Gemeinhin gibt Wurzelgemüse absolut bedarfsgerechte Menschen ab – Mäuse, Hunde, Ziegen, Schweine schlagen sich nicht halb so gut. Das ist doch faszinierend, oder?«

Er wandte den Kopf mit augenscheinlicher Zuneigung

den imposanten Kreaturen entlang der Wände zu. »Natürlich könnte man aus keinem einen Drachen machen, selbst dem besten nicht. Einen Drachen kann niemand machen.« Er legte eine Pause ein. »Nur ich allein.«

Abrupt stand Robert auf, blickte in die Runde und sah seine Gefühle auf den Gesichtern seiner Gefährten gespiegelt. »Es ist spät, und eine lange Reise liegt vor uns. Wir müssen los.«

»Nun denn! Wenn es sich so verhält.« Dahr wandte sich an Prinzessin Cerise. »Bestell dem guten alten Antoine meine herzlichen Grüße, und richte ihm aus, dass wir uns sicher bald schon wiedersehen.«

Zu Prinz Reginald sagte er mit aller Aufrichtigkeit, die man sich wünschen konnte: »Ich hoffe doch, dass du mir mein etwas angespanntes Verhältnis zu deinem Vater nicht vorhältst. Angesichts dessen, dass er mich komplett vernichtete, möchte ich meinen, dass ich insgesamt große Nachsicht geübt habe. Glaub mir, er wird mit der Zeit noch Zufriedenheit in seiner neuen Rolle als mein Machtsitz finden – nie gab es einen Thron, der nicht seine eigenen Ansichten gehabt hätte.« Listig beäugte er den großen Prinzen, der seinem Blick auswich. »Und ob du es zugibst oder nicht, dir stehen heute Abend Möglichkeiten offen, die du heute Morgen noch nicht hattest. Sag mir, dass ich lüge.« Prinz Reginald gab keine Antwort.

Schweigend eskortierte Dahr die Gefährten ins warme, schwere Dunkel hinaus. Die Drachen folgten ihnen in einer teils bedrohlichen, teils komisch feierlichen Prozession. Drachen waren fürs Laufen nicht geschaffen – schon gar nicht hintereinander wie Zirkuselefanten, die sich an den Schwänzen halten. Und doch taten sie eben dies – war es

Dahrs wortloser Befehl, dem sie folgten, oder etwas anderes? Robert wich den Diamantaugen weiter aus.

Prinz Reginald saß auf, während Prinzessin Cerise noch ihr Pferd beruhigte, das die Nähe der Drachen scheute. Sie hatte einen Fuß schon im Steigbügel, als der Zauberer das Wort an sie richtete.

»Ich fürchte, euer junger Diener wird euch auf dem Heimweg nicht begleiten können. Ich muss darum bitten, dass er bei mir bleibt – selbstverständlich bloß vorübergehend. Bald schon wird er wieder eurer Obhut überstellt, seid gewiss.«

Wurde König Krije in eine goldene Statue verwandelt, so spürte Robert, wie er zu Eis erstarrte. Wie aus weiter Ferne sah er mit an, wie Prinz Reginald sich fragend im Sattel drehte und die Prinzessin herumfuhr. »Das wird nicht möglich sein«, hielt sie dem Zauberer mit allem königlichen Hochmut entgegen, den Robert von ihr kannte. »Ich benötige seine Dienste.«

»Tja, so wie ich«, bedauerte Dahr. »Ach, was müsst ihr nur von mir halten! Euch bewirten und den Weg zu Tor und rechtem Weg weisen, bloß um euch dann gewaltsam euren Diener zu entreißen. Ich kann bloß Vergebung erbitten, Wiedergutmachung für die Unannehmlichkeiten geloben, die ich bereite, und wiederholen, dass ich ihn nicht lange behalten werde.« Ohne dass er sich bewegt zu haben schien, hatte er sich irgendwie zwischen Robert und seinen Gefährten in Stellung gebracht. »Nicht lange, versprochen.«

»Du wirst ihn überhaupt nicht behalten.« Die Prinzessin sprach ganz leise – nie zuvor hatte Robert sie so reden hören, doch nur zu gerne würde er es bis ans Ende seiner Tage.

»Ich bin Prinzessin Cerise von Bellemontagne«, betonte sie. »Und mein Diener geht, wohin ich gehe.«

Sie hat »wohin ich gehe« gesagt, nicht »wohin Prinz Reginald und ich gehen«. Wieso nur denke ich gerade überhaupt darüber nach?

Der Galadegen der Prinzessin war nur für formelle Anlässe gedacht und in einer Notlage wie dieser kaum hilfreicher als eine Zuckerstange. Prinz Reginald aber hatte sich grimmig aus dem Sattel geschwungen, um ihr beizustehen, und zog das einschüchternde Zweihandschwert aus seiner Scheide am Sattel. Ohne ersichtliche Mühe, abgesehen von leichtem Schnaufen, hielt er es auf Hüfthöhe vor sich. Robert ging auf Abstand zur Prinzessin. *Nicht*, flehte er leise. *Mutter, hoffentlich hält sie sich zurück.*

Dahr schüttelte den Kopf. »Einen solch reizenden Abend mit Unannehmlichkeiten zu beschließen – ein Jammer. Kann ich denn gar nichts tun, euren Verdruss zu zerstreuen?«

»Du könntest uns sagen, weshalb du Robert als Gefangenen willst«, sagte Prinzessin Cerise. »Nicht, dass es einen Unterschied machen würde.«

Dieses Mal sprach kaum noch Spott, sondern echte Anerkennung aus dem Kopfschütteln des Zauberers. »Ich hoffe wirklich, der alte Antoine und Hélène wissen, was sie an ihrer Tochter haben. Trüge ich noch irgendetwas in mir, das für menschliche Regungen im Geringsten empfänglich wäre …« Die Prinzessin erschauderte sichtlich, und Dahr lächelte. »Ja nun. Weshalb ich Robert will? Ich werde es dir zeigen.«

Ehe einer von ihnen sich regen konnte, hatte er Robert am Arm gepackt und vor den größten der sechs Drachen gezerrt. Robert kämpfte gegen den schrecklich starken Griff an, aber Dahr zwang ihn so nahe an das zahnbewehrte Haupt mit hellen, mitleidlosen Augen am Ende des langen Schlangenhalses, dass er das blaugrüne Schuppenkräuseln wahrnahm und den vertrauten Geruch kalter Asche schmeckte. Der Blick des Drachen hielt ihn machtvoller noch als des Zauberers Griff, und abermals rief Robert aus, oder dachte, er riefe: *»Wer bin ich? Was wollt ihr von mir?«*

Die Antwort war ein Grollen, das er nicht wirklich hörte, bloß spürte; und nicht einmal in seinen Knochen, sondern absurderweise durch die Fußsohlen und kitzelnden Haarwurzeln. Dahr sagte etwas in einer Sprache, die er nicht verstand, ließ Robert los und stieß ihn dem Drachen entgegen.

An einem weit in Zeit und Raum entrücktem Ort hörte er den Aufschrei einer Frau und den wütenden Ruf eines Mannes. In seinen Ohren aber herrschte nur der tiefe, schartige Atem des Drachen, und alles, was er von der Welt noch sah, war der flammend rote Schlund über ihm. Zu erschrocken, um Furcht zu empfinden, reckte er den Arm und schrie direkt in das monströs weise Gesicht: »Zurück! Ich kenne deinen Namen! Zurück von mir!«

Und er kannte den Namen dieses Drachen wirklich. Er kannte die Namen und Gedanken aller Kreaturen Dahrs und wusste, dass er unter ihnen so sicher war wie beim Toben mit Adelise, Fernand und dem guten, ungeschickten Reynald daheim. Der hoch aufgerichtete Drache senkte den Hals tief nach unten, bis der große Kopf zu Roberts Füßen auf dem Boden lag. So förmlich, wie er es vermochte, sagte Robert: »Ich grüße dich, Grand-Jacques.«

Und der Drache antwortete mit einem Laut.

So ist das also.

Das ist, was ich tue.

Das ist, wer ich bin.

Hinter ihm schlug Dahr denselben gefährlich ruhigen Tonfall wie Prinzessin Cerise an. »Dein *Diener*, wie du ihn nennst, ist ein geborener Drachenmeister, so wie ich. In meinem ganzen Leben – das abgesehen von einer eher ungewöhnlichen Unterbrechung von beträchtlicher Dauer war – habe ich bislang nur zwei weitere getroffen. Beide sind tot.« Er klopfte Robert beinahe liebevoll auf die Schulter. »Er hier … er könnte der bislang mächtigste sein. Noch schwer zu sagen.«

»Und wenn es nach dir geht, wird es auch nie so weit kommen«, sagte die Prinzessin. »Oder?«

Dahr hob klagend die Hände. »Du tust mir weiter unrecht, Kind. Er ist der Erste, den ich in mehr Jahren, als ihr beide am Leben seid, getroffen habe, der mir ebenbürtig, gar überlegen sein könnte. Weshalb sollte ich danach trachten, ihm etwas zu tun?« Er senkte die Stimmlage und fuhr langsamer fort. »Halte mich, für was du willst, doch mein Leben ist ein einsames. Ich möchte die Gabe deines Dieners bloß eine Weile studieren und ihm vielleicht – nur *vielleicht* – eine kleine Stütze auf seinem Weg zur vollen Reife sein.« Er schwieg kurz, dann wiederholte er: »Mein Leben ist ein einsames.«

Prinzessin Cerise erwiderte nichts, sondern wandte sich zögerlich an Robert. »Ich hatte keine Ahnung … Ich meine, manchmal hatte ich den Eindruck … Robert, ist es das, was du willst …?« Prinz Reginald unterbrach sie.

»Nein«, knirschte er wie mahlende Mühlsteine. »Niemals! Du darfst diesem Mann nicht vertrauen. Auf keinen

Fall, egal um was es geht.« Er hielt den Bidenhänder erhoben wie eine Keule.

Der Zauberer seufzte. »Ach, die Angelegenheit mit deinem Vater wieder. Natürlich. Was soll ich sagen? Krije und ich verstanden einander vollkommen. Ich wünschte wirklich, du könntest …«

Robert ließ ihn den Satz nicht vollenden. Er hatte den Blick von Drache zu Drache schweifen lassen und ihnen in die Augen geschaut, ohne selbst etwas zu erkennen zu geben. Nun aber wandte er sich unversehens um und kam Dahr mit zwei schnellen Schritten so nahe, dass der Zauberer tatsächlich zurückwich. Die Prinzessin legte Robert die Hand auf den Arm, doch seine Aufmerksamkeit war einzig auf Dahr gerichtet.

»Nein, wir gehen«, sagte er. »Alle drei. Deine Drachen werden mich nicht hindern.«

Prinzessin Cerise wurde gewahr, dass sie zitterte: nicht aus Angst vor Dahr oder den Drachen, sondern vor Roberts Blässe. Augen und Mund wirkten standhaft, sein Gesicht indes hatte die Farbe des alten Eises auf den höchsten Gipfeln Bellemontagnes angenommen. Sie zog die Hand weg.

»Du bist ein Narr«, sagte Robert zu Dahr. »Ein großer Zauberer vielleicht, aber ein ebenso großer Narr. Hättest du uns einfach ziehen lassen, hätte ich mich erst sehr viel später, vielleicht nie, in Grand-Jacques Augen erkannt. Stattdessen hast du gehofft, dass er mich vielleicht doch verschlingt und dir die Mühe spart, mich zu töten.« Nun war es an ihm, zu lächeln, und die Prinzessin erschauderte abermals. Dies war nicht das scheue, leicht verschämte Lächeln, das sie inzwischen so gut kannte. Mit großen Augen schaute Dahr nach links und rechts und sein Mund stand offen, als wollte er etwas sagen. Prinzessin Cerise hörte Prinz Reginald glucksen.

»Wir gehen jetzt«, wiederholte Robert. »Der Prinz und ich kommen bald wieder, um König Krije zu holen. Ich rate dir daher, ihn gut zu behandeln! Poliere ihn schön, und vergiss nicht, den Bezug zu waschen – solche Dinge. Deine Drachen werden mir bei unserer Rückkehr zeigen, wie wir ihm seine menschliche Gestalt wiedergeben können.« Plötzlich lachte er. Der Laut war in der Nacht fast wie ein Leuchten.

»Es ist schon seltsam, wenn man es bedenkt«, sann er. »Du und ich, Dahr, sind die Einzigen hier, die nie kriegen werden, was sie wollen. Alles, was mein Herz sich je ersehnte, war, Leibdiener eines hohen Herrn zu sein – bis heute kann ich mir nichts Größeres vorstellen für einen armen Drachenbekämpfer wie mich.« Das traurige, leuchtende Lachen erklang erneut. »Was deinen Traum angeht – wolltest du dich einfach nur an Krije rächen und an seiner statt Corvinia beherrschen, von seinem Schloss aus? Solch ein kleiner Traum eigentlich, doch verwirklichen wird er sich nicht, Dahr. Genauso wenig wie meiner.«

Der Zauberer gab nichts zurück. Robert bestieg geschwind ein neues Pferd, und Prinzessin Cerise und Prinz Reginald taten es ihm gleich. Er blickte an Dahr vorbei zu den Drachen und richtete lautlos das Wort an sie.

Dahr hat euch geschaffen, euch alle, daher müsst ihr eurer Natur gemäß böse sein. Ich habe eure Brüder, rot und grün und schwarz, aus purem Vergnügen Schreckliches tun sehen, wie es meine Drachen, mein liebes Gewürm, niemals tun würde, selbst wenn es das könnte. Und doch … und doch … Er streckte die Hand nach ihnen aus und hörte ihre Antwort in seinem

Verstand. Dann wendete er sein Pferd und ritt durch das Schlosstor, und die anderen folgten.

~

Seite an Seite ritten sie, wo die Straße breiter war, und lange sprach keiner von ihnen ein Wort. Der Mond war noch nicht aufgegangen, und das einzig Helle in der Nacht, so meinte Prinzessin Cerise, waren die weißen Augenränder ihrer Pferde und der Glanz des Bidenhänders an Prinz Reginalds Sattel. Sie hörte die Rufe seltsamer Nachtvögel, und einmal einen Wolf.

»Wir holen Euren Vater schon sehr bald«, sagte Robert irgendwann beruhigend zu Prinz Reginald. »Das verspreche ich. Und wir werden auch einen Weg finden, ihn zurückzuverwandeln.«

»Ich weiß«, antwortete der Prinz und lachte freiheraus, so laut, dass sein Pferd ein überraschtes Wiehern zur Antwort gab. »Es wird ihm nicht schaden, eine Weile Dahrs Thron zu sein. Tut ihm vielleicht ganz gut, denke ich.«

»*Ich* wüsste ja gern, wo geschrieben steht, dass ich an der Rettung des Königs keinen Anteil haben werde«, sagte Prinzessin Cerise zu niemand Bestimmtem. »Wer hat diese Entscheidung für mich getroffen? Er und ich haben Redebedarf.«

»Ihr werdet zu Hause und eine Prinzessin sein«, antwortete Robert, ohne sie anzuschauen. »Und es könnte gut sein, dass Euer Vater und Eure Mutter Euch nicht mehr aus den Augen lassen, bis Ihr … sagen wir, sechsunddreißig seid.« Er sagte es ganz unbeschwert und heiter. »In jedem Fall bezweifle ich, dass sie viel davon hielten, Euch geradenwegs zurück ins Drachenland eilen zu lassen. Oder seht Ihr das anders?«

»So wie ich das sehe, sind meine Eltern meine Angelegenheit«, presste die Prinzessin zwischen den Zähnen hervor. »Darum werde ich mich kümmern. Drachenmeister oder nicht, maß dir nicht an, mich zu belehren, wohin ich gehen kann. Ist das klar?«

»Vollkommen.« Robert, der weiter ihrem Blick auswich, trieb sein Pferd an. Die Prinzessin tat es ihm gleich, hielt mit ihm Schritt und legte ihm weiter ihre Unabhängigkeit von ihren Eltern, ihm und jedem sonst dar, mit der auffälligen Ausnahme Prinz Reginalds, was ihm nicht entging. Gerade schlug sie mit Elan den Bogen zurück zu seinen Beschützerinstinkten – für die sie anlässlich der Eroberung von König Krijes Burg durch Dahr und seine Drachen nicht undankbar hatte sein wollen –, als Robert die Zügel anzog und sein Pferd abrupt zum Stehen brachte.

»Hört nur!«

Die Prinzessin schwieg, doch vernahm nichts als die Hufe von Prinz Reginalds Pferd, der sie nun einholte. Der Prinz hingegen hatte offensichtlich etwas gehört, denn er hatte die Hand am Bidenhänder und warf einen Blick zurück über die Schulter. »Das können keine Schwingen sein«, sagte er nur.

»Es sind Schwingen«, sagte Robert.

ZWANZIG

Das Geräusch war seltsam melodisch, wie der dunkle Klang großer Eiszapfen im tiefsten Winter. Keiner von ihnen hatte ein solches Geräusch je gehört, doch keiner hegte auch nur den geringsten Zweifel daran, um was es sich handelte. »Bleibt auf der Straße«, sagte Prinz Reginald. »Hier kommt er nicht an uns ran, die Bäume stehen zu dicht.«

»Nein!«, flüsterte Prinzessin Cerise eindringlich. »Wir müssen von der Straße runter und querfeldein fliehen. Damit rechnet er am wenigsten.«

Robert überlegte nur kurz, dann nickte er. »Sie sehen nachts nicht allzu gut – möglich, dass er uns nicht mal bemerkt. Los!«

Sie lenkten die Pferde im Schritt die Böschung hinab und auf ein stoppeliges Feld, das man zu dieser Jahreszeit offenbar nicht bestellte. Der Rhythmus der Schwingen hinter ihnen blieb gleich; was immer ihnen folgte, hatte ihre neue Taktik noch nicht bemerkt. Die Prinzessin hatte Angst, zurückzublicken, und als sie es doch tat, sah sie bloß eine Eule in einem Baum und den oberen Bogen des Halbmonds, der sich gerade erst über dem Horizont zeigte. Der leise, tiefe Klang jedoch hielt an.

Sie wagten es nicht, zu reden, aber ihre Gedanken waren

laut genug, dass jeder von ihnen insgeheim sicher war, dass die anderen – oder etwas Schlimmeres – sie hörten.

Wenn das hier vorbei ist, werde ich Mortmain fragen, ob ein Drachenmeister immer noch Leibdiener werden kann …

Wenn das hier vorbei ist und mein Vater wieder er selbst – aber alles zu seiner Zeit! –, werde ich sehr weit weggehen und mich sehr, sehr betrinken, und Mortmain darf nicht mit. Dann lege ich mich ins Gras und schau mir den Himmel an.

Wenn das hier vorbei ist werde ich schreien. Ich werde schreien und schreien, bis ich keine Stimme mehr habe. Nein – nein, das kann ich nicht tun, nicht wenn ich mit … Reginald würde das nicht verstehen. Mit Robert könnte ich schreien. Robert würde das nichts ausmachen. Oder eher, es wäre ihm egal, diesem selbstsüchtigen Schwein …

Sie hatten es halb übers Feld geschafft und hielten in stiller Übereinkunft auf ein Dickicht zu, das mehr Sicherheit verhieß als die Bäume beiderseits der Straße. Robert griff nach hinten, ohne den Kopf zu wenden, fand die Hand der Prinzessin und drückte sie sacht. Aber die überraschende Geste des Trosts währte bloß eine Sekunde, denn ein markerschütterndes Kreischen zerfetzte den Himmel und ersetzte ihn restlos durch Feuer.

Die drei Pferde schrien kaum minder laut. Sie bäumten sich auf, warfen ihre Reiter ab und galoppierten panisch tiefer ins Gehölz. Benommen blickten Robert, Prinz Reginald und Prinzessin Cerise zum Himmel.

Über ihnen kreiste ein Drache, gewiss, aber kein Drache, wie Robert ihn je gesehen hatte. So golden wie der Halbmond, golden wie der Thron des Zauberers Dahr, und größer als zwei seiner Kreaturen zusammen. Robert konnte sich nicht erklären, wie er überhaupt abhob, und weniger noch, wie er seinen riesigen Leib im Flug manövrierte. Auch sparte er nicht mit seinen Flammen, wie es an sich alle feuerspeienden Spezies taten, sondern fachte weiter den Himmel an, bis der Mond grau wurde und die Luft so heiß, dass Robert die Hitze in seiner Brust spürte. Die Prinzessin taumelte schon, weil ihr der Atem fehlte, und Robert und Prinz Reginald eilten an ihre Seite, um sie zu stützen.

Prinz Reginald hielt den Bidenhänder schützend vor der Brust, als wüsste er das große Schwert tatsächlich zu führen. Die Spitze folgte jeder Bewegung des sich nähernden Drachen. Sein Blick suchte Robert und stellte eine stumme Frage. »Ein König«, krächzte Robert. »Das ist ein König!« Prinz Reginald nickte bloß und machte sich auf den drohenden Angriff gefasst.

Er ist wunderschön. Das Schönste und Herrlichste, was ich je gesehen habe, und er wird uns alle töten.

Nein!

Ich bin ein Drachenmeister – was immer das ist. Es muss einen Ausweg geben.

Robert rief und der Drache antwortete ihm. Der Schrei des Königs zerriss den Himmel, sein Feuer verwandelte das weite Feld in Mittag. Robert blieb gerade noch Zeit, zu bemerken, dass er nicht senkrecht, gleich einem schlagenden Falken, auf sie niederstieß, sondern in flachem Winkel, so wie ein Adler auf der Jagd nach Fischen über einem See. Dann warf Robert sich zur Seite und der Sturm der Königsschwingen fegte ihn hinweg. Er rollte über das feuchte Feld und die spitzen Halme dessen, was einst dort gewachsen war, und nur Prinz Reginald bewahrte ihn vor dem Zusammenprall mit einem Holzapfelbaum.

Der Drache schwang vorüber, gewann wieder an Höhe,

erklomm den Mond und verharrte schwebend. *Wie macht er das nur bei der Größe?* »Bewegung, Bewegung!«, keuchte er dem Prinzen zu. »Ich bin der, den er will. Tretet zurück!«

»Schlag es dir aus dem Kopf«, sagte Prinz Reginald gefasst; und bei allem Schrecken und Wirrwarr musste Robert sich vergewissern, dass er sich nicht verhört hatte. Prinz Reginald stand breitbeinig über ihm, den Bidenhänder unverwandt zu der goldenen Flamme gerichtet, die hoch über ihnen ihre Kreise zog. »Du bist derjenige, der zurücktreten sollte, mein Freund. Dies ist der Moment, für den ich geboren wurde.«

»Eigentlich nicht«, sagte Robert entschuldigend. Er kämpfte sich hoch und berührte den Arm des Prinzen, damit er das Schwert senkte. »Er kam meinetwegen, Dahr hat ihn geschickt. Ich glaube wirklich nicht, dass irgendjemand sonst ihn töten kann.«

»Ich kann das«, entgegnete Prinz Reginald. »Dies ist der einzige Drache, den ich jemals töten werde.« Er grinste Robert an, ein Heldengrinsen. »Den Rest kannst du gern haben – den hier lass mir.« Er marschierte auf das offene Feld hinaus, warf den Kopf zurück und rief dem König entgegen: »Hier bin ich, du Wurm! Kronprinz Reginald Richard Pierre Laurent Krije von Corvinia, zu deinen Diensten. Lass mich nicht warten!«

Der Drache nahm ihn beim Wort.

Er glitt im selben Winkel heran wie zuvor, verblüffend rasch, der eigenartige Ton seiner Schwingen nun fast unhörbar. Robert und Cerise schrien beide auf. Der Drache hielt auf Prinz Reginald zu, der standhaft und mit triumphierendem Lächeln den Bidenhänder hob und eine perfekte Figur abgab. Doch im allerletzten Moment, mit kaum mehr als dem Flattern eines Flügels und dem Flackern des gezackten goldenen Schwanzes, schwang der Drache herum und zielte auf Robert. Völlig überrumpelt rannte Robert los und stolperte prompt. Dadurch entging er zwar der vollen Wucht des Angriffs – trotzdem traf es ihn, als stürzte der Nachthimmel ein, um ihn unter Scherben von Sternen und Mond zu begraben. Er verlor das Bewusstsein, noch bevor er auf dem Boden aufschlug.

Als er wieder zu sich kam, war der Drache über ihm.

Sein erdrückendes Gewicht war unerträglich. Robert wand sich – nicht um zu entkommen, sondern um die kalte Erde irgendwie ein wenig weicher und bequemer zu machen. Er schloss die Augen vor Schmerz, und der Ofenhauch in seinem Nacken ließ seinen Körper einen raschen Tod erflehen. Sein Verstand aber – oder etwas, das sich als sein Verstand ausgab – rief: *Ich bin ein Drachenmeister – gehorch mir! Ich kenne deinen Namen!*

Der Druck auf seinem Rücken und den Beinen ließ nicht nach, doch einen segensreichen Moment lang versiegte der Odem. Etwas zupfte an ihm, eine immense Neugierde, die an seinem ganzen Sein zog so wie Adelise, wenn sie ihm morgens die Bettdecke stibitzte. Nur dass Adelise keine Stimme wie jene besaß, die nun in ihm erklang, so tief und klar und auf erschreckende Weise vergnügt. *»Ach ja? Dann sag ihn mir. Sag mir meinen Namen.«*

Der Name war in Robert. Er sprach ihn aus.

Der König reagierte in keiner Weise. Robert lag reglos, noch immer betäubt, und glitt so mühelos in die Bewusstlosigkeit und wieder zurück, dass der Zustand ihm völlig natürlich vorkam. In weiter Ferne spürte er den riesigen, kalten Verstand, der ihn methodisch durchstöberte, ihm

Geist und Seele auf den Kopf stellte und schüttelte, um zu sehen, was wohl herausfiel.

Dies sollte mich in den Wahnsinn treiben. Wieso fühlt es sich so an, als widerführe das alles jemand anderem?

Was er trotz seiner Benommenheit begriff, war, dass er jeden anderen Drachen, selbst Dahrs raublustige Kreaturen, so verlässlich aus seinem Verstand hätte verbannen können wie Lux oder Fernand. Aber nicht diesen – keinen König.

»Ein Drachenmeister«, sagte die Stimme. Sie seufzte langsam, weder freundlich noch richtig bedrohlich. *»Ein Drachenmeister. Dafür hältst du dich? Meister sind mir fremd.«*

Alles, was Robert neben dem Puls der Drachenstimme vernahm, war der Schlag seines Herzens, unter dem sein Körper erbebte. Er bekam fast keine Luft, aber mühte sich redlich. »Ach ja? Wie kommt es dann, dass Meister Dahr mit den Fingern schnippt und dich mir wie einen gedungenen Mörder schickt? Ist das eines Königs würdig?«

Einen Moment lang ahnte er nicht nur, nein er *wusste*, dass er zu weit gegangen war. Der riesenhafte Körper, der ihn zu Boden drückte, schien sein Gewicht zu verdoppeln, und das einzig kraft eines Zorns, der jede Handbreit seiner Haut versengte, ganz so, als würde er zur Gänze von loderndem Drachenfeuer verschlungen. Die Stimme entlang seiner Knochen wurde so tief, dass sie mehr einem wortlosen-Prasseln glich, welches er wundersamerweise verstand. *»Ich diene niemandem.«*

»Nein?« *Wer A sagt, muss auch B sagen … »Dein Wort darauf, dass du nicht geschickt wurdest, um mich zu töten? Das Wort eines Königs soll mir genügen.«* Er presste das Gesicht ins spitze, feuchte Gras und wartete.

Der Drache antwortete nicht. Robert fasste Mut und fuhr fort. »*Und wenn du nicht vorhast, mich zu töten, was hieltest du dann davon, mich aufstehen zu lassen? Ich bin doch bloß ein kleiner Mensch und kann dir unmöglich etwas antun.*«

Das Gewicht ließ gerade genug nach, dass er Kopf und Schultern bewegen konnte – genau rechtzeitig, um Prinz Reginald zu sehen, der sein Schwert mit beiden Händen hoch erhoben hatte, bereit, den glitzernden goldenen Hals zu durchtrennen. Die Augen hatte er fest geschlossen, und wie er sich da auf die Zehenspitzen reckte, glich er einem kleinen Jungen, der sich müht, die Süßigkeiten oben im Regal zu erreichen.

»*Nein!*«, schrie Robert, und der König wirbelte herum, viel zu rasch für eine Kreatur seiner Größe, und hieb das Haupt auf dem bedrohten Hals Prinz Reginald so fest entgegen, dass dieser wie ein fehlgegangener Krocketball wild wirbelnd über das Feld schlitterte. Im nächsten Augenblick war der Drache schon über dem Prinzen, das Maul weit genug aufgesperrt, ihn am Stück zu verschlingen. Prinzessin Cerise schlug vergebens mit dem Degen zu, der prompt zerbrach, und Robert stürzte ihnen nach, aber ohne Aussicht, sie rechtzeitig zu erreichen. *Rechtzeitig für was denn? Wie soll ich diesen Narren retten, der dachte, er rette mich? Gar nicht – gar nicht – aber ich muss mir etwas einfallen lassen, ich muss einfach!* Er rannte und schien ihnen doch keinen Schritt näher zu kommen, obwohl sein Herz gleich zu bersten drohte. *Geh weg von ihm, geh weg, Cerise! Bitte, meine Liebe, weg!*

Der König wandte den Kopf und schaute ihn an.

Die Drachenstimme erklang kein weiteres Mal in ihm, er

las auch nichts aus den Juwelen der Augen, die einzig an der Kreatur nicht golden, sondern rot wie Blut waren. Dennoch wartete der König, das wusste Robert, wartete darauf, dass er … *was* genau tat?

Ihn unterwarf wie ein richtiger Drachenmeister? Er versuchte es, schrie ihn so gebieterisch an, wie es sein rasselnder Atem nur zuließ: »Rühr ihn nicht an – lass ab von ihm! Ich befehle dir, ihn in Frieden zu lassen!«

Keine Antwort. Der König schloss nicht die Kiefer um den Hals des betäubten Prinzen, rückte aber auch nicht ab von ihm. Seine Augen blieben auf Robert gerichtet – aus irgendeinem Grund genoss Robert die ungeteilte Aufmerksamkeit des Drachen. *Verdammt noch eins, was willst du von mir? Du und der ganze Rest, groß wie klein, Geziefer und Könige – was wollt ihr von mir? Was habt ihr nur immerzu gewollt?*

Etwas ging vor in dem riesenhaften goldenen Körper. Robert spürte es in sich selbst, sah es, ohne es zu hinterfragen. Der Hals, den er vor Prinz Reginalds Schwert bewahrt hatte, bog sich immer mehr, bis der Winkel selbst für einen Drachen schmerzhaft wirkte; die mächtigen Krallen gruben sich in die Erde, um dem König Halt zu geben, was für unsichtbare Klauen auch an ihm rissen. Während er und die Prinzessin sich eilten, Prinz Reginald so weit wie möglich außer Reichweite zu ziehen, sah Robert in den Rubinaugen etwas, das fast ein Flehen war, an ihn wie an einen Gleichen unter Gleichen gerichtet. Der König warf den Kopf von einer Seite zur anderen wie ein rebellisches Pferd, und sein Schrei entwurzelte selbst ferne Bäume.

»Bleibt bei ihm«, sagte Robert zu Prinzessin Cerise.

Sie kniete sich neben Prinz Reginald, der erst langsam

wieder zu Sinnen kam. Dann sah sie auf. »Lass dich nicht töten«, bat sie leise. »Glaubst du, du schaffst das? Für mich?«

Roberts Atem tat etwas Seltsames in seiner Kehle. »Ich tue, was ich kann. Gebt bitte ebenfalls acht.«

Er lief zurück zum König, die leeren Hände demonstrativ erhoben. Der Mond war kleiner geworden bei seinem Aufstieg, seine Farbe war zu einem schmutzigen Silber verblasst. Die Nacht lag so ruhig – *selbst der Wind wartet, beobachtet* –, dass es Robert so vorkam, als watete er durch die Stille wie durch hüfthohes Wasser.

Der König sah ihn nicht. Wenn sich Robert einer Sache sicher war, dann der, dass der Drache schreckliche Schmerzen litt. Er war in einen unerbittlichen Kampf mit sich selbst verstrickt, und er verlor. Der schreckliche Kopf schlug und warf sich unablässig hin und her; die Schwingen flatterten ziellos – und klangen bloß noch wie eine rasselnde Horde Gerippe in Rüstung –, und die heftigen Krämpfe des goldenen Rumpfes wirkten, als sähe die Kreatur einer Geburt entgegen. Ihre Schreie, gellend und zugleich aus tiefstem Grund, trafen Robert wie Faustschläge. *Ein Drachenmeister wüsste, was das zu bedeuten hat. Ein echter Drachenmeister.*

»Ich bin ein Mensch«, sagte er laut, als er schon viel zu nahe stand. »Und ich habe keine Macht über dich.« Der König ließ nicht erkennen, ob er ihn hörte. »Doch bin ich ein Drachenmeister, darum kannst du mir nichts tun.« Er hatte keine Ahnung, ob das stimmte. »Was willst du von mir?«

Da richteten sich die schräg stehenden Rubine endlich auf ihn, sahen und erkannten ihn wieder. Die Stimme aber, die er zuvor in Mark und Blut gespürt hatte, schien nun zwei Stimmen zu sein. Manchmal sprachen sie gemeinsam, manchmal entzweit, bruchstückhaft und gegeneinander versetzt. Robert wiederholte die Frage.

»Dein Fleisch«, kam die Antwort, rasch und mit gleißender Grausamkeit. *»Nur dein Fleisch …«* Und fast sogleich, geschwächt und kaum hörbar: *»Nein … nicht, werde nicht … Ich bin … bin, bin … was ich? … was … bin nicht …«* Es war eine verlorene, irrlichternde Stimme, und die abgehackten Wortfetzen jagten Robert mehr Angst ein, als es das drohende Knurren eines Lindwurms, der sein Nest verteidigt, je vermocht hatte. »Was ist los?«, fragte er so direkt, wie er auch Reynald fragen würde, wenn der kleinste Drachling sich wieder mal an Honigkuchen in der Speisekammer überfraß oder seine Klaue in der Tür einklemmte. »Was fehlt dir?«

Dieses Mal antwortete die zweite Stimme ihm lauter, vernehmlicher, wenngleich nicht verständlicher als zuvor. *»Nein, nicht ich … werde kalt … wer ist kalt? Wo? Kein Platz, kein Platz, kein Ich, niemals … nie ich …«* In einer Menschenstimme wäre der Klang, der in ihr mitschwang, ein Winseln der Furcht gewesen.

Das Rascheln von Gras schreckte Robert auf wie Donnergrollen. Er wandte den Kopf und sah Prinzessin Cerise näher treten. Hinter ihr richtete Prinz Reginald sich langsam auf. Sie schleppte den Bidenhänder mit sich, was ihr Vorwärtskommen deutlich erschwerte. Das Mondlicht zeigte jede Strähne ihres Haars, jede Schlamm- und Schmutzspur auf ihrem Gesicht, jeden Riss in ihrem Rock, und jedes trotzige Aufblitzen ihrer dunklen, entschlossenen Augen. Was das Schönste anging, das er je gesehen hatte, so überdachte Robert noch einmal seine frühere Meinung.

»Zurück«, sagte er scharf. »Bleibt, wo Ihr seid!«

»Nichts da«, sagte die Prinzessin und kam näher.

Der Drache schnappte nun zuckend nach den eigenen Flanken, ganz wie ein Hund, den Flöhe in den Wahnsinn treiben. Blut zeichnete die goldenen Schuppen, und seine tiefe, schwellende Klage war die eines Berges, der bebend im Meer versinkt. Der König bäumte sich auf und hieb nach dem Mond.

»Ich bin nicht dein Feind«, sagte Robert tief und klar im Geiste. Der Drache ließ seine rot-goldene Zunge wie einen Blitz hervorschnellen, und Robert zuckte unwillkürlich zurück, fuhr aber fort. »Ich mag nicht dein Freund sein, doch bin ich ein Drachenmeister und wünsche dir nichts Böses. Sag, wie kann ich helfen?« Die Worte kamen ihm ganz natürlich und von selbst, und er sprach mit neuem Selbstvertrauen.

Beide Stimmen antworteten ihm zugleich, sprachen über- und untereinander, sodass sie sich für Robert kaum unterscheiden ließen. *»Weit fort, weit fort … fort, wohin … FleischdeinFleisch, brenne, brenne … Ich, der … Ich nicht … dichverbrennen, dichzerreißen … fort …«* Eine Stimme berührte sein Herz, eine ließ es gefrieren, und keine ergab nur den geringsten Sinn.

»Du wirst das *nicht* tun!«, befahl Prinzessin Cerise außer sich. »Ich bin deine Prinzessin, und ich verbiete es dir!« *Wie Mutter, wenn sie Patience wieder vom Dach beordert.* Es war absurd. Eben wollte er sie beruhigen, als sie vor Entsetzen laut aufschrie, und er wirbelte gerade rechtzeitig herum, um den König angreifen zu sehen. Aus solcher Nähe würde selbst das Feuer eines ganz gewöhnlichen Drachen ihn zu Asche verbrennen, doch keine Flamme entfuhr dem aufgerissenen Maul. Schmachvoll überrumpelt, blieb Robert nichts, als zurückzuspringen, wobei er über eine Wurzel stolperte und hart auf sein Hinterteil fiel.

Der König brüllte und baute sich über ihm auf. Seine Reißzähne waren purpurn vom eigenen Blut, und die rubinroten Augen das Ende der Welt.

Und Prinzessin Cerise zog ihm eins mit dem Bidenhänder über.

Wie sie das riesenhafte Schwert, das beinahe so groß wie sie selbst war, überhaupt vom Boden bekam, fand kein Unbeteiligter je heraus. Doch glückte es ihr, und sie war geistesgegenwärtig genug, auf den Hals des Drachen zu zielen, wie schon Prinz Reginald zuvor. Der Bidenhänder jedoch drehte sich in ihrem Griff, sodass sie den König bloß mit der flachen Seite am Kopf streifte, kaum fest genug, ihm eine Schuppe zu krümmen. Im nächsten Augenblick lag sie auf dem Rücken und das Schwert irgendwo weit entfernt – *fern wie mein Bellemontagne,* dachte sie versonnen – und ihr dröhnte derart der Schädel, dass die Frage, ob sie nun als Mahl eines Drachen enden würde, sie nur mäßig interessierte. Auf eine beiläufige, nüchterne Weise stellte sie fest, dass sie von Drachen genug hatte.

Auch wurde sie sich vage bewusst, dass Robert unbewaffnet zwischen ihr und dem König stand. *Das ist ja nett. Wirklich nett von ihm, dass er das macht.* Dann kehrte das Begreifen zurück und sie sprang schreiend auf die Beine, gerade als Robert sich mit ausgebreiteten Armen dem angreifenden Drachen entgegenwarf. Der Schatten des Königs verschlang ihn.

Zwar hatten Königin Hélène und eine erschöpfende (und erschöpfte) Abfolge von Lehrern die Prinzessin umfänglich unterwiesen, doch keinem war es je gelungen, ihr beizubringen, dass es gewisse Situationen gibt, in der von einer Adligen – einer anständigen Adligen zumindest – eine Ohnmacht nicht bloß erwartet, sondern ausdrücklich verlangt wird. Die Prinzessin hatte den Unterricht wann immer möglich geschwänzt und sich lieber beigebracht, wie man ein Boot baut oder Bier braut. Und so fiel sie nun nicht in Ohnmacht, sondern schnappte sich die nächstbeste Waffe – einen Stein von der doppelten Größe ihrer Faust – und ging auf den König los.

Es war Prinz Reginald, der sie zurückhielt, mit Gewalt. Einst – wie lange das her war! – wären seine eng um sie geschlossenen Arme wie Flügel gewesen, sie in einen Palast in den Wolken zu tragen. Nun gab sie sich redlich Mühe, ihn mit dem Stein zu schlagen, erreichte aber keine wesentliche Stelle. »Prinzessin!«, jaulte er mehr als einmal. »Prinzessin, Ihr könnt – *au!* – ihm nicht helfen! Er ist der Drachenmeister, er – *au!* Hört doch *auf* damit! – er weiß, was er tut. Hört Ihr nun *auf?*«

Schließlich tat sie das. Sie standen nebeneinander, der Arm des Prinzen vorsichtig um ihre Schulter gelegt, während der Königsdrache brüllte und zuckte und sich zuweilen fast selbst zu fressen schien. Die Prinzessin betete laut und leidenschaftlich zu jeder Gottheit, die mit ihrer Mutter bekannt sein mochte; der Prinz gaffte wie ein gewöhnlicher Bauer den tobenden, gequälten Schatten an, in dem Robert verschwunden war. Einmal machte er Anstalten, den verlorenen Bidenhänder zu bergen, doch Prinzessin Cerise drohte mit dem Stein, und er blieb, wo er war.

Trotz seines Wahns, trotz all des Bluts strahlte der König im Mondlicht unvermindert heller als der Mond. Seine

Schwingen peitschten die Luft, schlugen Zweige von den Bäumen und schleuderten das Laub wie tausend kleine Speere. Einen Moment lang glaubte die Prinzessin, Robert flüchtig in dem kolossalen Schatten zu erblicken. Er versuchte nicht, das Monster zu reiten, wie die Helden der Legende das taten, sondern hatte sich mit einer Wildheit, die der des Drachen in nichts nachstand, unter eine der verschwommenen Schwingen geklammert. Fast wirkte es, als versuchte er, irgendwie mit der Kreatur zu verschmelzen. Und in jenem traumgleichen Moment schien es zum Schrecken der Prinzessin tatsächlich zu *geschehen* …

… denn Roberts Umriss löste sich langsam auf, verschmolz mit dem des Königs, seine Haut glich sich den goldenen Schuppen an, seine langen braunen Finger krümmten sich zu starken Krallen, sein Gesicht zog sich in die Länge, Reißzähne wuchsen daraus hervor, seine Augen neigten und röteten sich …

… und dann war er fort, wenn sie ihn denn je gesehen hatte – oder wenn er wirklich eins mit dem König geworden war: auf ewig verloren, ihr ewig verloren. Bislang hatte sie nie verstanden, was Leute meinten, wenn sie von einem gebrochenen Herzen sprachen, obgleich sie sich des Ausdrucks gleichfalls unbedacht befleißigt hatte. Nun fand sie heraus, dass es weniger ein Zerbrechen denn ein Zerreißen war, und auch nicht sauber entzwei, sondern in bluttriefende Fetzen. Sie spürte es in ihrer Brust und weinte vor Leid.

… festhalten festhalten … nichts mehr zum Festhalten … wie durch Wolken zu fallen heiße Wolken heiße Wolken Mutters Waschtag … Herz, das Herz, DAS HERZ SCHLÄGT SCHLÄGT hämmern prügeln Streitkolben, die mich nieder-

prügeln, halten kann mich nicht halten tut weh so weh … DAS HERZ … nein MEIN Herz, mein Herz das mich knüppelt mich wegschlägt doch lass nicht los, lass nicht … Drachenich Drachenich DRACHENICH lass nicht, lass nicht los Drachenich …

Verloren im großen goldenen Meer des Königs, bis zur Unkenntlichkeit von Wogen unfasslicher Wut und furchtbarer Verwirrung verzerrt, hielt Robert sich fest, während das Begreifen ihm die Kehle zuschnürte.

EINUNDZWANZIG

Der Mond war lange untergegangen und der Himmel von einem kränklichen Grün. Prinzessin Cerise und Prinz Reginald hatten sich keinen Schritt vom Schauplatz der nächtlichen Schlacht entfernt, wenn es denn wirklich eine war; die Prinzessin war sich nicht mehr sicher. Kein einziges Mal hatte der König Feuer gespien – weder auf Robert, als er Gelegenheit dazu gehabt hatte, noch auf sie, die sie wehrlos und ohne Deckung waren. Dennoch fehlte von Robert jede Spur. Gut denkbar, dass der Drache ihn verschlungen hatte: nicht mit seinem Kiefer, sondern mit der Macht und dem Mysterium seines Seins, während er Stunde um Stunde wie rasend mit sich rang. Die Prinzessin war bar aller Tränen, und Prinz Reginald machte sich längst keine Sorgen mehr, was für ein Bild er der Welt von sich zeigte. Sie warteten einfach, das war alles.

Unversehens, so zwischen einem Augenblick und dem nächsten, stand der König so still wie sie selbst. Man merkte ihm keinerlei Erschöpfung an, kein Keuchen noch Wanken; die einzige sichtbare Veränderung war eine gewisse Ruhe, die nun in die rubinroten Augen einkehrte. Die Prinzessin tat einen impulsiven Schritt, der Prinz aber packte sie am Arm. »Nein.« Seine Stimme war fester als je zuvor, beinahe streng. »Noch nicht.«

Die Prinzessin hielt inne. Die blutverschmierten goldenen Schuppen verschwammen, bis ihre müden Augen keinen Halt mehr fanden, dann rollte ihr eine Gestalt bis fast vor die Füße. Herz und Körper taten einen Satz: Sofort war sie daneben auf den Knien, bemerkte ihren Fehler jedoch, noch ehe sie den Bart, das weiße Haar wahrnahm.

Der Zauberer griff nach ihr, als sie zurückschreckte, doch Reginald trat hart auf seine Hand. Überrascht und entrüstet jaulte der Zauberer auf. »Du wagst es, Junge? Ich kann gerne noch einen weiteren adligen Dummkopf aus Corvinia in ein Möbelstück verwandeln.«

»Dafür hast du deine Drachen gebraucht«, stellte Prinz Reginald ungerührt fest. »Die hast du jetzt nicht dabei.«

Sobald er seine Hand befreit und sich aufgesetzt hatte, kehrte das gutmütige Lächeln auf Dahrs Züge zurück. »Ich habe etwas Besseres als das.«

»Du schickst einen König? Um einen Drachenmeister zu morden?«, höhnte die Prinzessin. Selbst von seinem Vater hatte Prinz Reginald nie eine derartige Verachtung gehört. »Für einen so mächtigen Zauberer scheinst du ziemlich wenig ohne Hilfe hinzukriegen, Dahr.«

»Meinst du? Meinst du wirklich?« Ein kleiner Knacks in Dahrs Stimme war das erste Zeichen von Zorn. Er stand auf und deutete dramatisch auf den stillen, reglosen Drachen, als böte er ein preisgekröntes Pferd oder Hausrind feil. »Weißt du, was ich mit dieser Kreatur getan habe? Hast du irgendeine Ahnung?« In einer seltsam flehentlichen Geste streckte er ihr die Hände entgegen; womöglich der Versuch, ihr Gesicht zu fassen. Die Prinzessin wich zurück.

»Was ist denn ein Drachenmeister?«, forderte Dahr sie

heraus. »Jemand, der sich gefahrlos unter Drachen bewegen kann? Jemand, der ihnen Kunststückchen beibringt? Der sie an Schnüren im Wind steigen lässt, damit sie eine feindliche Armee vernichten oder selbst als eine dienen? Der sie seine Pantoffel bringen lässt?« Seine Stimme hob sich immer höher, und Prinzessin Cerise sah seine Hände zittern. »All das habt ihr mich vollbringen sehen …«

»Das mit den Pantoffeln nicht«, sagte Prinz Reginald, der es mit solchen Dingen gerne genauer nahm.

»Ich sage euch, dass dies vielleicht Befehlsgewalt, doch keine Meisterschaft, keine echte Beherrschung der Kunst ist. Verglichen mit meinen Taten sind dies Kindereien, Fadenspiele, sonst nichts. Gebt nun gut acht!« Seines immer schrilleren Tonfalls gewahr werdend, hielt er inne, richtete die weiße Mähne und kämmte sich mit den Fingern den Bart. Seine Stimmlage mäßigte sich, seine Hände jedoch bekam er nicht zur Ruhe.

»Ich bin mehr als bloß ein Drachenbändiger«, sagte Dahr. »Ich bin etwas, das es nie zuvor gegeben hat.« Ein Kichern entfuhr ihm, doch ein kleines nur, und es war so schnell vorbei, dass es einem leicht hätte entgehen können. »Zig Altweibergeschichten ranken sich um Leute, die halb Drache sind, von Drachen gezeugt an Kreuzungen zur Geisterstunde – Ammenmärchen allesamt, nichts weiter. *Ich* aber … *ich* allein …« Beim Anblick ihrer perplexen Gesichter strahlte er auf eine Weise, die sonderbar unschuldig wirkte. »Wenn ihr mich anseht, seht ihr die Schuppen, die den König kleiden – die Flamme, die wir speien, die Zähne, die unserer Feinde harren. Denn ich *bin* des Königs, versteht ihr? Nicht sein Meister, sondern ebenso ein Teil von ihm wie die Schwingen, die uns in den Himmel heben.

Kein Zauberer vor mir konnte solcherlei von sich behaupten – nur ich! *Einzig ich!*«

Da brach sich sein Lachen Bahn, doch klang daraus kein Größenwahn; sanft, ja kindlich fast, dauerte es an. *Ist Robert dasselbe passiert?*, fragte sich Prinzessin Cerise. *Ist auch er mit dem König verschmolzen, mit ihm eins geworden? Dahr hat seinen Körper aber noch – wo also ist Robert?* Ein winzig kleiner Hoffnungsschimmer regte sich in den Ruinen ihres Herzens. Sie wählte ihre Worte sorgsam, dann hob sie die Stimme. »Wie ist es dir denn überhaupt geglückt, einen König zu fangen und abzurichten, dass er dich trägt? Ich habe noch nie von jemandem gehört, der einen Drachen reiten kann.«

Dahr reagierte genauso ungehalten, wie sie beabsichtigt hatte. »Hast du mir denn gar nicht zugehört, dummes Ding? Ich fliege nicht *auf* dem König wie ein Floh! Ich fliege *mit* dem König – *im* König gewissermaßen – deckungsgleich, ununterscheidbar, Atom für Atom, dass kein Staubkorn zwischen uns passt!« Allein die Frage trieb ihn zur Weißglut. Er nahm eine hochtrabende Zaubererpose ein, die zittrigen Hände in die Ärmel seiner Robe gesteckt. Das stattliche Haupt von den Strahlen der aufgehenden Sonne umschienen, begann er zu deklamieren. Prinz Reginald holte sich den Bidenhänder, um sich zu stützen; Prinzessin Cerise derweil starrte den Drachen an, als könnte sie die große Kreatur kraft ihres Willens dazu bringen, sich abermals *aufzutun* … Der König starrte zurück, die Schuppen unstet und fließend im ersten Morgenlicht, doch seine Rubinaugen hatten keine Antwort für sie.

»Der Letzte der Könige«, sann der Zauberer. »Ich fand ihn schlafend in den Tiefen der Höhle, in die mein Geist meinen Körper schleppte – aus dem Schweinepferch, in den Krije ihn warf. Dort ruhten wir lange, während ich langsam – so langsam! – Selbst und Seele verquickte und der König die Träume eines Königs träumte. *Ich* …« Er reckte stolz den Kopf. »Ich betrat diese Träume auf einem mir bekannten Weg und erfuhr solcherart mancherlei. Unter anderem auch … wie man Drachen erschafft.«

»Und wie du dich mit dem König verbinden kannst«, sagte Prinzessin Cerise langsam. Prinz Reginald schaute verwirrt blinzelnd zwischen ihnen hin und her.

»Wie ich mich mit ihm *vereinen* kann«, korrigierte Dahr sie. »Begreifst du immer noch nicht, dass ich der König *bin*, wie wir hier stehen, selbst wenn ich kleiner bin und auf zwei Beinen laufe? Verstehst du nicht, dass der König *ich* ist – dass du mit ihm redest, in diesem Moment? Dass es keine Grenze, keinen Übergang gibt, wo der eine aufhört und der andere beginnt?« Wie um ihre gemeinsame Identität zu bestätigen, hob der Drache den Kopf über den seinen und gab einen tiefen, bösartigen Laut von sich.

»Keine Grenze«, wiederholte der Zauberer. »Weder zwischen unser beider Sein noch unseren Kräften. Wie auch?«

»Kannst du Feuer spucken?«, fragte Prinz Reginald mit echtem Interesse. Prinzessin Cerise trat ihm gegen den Knöchel.

»Möchtest du es gerne sehen?« Die Augen des Zauberers glitzerten mit schelmischer Bosheit. Prinz Reginald erwog die Frage und schüttelte den Kopf.

»Ich glaube dir nicht«, sagte Prinzessin Cerise leise.

Ein Wandel vollzog sich mit Dahrs Augen, und Prinz Reginald trat einen Schritt zurück. Die Prinzessin sagte: »Ich glaube nicht, dass du mehr Teil des Königs bist, als du

Teil jener Drachen warst, die du gezüchtet oder geschaffen oder was auch immer hast. Die konntest du immerhin deinem Willen unterwerfen …« Ihre dunklen Augen verengten sich wie die einer deutlich älteren Frau. »Obwohl es nicht mehr lange gedauert hätte, und sie wären Roberts Drachen gewesen. Sie waren nie wahrhaft dein, und das wusstest du. Und nun habe ich einen König gesehen, und *dich* habe ich auch gesehen …« Sie lächelte und ließ den Satz unvollendet.

Da rechnete Prinz Reginald felsenfest mit Blitz und Donner, gegebenenfalls gefolgt von einem Erdbeben oder einem Wirbelsturm. All diese Phänomene der Natur sammelten sich im Geheimnis der Zaubereraugen. »Vielleicht – Betonung auf *vielleicht* – hast du ja in deiner Höhle wirklich etwas von dem dösenden König gelernt. Ihn aber hast du nichts gelehrt, da bin ich mir sicher. Womöglich war es dir kurz – ganz kurz nur – gar erlaubt, ihm die eine oder andere Weisung zu geben. Doch nie bestand auch nur die leiseste Aussicht, dich mit einem solchen Wesen zu *vereinen*, wie du behauptest. Ich glaube …« Und hier bebte ihre Stimme, bloß ein bisschen. »Ich glaube, dass uns das verboten ist, selbst den Größten … Selbst meinem Robert, nehme ich an …«

Dahr stürzte sich boshaft auf ihre Schwäche. »Dein Robert! Dein Robert durfte sich für seine Dreistigkeit fressen lassen, wie sich das gehört. Er hat es gewagt, mich herauszufordern, blindlings nach dem Ruhm zu gieren, den ich mir im kalten Dunkel der Höhle mühsam erarbeiten musste – er wollte meinen Triumph kopieren, ohne den *Preis* dafür zu zahlen! Den *Preis!*«

Speichel flog ihm von den dünnen, bärtigen Lippen und

er japste wie ein aufgebrachter Hund. »Ich habe bezahlt für das, was ich bin – mit Hunger und Einsamkeit, mit dem Schmerz, von dem zu heilen, was dein Vater mir antat.« Sein Blick bohrte sich in Prinz Reginald, Augen wie verfaultes Obst. Dann richtete er seine Aufmerksamkeit wieder auf Prinzessin Cerise. »Dein närrischer Robert ist kein Drachenmeister so wie ich. Wird es nie sein. Trotzdem ist ihm ein gewisser Umgang, eine gewisse *Gewogenheit* zu eigen – nenn es, wie du willst –, die mir vielleicht abgeht und die ich nicht frei herumlaufen lassen kann. Dein anderer Narr ist derweil dumm genug, sich seinen Vater zurückzuwünschen, und stark genug, mir etwas Ärger zu bereiten.« Er verbeugte sich spöttisch vor der Prinzessin. »Daher fürchte ich – und bedaure zutiefst –, dass Antoines Tochter die Einzige sein wird, die kein Drache ist und diesen Ort verlässt. Einen sicheren Heimweg, und die besten Empfehlungen an den lieben Herrn Vater.« Er bedachte sie mit einem reichlich schauderhaften Zwinkern. »Deine Mutter mag mich leider nicht sehr, glaube ich.«

Prinz Reginald und Prinzessin Cerise sahen einander an. »Seit meiner Ankunft in Bellemontagne zwang man mich, unentwegt zu lernen, was für ein Narr ich doch bin«, sagte Prinz Reginald. »Und wie schwer von Begriff manchmal. Jedoch scheint es mir, dass man mich soeben beleidigt hat. Und zudem mit dem Tode bedroht.«

»Mir scheint es ebenso«, gab die Prinzessin zurück. »Tritt beiseite!«, befahl sie dem Zauberer. »Ich kam mit zwei Freunden, und mit zweien werde ich gehen.«

Und damit stapfte sie an ihm vorbei, ohne ihn eines weiteren Blickes zu würdigen. Prinz Reginald kam es so vor, als rempelte sie den Zauberer sogar mit dem Ellenbogen an.

Im Gegensatz zu ihr sah er noch die plötzliche Furcht, die das Gesicht des Zauberers gleich einem Muttermal überzog, als Prinzessin Cerise gefasst in den gewaltigen Schatten des Drachen trat. Dort legte sie den Kopf zurück, um die Kreatur in ihrer ganzen Größe zu mustern. So sehr war sie vom Anblick des Königs gefesselt, und er von ihrem – und Prinz Reginald von seiner Sorge um sie –, dass keiner mehr Dahr Beachtung schenkte. Dieser trat nun beiseite, neigte den Kopf über gekreuzten Armen zur Sonne und murmelte unhörbar vor sich hin. Die Luft bemerkte es – sie fröstelte und trübte sich kurz ein –, doch niemand sonst.

Die Stimme der Prinzessin klang klarer und fester als noch kurz zuvor. »Robert. Höre mich. Wo immer du bist, höre mich, Robert!«

Die Rubinaugen verengten sich zu wachsam schimmernden Schlitzen, davon abgesehen aber zeigte der König weder Interesse noch ein Zeichen des Erkennens. »Du weißt, wer ich bin«, sagte die Prinzessin. »So, wie ich es wüsste, wenn du wirklich ein Drache wärst – anstatt seiner Seele.« Sie zögerte, sich ihres Wagnisses kurz nicht mehr sicher, dann fuhr sie entschlossen fort. »Ich habe recht, Robert. Ich weiß, dass ich recht habe! Was *er* vorgibt, zu sein –, das bist du. Sieh mich an – rede mit mir. Ich habe keine Angst.«

Soweit Prinz Reginald das beurteilen konnte, hatte sie sogar sehr große Angst, genau wie er. Neigten Monster gemeinhin dazu, im Morgenlicht merklich zu schwinden, so schien der König seit Tagesanbruch nur noch größer. Vielleicht erwuchs die Täuschung aus dem Goldschimmer der Schuppen im Sonnenschein und dem Gegensatz der

Schatten unter den knochigen Schwingen, so riesenhaft, selbst wenn er sie anlegte. Der Drache neigte den Kopf zu Prinzessin Cerise, bleckte eine endlose Reihe fast zwei Handbreit langer Zähne und ließ die rote, gespaltene Zunge aufblitzen. »*Robert?*«, fragte die Prinzessin.

Was als Nächstes geschah, geschah überaus schnell.

Der Zauberer wandte sich dem König zu. Seine nicht länger überkreuzten Arme sprangen wie aus eigener Kraft empor – Flügel, endlich befreit –, und der gewaltige Schrei, den er ausstieß, konnte unmöglich einer menschlichen Kehle entstammen. Die beiden Menschen, die ihn hörten, hatten ihn zuvor schon gehört und erkannten ihn sogleich: als den Jagdruf eines Königsdrachen, der seine Beute erspäht. Wie als Reaktion hierauf packte die Bestie Prinzessin Cerise mit dem Maul und hob sie hoch, dass es Prinz Reginald eiskalt den Rücken hinablief. Er dachte daran, wie Dahrs Drachen mit den Soldaten Bellemontagnes gespielt, sie in die Luft geworfen und wie Federbälle hin und her geschlagen hatten, und die Erinnerung erfüllte ihn mit Übelkeit. Er trat vor und holte weit mit dem Bidenhänder aus, in der Absicht, mit aller Kraft zuzuschlagen, welcher Teil des Königs auch immer in Reichweite kam. Doch die Vorstellung, dass der aufgebrachte Drache die Prinzessin fallen lassen oder ihr Schlimmeres antun könnte, hielt ihn zurück. Stattdessen wirbelte er frustriert herum und schlug Dahr mit der flachen Seite des großen Schwertes nieder. Der Zauberer bot weder Protest noch Gegenwehr, fiel bloß kichernd auf den Rücken. Prinz Reginald sank auf die Knie und fing zu beten an. Er verstand sich nicht besser darauf als Prinzessin Cerise aufs Ohnmächtigwerden …

… was sie just mit ernstlichem Verdruss erfüllte, angesichts dieses grässlichen und höchstwahrscheinlich letzten Moments ihres Lebens. Gleichwohl: So wie ihr Augenblick der Geborgenheit in Prinz Reginalds Armen sich als herbe Enttäuschung entpuppt hatte, erwies sich der Höhenflug in den furchtbaren Fängen eines legendären Grauens – zu ihrem eigenen Grauen – nicht bloß als mitreißend, sondern bedenklich romantisch. Die riesenhaften Zähne berührten kein Mal ihre Haut, selbst wenn sie sich wehrte; und wenn doch, dann fühlte es sich fast wie eine Liebkosung an. Der Atem des Drachen, obschon kräftig und heiß, war nicht unangenehm; durchaus gehaltreich, dennoch lag auch ein Duft von Blitzen darin, wie wenn ein Gewitter sich über das Meer nähert. Die Prinzessin mochte Gewitter.

Eine Stimme sprach in ihrem Kopf zu ihr.

Prinzessin Cerise war es gewohnt, in ihrem Kopf Stimmen zu hören – meist die ihrer Mutter, Königin Hélène, die ihr noch einmal *(und auch zum letzten Mal, Cerise)* erklärte, weshalb es sich für eine Adlige nicht schickte, ihren Lehrer mit Papierkügelchen zu bewerfen und den Küchenmädchen beizubringen, wie man einen *Schottische* tanzt. Diese Stimme jedoch hörte sie auch überall um sich herum. Sie drang ihr bis ins Herz und sagte: »*Ich bin hier, Prinzessin. Ich bin hier.*«

»Oh«, sagte Prinzessin Cerise. »*Oh.*«

»*Keine Angst.*« Die Stimme war unverkennbar sacht und redlich, unverkennbar Roberts. »*Bitte, ich bin es nur.*«

Die Prinzessin, die mehr oder minder quer im Maul des Königs lag, setzte sich achtsam auf, dann schaffte sie es zu stehen und hielt sich unsicher am rechten Eckzahn des Drachen fest. »Ich *habe* keine Angst! Das habe ich dir doch gesagt.« Vom Wellengang der Drachenzunge unter ihren

Füßen wurde ihr übel. »Ich habe also recht?«, fragte sie. »Du bist derjenige, der sich mit dem König … keine Ahnung … *vermischt* hat, so wie Dahr es von sich behauptet? Du bist der König und er bist du – ist es das?« Er antwortete nicht gleich. »Jetzt sag schon, Robert«, drängte sie ihn. »Es war ein echt langer Tag.«

Er lachte – *so nahe* – und klang genauso matt, wie sie sich fühlte. *»Nein, ich fürchte, nichts dergleichen. Niemand kann das – sich mit einem Drachen vereinen, fühlen, was er fühlt, was ein Drache ist. Niemand.«*

»Aber du bist ein Drachenmeister. Musst es sein. Sonst …« Prinzessin Cerise fühlte sich sehr, sehr müde. »Sonst ergibt alles keinen Sinn.«

»So was wie ein Drachenmeister existiert nicht. Ich habe eine ziemlich lange Nacht gebraucht, um das zu lernen. Dahr ist mächtig genug, sogar einen König zu reiten – sofern der König, so wie dieser, ihm das gestattet, aus seinen eigenen Beweggründen, zu seinem eigenen Vergnügen. Dahr ist aber nicht … was ich bin.« Nach kurzer Pause ergänzte er: *»Oder zu sein scheine.«*

»Was du zu sein scheinst«, wiederholte Prinzessin Cerise. »Aber was *ist* das? Und wo bist du?« Als er sich aufreizend lange Zeit mit der Antwort ließ, fand sie heraus, dass der Rachen eines Königsdrachen über einen ganz hervorragenden Hall verfügt. »Robert, ich bin immer noch deine Prinzessin! Das mag keine große Rolle mehr spielen …« Mit sanfterer Stimme fügte sie hinzu: »Finde ich zumindest.« Dann, nachdrücklicher: »Doch bin ich deine Weggefährtin, genau wie Prinz Reginald, und wir drei haben gemeinsam eine Menge durchgemacht … lebst du denn noch, Robert? Bist du noch am Leben?«

Diesmal kam die Antwort rasch und herzlich. »*Ja, das bin ich, versprochen! Ich bin nirgendwo hin – ich musste nur sicherstellen, dass Euch nichts passiert.*« Ein kurzes Glucksen. »*Und bei den Göttern, Ihr werdet nie sicherer sein als jetzt.*« Abermals hielt er inne, nur einen Moment; sie spürte ihn nach Worten suchen. »*Ich glaube, was ich bin, ist eine Art … Drachenfreund. Ich weiß nicht, wie ich es sonst nennen soll. Vermutlich hätte ich es schon längst wissen sollen, selbst als ich noch kein Freund war, sondern nichts als ein Metzger, ein Schlächter – selbst dann hätte ich es wissen sollen, wusste es auch.*« Er wählte seine Worte.

»*Drachen sprechen zu mir, das haben sie immer schon. Ich habe bloß lange gebraucht, das Zuhören zu lernen.*«

»Jene Drachen«, sagte sie langsam. »Die uns angriffen – du hast zu ihnen gesprochen. Hast sie dazu gebracht, einander zu töten. Und dann in Krijes Burg, gestern …« *Gestern … aber ist es nicht immer noch gestern? Alles ein langes, langes Gestern, seit wir Bellemontagne verlassen haben … ein langes Gestern …*

»*Dahrs Drachen sind nicht wie die anderen. In gewisser Weise sind sie nicht einmal echte Drachen. Trotzdem haben sie mich aber erkannt. Damals konnte ich sie nicht beherrschen, solange Dahr in der Nähe war. Mittlerweile könnte ich es.*«

Die ruhige Gewissheit, mit der er das sagte, jagte ihr Angst ein. *Kennen wir einander jemals wirklich?* »Aber der König?« Sie dachte an Dahrs Prahlerei. »Kannst du den König beherrschen.«

»*Nein, natürlich nicht. Niemand kann das. Ich bin nur … auf Besuch.*«

Als hätte er ihnen zugehört – *und wie könnte es auch*

anders sein? –, erklang ein Grollen unter ihren Füßen und das mächtige Maul ging noch weiter auf, sodass Prinzessin Cerise, die sich nach wie vor an dem Eckzahn festhielt, mit einem überraschten Aufschrei emporgehoben wurde. »Schluss damit!«, verlangte sie, ohne nachzudenken. Es folgte ein weiterer tiefer Laut, einer, der aus einer menschlichen Kehle fast als Lachen hätte gelten können, und die Prinzessin fand sich zurück auf der nur unwesentlich trittfesteren Drachenzunge.

»Danke schön«, sagte sie höflich und bloß ein bisschen aus dem Gleichgewicht.

»Ich glaube nicht, dass Könige Dankbarkeit verstehen«, kommentierte Roberts Stimme. *»Sie haben mit menschlichen Wesen nicht viel zu schaffen, außer versehentlich – wenn sie auf Häuser oder Städte treten und so fort.«*

»Dahr sagte, er sei der Letzte. Der Letzte der Könige.«

»Dahr möchte das gerne. Genau wie er glauben will, dass er wirklich vereint mit ihm ist – dass sie dasselbe Wesen sind. Ist er nicht, sind sie nicht. Der König folgte uns aus Gründen, die nur er kennt, nicht, weil Dahr es ihm befahl. Und er ließ Dahr unter seine Fittiche wie einen …«

»Floh«, sagte die Prinzessin ruhig. »Wie einen Floh.«

»Ja genau.« Robert zögerte. *»Hoheit, ich bat den König, Euch aus der Gefahrenzone zu holen, weil ich nicht wusste, was Dahr vorhat, oder was Prinz Reginald versuchen würde, um Euch zu retten. Der Prinz hat Mut, aber ich möchte vorschlagen, dass Ihr spitze Dinge von ihm fernhaltet, wenn Ihr …«* Prinzessin Cerise holte schon Luft für einen Einwand, aber Robert führte den Gedanken nicht aus. *»Ich kann dem König keine Befehle erteilen, genauso wenig, wie Dahr das kann. Jedoch nehme ich an, dass er Euch absetzen wird, wenn ich ihn*

freundlich bitte. Höflichkeit scheint einen Unterschied zu machen.«

»Robert, ich …«, hob sie an. Da merkte sie, dass er nicht länger da war, wo auch immer *da* eigentlich war. Im nächsten Moment fand sie sich unbehelligt auf dem morgendlichen Gras wieder, ohne den Übergang richtig bemerkt zu haben, so behutsam und elegant hatte sich ihre Freilassung vollzogen. Sie wandte sich zum König um und machte einen Knicks, wie ihre Mutter es sie oft und geduldig gelehrt hatte. *(Weil es die höfliche Art ist, Cerise! Weil man dich für ein entzückendes kleines Mädchen halten wird, wenn du das tust, und niemand außer dir und mir wird je die Wahrheit erfahren.)* Das schreckliche Haupt schien sich in einer Art Erwiderung zu neigen. Dann trat Robert aus des Drachen Schatten, und die Prinzessin flüsterte seinen Namen und vergaß Knickse und so ziemlich alles sonst.

Das Erste, was sie sagte, die Worte gedämpft von seinen Lippen, war: »Mach dir keine Sorgen wegen meiner Mutter.«

Das Erste, was er sagte, während er abwesend versuchte, ihre Haare aus seinem Mund zu kriegen, war: »Deine Mutter lässt mich dermaßen hinrichten.«

Das Zweite, was er sagte, als er über ihre Schulter sah, war: *»Runter!«*

Sein brutaler Stoß warf sie flach zu Boden. Er stürzte neben sie, einen Sekundenbruchteil, ehe ein Feuerstoß, so heiß, dass er ihnen die Haarspitzen versengte, über sie hinwegfuhr und einen Baum auf dem Feld zu Asche verbrannte. Obwohl Robert sie niederzudrücken versuchte, hob Cerise den Kopf weit genug, den Zauberer Dahr zu sehen, wie er auf sie zustürmte, und Feuer nicht bloß atmete und spie, sondern lächelte, es sang, es hinausschrie und aus den Mundwinkeln versprühte. Sie und Robert lagen schutzlos in seinem Weg, und das Einzige, was zwischen ihnen und einem knusprig gebratenen Ende stand, war Prinz Reginald. Die Flammen zwangen ihn jedoch auf Abstand, sodass ihm nur der Versuch blieb, dem verrückten Zauberer mit dem Bidenhänder ein Bein zu stellen und darauf zu hoffen, dass er fiel. Es funktionierte nicht.

»Renn weg«, sagte Robert.

»Nichts da«, antwortete Prinzessin Cerise.

Sie hatte sogleich Gelegenheit, dies zu bedauern. Robert war schon auf den Beinen, rannte über das Feld und schrie herausfordernd Schimpfworte zurück, die seine Mutter schockiert, aber Ostvald und Elfrieda gewiss mächtig beeindruckt hätten. Dahr setzte ihm nach, brannte sich wie Feuer seinen Weg und holte Robert ein, als stünde dieser still. Sein Gelächter sandte zischende Flammen über Roberts Rücken, und die Prinzessin zuckte bei jedem Hieb vor Pein zusammen.

Ihnen auf den Fuß folgte Prinz Reginald; doch die Erschöpfung und die Last des Bidenhänders hielten ihn auf. Als er die Vergeblichkeit seiner Mühen erkannte, hielt er abrupt inne und schleuderte dem Zauberer das große Schwert hinterher, um keuchend auf die Knie zu sinken. Das Schwert überschlug sich dreimal in der Luft und grub sich tief zwischen die Schulterblätter des Zauberers, der von der Wucht des Aufpralls zu Boden geworfen wurde. Er hustete noch einmal Feuer, dann bewegte er sich nicht mehr.

Bis Prinz Reginald sich wieder auf die Beine gekämpft hatte und um Atem rang, saß Robert schon neben Dahr gekauert. Sein Hemd war fast völlig zu Asche verbrannt, sodass der Prinz die Brandspuren darunter sah. Sie blickten einander über den Zauberer hinweg an. »Danke«, sagte Robert.

»Keine Ursache«, antwortete Prinz Reginald. »Ist ja irgendwie, was wir Helden so machen, du weißt schon.« Mit außerordentlich blassem Gesicht starrte er auf den reglosen Zauberer zu seinen Füßen. Der Bidenhänder hatte ihn komplett durchbohrt; man sah die Spitze aus seiner Brust ragen. »Entschuldigung … Ich habe noch nie jemanden umgebracht«, sagte Prinz Reginald und übergab sich.

Robert dachte an einen anderen flammenreichen Tag. Er blieb, wo er war, und ignorierte die Schmerzen, bis Prinz Reginald sich halbwegs gefangen hatte. »Wir könnten ihn gleich hier begraben«, schlug er vor. »Es spricht zumindest nichts dagegen.«

»Außer, dass wir keinen Spaten haben. Wir müssten mein Schwert nehmen.«

Robert zuckte die Achseln. »Scheint mir angemessen.« Er hielt Dahr und Prinz Reginald zog mit raschem Ruck den Bidenhänder heraus. Nachdenklich drehte Robert den Toten auf den Rücken, um sein Gesicht zu studieren, das nun beinahe friedlich, zur Ruhe gekommen wirkte. »Ein bemerkenswerter Mann«, sagte er leise.

Prinz Reginald schnaubte. »So bemerkenswert, dass ich der Sache erst traue, wenn er unter der Erde ist. Wenn überhaupt.«

»Durchaus verständlich«, sagte der Zauberer.

Er setzte sich auf, die Augen geöffnet, und breitete lächelnd die Arme aus wie ein Jahrmarktskünstler, der einen großen Trick präsentiert hat. »Danke, dass ihr mir den

Spieß rausgezogen habt. Ich hätte es auch selbst hingekriegt, bin aber nicht mehr so gelenkig wie früher.«

Sein Lächeln wurde breiter, während er sich an den beiden fassungslosen Gesichtern ergötzte. »Hast du gedacht, ich habe nichts daraus gelernt, dass dein geschätzter Vater mich zu Tode prügelte?«, fragte er den Prinzen. »Sterben ist nicht gleich sterben – und wenn man nicht gleich den Kopf verliert, geht man umso klüger daraus hervor.« Er stand auf und streckte Arme und Schultern, als wäre er gerade aus einem Schläfchen erwacht. »Bedauerlicherweise gilt das nicht für solche wie euch. Dem Grundsatz nach aber verhält es sich so.«

»Wusste ich's doch, dass er Feuer spucken kann«, murmelte Prinz Reginald.

Prinzessin Cerise kam auf sie zugerannt. Robert winkte mit beiden Händen ab, und ausnahmsweise hörte sie auf ihn und blieb stehen. Ihr Gesicht war alt vor Furcht.

Prinz Reginald war in die Hocke gesunken und rupfte ziellos im Gras. »Es stimmt, was er gesagt hat, über sich und den Drachen. Es stimmt einfach alles.«

»Nein«, sagte Robert. »Nein, es stimmt nicht.« Er trat auf Dahr zu und kam ihm so nahe, dass der andere einen Schritt zurückwich. »Du bist ein sehr mächtiger Zauberer, guter Dahr. Du kannst Drachen erschaffen, die dir dienen, und du kannst einen Mann in eine goldene Statue verwandeln und Feuer speien. Doch hast du die ganze Nacht darum gekämpft, dass ein König dich einlässt, als Teil seiner selbst annimmt, und hast verloren. Und du hattest nie eine Chance, ja *musstest* verlieren, weil du nicht die leiseste Ahnung hast, was ein König eigentlich ist – nicht mehr als ich zumindest.«

Er bedrängte Dahr noch mehr, tippte dem Zauberer

sacht, aber beständig mit dem Zeigefinger auf die Brust. »Du bist ein Schmarotzer, Dahr. Für einen Königsdrachen sind wir alle Schmarotzer, aber manche von uns wissen das, und andere nicht. Du wirst es niemals lernen, egal wie oft du stirbst und wiederauferstehst. Weisheit ist nicht gleich Weisheit.«

Dahr zitterte und rang sichtlich um Fassung. »Und du? Du hast doch ebenfalls die ganze Nacht vergeblich versucht, dich mit dem König zu vereinen. Ich habe deine Gegenwart gespürt – und dein Scheitern. Leugne es nur, Junge, aber selbst ein *Schmarotzer* …«

Robert unterbrach ihn. »Nein, ich leugne es nicht, denn es ist nur die Wahrheit. Mit ganzem Herzen bin ich in den Schatten des Königs gesprungen, wollte wissen, was ein König weiß, seinen Schatten umarmen und von ihm umarmt werden, wollte mein Menschsein abstreifen – einmal nur den dämlichen *Robert* los sein und eins mit etwas Herrlichem, Prachtvollem und Sorglosem werden. Oh, ich verstehe dich, Dahr. Gestern tat ich das vielleicht noch nicht, doch heute schon.«

Er bebte nun gleich dem Zauberer, und seine Stimme war heiser vor lauter Verausgabung. »Dann aber dachte ich an Odelette. An meine Schwestern und Brüder, und an Ostvald und Elfrieda …« Er sah Prinz Reginald direkt in die Augen. »Und ich dachte an Prinzessin Cerise.«

Prinz Reginald nickte stumm. Robert fuhr fort: »Und ich dachte, vielleicht wäre es gut … sich mit weniger zu begnügen. Besser sogar.«

»Ich werde der Prinzessin nie erzählen, was du da gesagt hast«, antwortete ihm Prinz Reginald. »Das soll mein Hochzeitsgeschenk für dich sein.« Robert lächelte.

»Entschuldigt«, mischte Dahr sich nicht unhöflich ein. »Eine Hochzeit wird es nicht geben. Feuerspucken ist ja dramatisch, aber ehrlich gesagt auch ganz schön anstrengend. Manchmal vergesse ich, wie alt ich bin.« Prinz Reginald machte einen Hechtsprung zum Bidenhänder, aber Dahr vollführte eine Geste, so anmutig wie eine Tanzbewegung. Das Schwert flammte der Länge nach auf, heller als die goldenen Schuppen des Königs, und zerfiel zu Asche, brüchig wie ein schwarzes Holzscheit. Prinz Reginald rollte sich zur Seite und blies sich auf die Finger.

»Ich muss mich den Tatsachen stellen«, sagte der Zauberer bedauernd. »Ich bin einfach nicht mehr in der Verfassung, Leute durchs Unterholz zu jagen. ›Schlichtheit‹ soll von nun an die Devise lauten – Schlichtheit und *Rache*, denn Rache ist die Zutat, welche allem erst die nötige Würze verleiht.«

Dahr ignorierte Robert und ließ nachdenklich den Blick auf Prinz Reginald ruhen. Sein Mundwinkel zuckte, als leckte er den Schmerz des anderen wie Blut auf. »Vor langer Zeit hat dein Vater mich getötet, gestern vollzog ich meine Rache an ihm. Und heute hast du mich nun umgebracht – was muss ich nur tun, dass mir endlich keiner aus deiner Sippschaft mehr Ärger macht?« Er führte ein Possenspiel auf, als müsste er sich erst den Kopf zermartern, während Prinz Reginald gleichsam plakativ die Glieder für einen letzten, hoffnungslosen Angriff lockerte und Robert sich bereit machte, ihn davon abzuhalten. Auf eine entrückte Art und Weise kam ihm der Gedanke, dass der Prinz tatsächlich ein recht ehrenhafter Mann war und dass es nett gewesen wäre, lang genug zu leben, ihn besser kennenzulernen.

»Ich hatte überlegt, euch einfach in Möbelstücke zu verwandeln«, sagte Dahr. »Im Stile des verschiedenen – doch stets präsenten – König Krije. Ich erwog auch, ob es nicht interessanter wäre, euch einander auffressen zu lassen – ein schmutziges Geschäft, fürwahr – oder Insekten heraufzubeschwören, damit sie das übernehmen. Würde zwar länger dauern, wäre dafür aber gründlicher. Falls einer von euch hierzu vielleicht eine Ansicht …«

»Meiner Ansicht nach«, unterbrach Robert ihn barsch, »willst du uns auf teuflische Weise zu Tode langweilen. Bislang funktioniert es.«

»Hab Mitleid!«, stimmte Prinz Reginald ein. »Was du uns auch antust, großer Zauberer, wir flehen dich an – hör zu *reden* auf und bring es hinter dich. In meinem ganzen Leben als Schurken metzelnder Held habe ich nie einen getroffen, der derart *geschwätzig* war!«

Es war eine kindische, nutzlose Provokation, und Robert hatte selbst keinen Schimmer, was sie damit zu erreichen hofften. Irgendwie war es einfach besser, als kleinlaut dazustehen und abzuwarten, bis man sie auf magische Weise ermordete – oder Schlimmeres. Und es trieb dem Zauberer eine Vielzahl ungewöhnlicher Farben ins Gesicht, was allein die Sache wert war. Auch die Laute, die er äußerte, klangen kaum nach Beschwörungsformeln, und das war ebenfalls schön.

»Sehr gut, sehr gut«, waren die ersten Worte, die wieder Gestalt annahmen. »Hervorragend. Ihr habt eure Wahl also getroffen, und ich danke euch dafür. Ihr werdet euch meinen Drachen anschließen – der eine soll seine Tage damit verbringen, den goldenen Thron zu bewachen, der kürzlich noch sein vielbeweinter Vater war …« Da sprang

Prinz Reginald ihn an, und es kostete Robert all seine Kraft und auch ein blaues Auge, ihn zurückzuhalten. Dahr nickte wohlgefällig.

»Hervorragend«, wiederholte er. »Prächtig! Einen prächtigen Drachen wirst du abgeben, und immer auf der Hut, aus zweierlei Gründen. Zum einen der Hoffnung wegen, Krije irgendwie seine alte, abstoßende Gestalt wiederzugeben. Zum anderen aufgrund der klitzekleinen Aussicht darauf, dass ich eines fernen Tages *vielleicht* nicht richtig aufpasse.« Mit alter Haltung strahlte er sie an. »Nichts von beidem wird je eintreten, aber es ist immer wichtig, einen Traum, einen innigen Wunsch zu haben, der das Leben mit Sinn erfüllt.« Er zwinkerte Prinz Reginald zu. »Wie ich selbst am besten weiß.«

Hinter ihnen sah Robert die Prinzessin, die sich um ihre missliche Lage gar nicht zu kümmern schien, sondern halb im Schatten des Königsdrachen stand, so wie er dort gestanden und sich ersehnt hatte, für eine Nacht von einer Macht, die größer war als all sein Sehnen, aufgenommen, umfangen, verschlungen zu werden. *Nein, Cerise – geh nicht, wohin ich beinahe ging –, es ist so schwer, zurückzukommen, und ich weiß nicht, ob du es wollen würdest so wie ich. Bleib, Cerise …*

Die Schwingen taten sich auf.

Die Morgensonne brachte einen ganz eigenen Glanz auf ihren Unterseiten hervor – zwischen Purpur und Fliederfarben –, den Robert im Licht des Halbmonds nicht bemerkt hatte. Zur Gänze ausgebreitet, von Flügelspitze zu Flügelspitze, schienen sie länger als der König selbst zu sein, und Robert begriff, was ihm die Augen verwirrt hatte: das besondere Glitzern der Schuppenkanten, rasiermesserscharf und nicht weniger tödlich als Zähne und Feueratem des Drachen. *Cerise, Cerise …*

Instinktiv wandte er den Blick ab, damit Dahr – oder auch Prinz Reginald – ihm nicht folgten. Er hätte sich nicht zu sorgen brauchen: Der Zauberer schwelgte in seinen Rachegelüsten. »Was dich angeht – Schädlingsbekämpfer, Kammerjäger, Rattenfänger –, *dein* Wunsch soll beinahe in Erfüllung gehen: Du magst zwar nicht in einen König verzaubert werden, wie du es dir dein Leben lang von Herzen gewünscht hast – habe ich nicht recht, Junge? –, doch sollst du weit über deinesgleichen erhöht werden, mehr, als du verdienst.« Er reckte sich wohlig wie eine Katze bei dem Gedanken und krümmte gar die Finger vor Behagen.

Nicht hinsehen, nicht hinsehen … lass ihn bloß nicht den Kopf drehen …

»Du sollst mein höchsteigener Drache werden – mein persönliches Reit- und Schoßtier, mein Schild und mein Schemel. Stets an meiner Seite (glaub mir, die anderen werden dich hassen dafür), wirst du über meinen Schlaf und meine Spaziergänge wachen. Jeder Ruf, jede Laune, jede Sorge und jede Gefahr, die mir droht, sollen dir Befehl sein. Wie einem Hund, sagst du?« Er streckte die Hand aus, um ihm den Kopf zu tätscheln, und Robert spürte das Kratzen der Fingernägel, ehe er sich entzog. »Ganz genau!«

Behalt die Kontrolle. Halt seinen Blick fest. »Und wieso sollte ich mich darauf wohl einlassen?« *Halt seinen Blick!*

»Oh. Eine verständliche Frage.« Der Zauberer tat erst verblüfft, dann grüblerisch. »Nun, vielleicht, weil die Erfahrung dich lehren mag, dass jemandem etwas Unbekömmliches widerfährt – oh, gewiss nicht deiner Prinzessin, aber denkbarerweise doch ihrer Familie –, solltest du dir je gestatten, auch bloß einen Moment lang über etwas nachzudenken, das nicht meinem unmittelbarem Wohle dient. Das wäre doch ein guter Grund, oder nicht?«

Prinz Reginald hatte etwas anzumerken. »Der König fliegt los«, staunte er im Plauderton, an niemand Bestimmten gerichtet. Der Zauberer blinzelte und schüttelte verärgert den Kopf, dann wandte er den Blick.

Ausgerechnet Robert, der sich vom ersten Moment an gefragt hatte, wie ein so großer Drache überhaupt abheben konnte, bekam diese spezielle Technik nie zu sehen. Zu beschäftigt war er, Dahr abzulenken, und um dem Zauberer die Sicht auf den König zu verwehren, hatte er dem Drachen den Rücken zugekehrt. Bis er sich umdrehte, hatte der König sich längst emporgekämpft und stieß auf sie herab. Fast anmutig glitt er, mit kaum einem Flügelschlag, mehr wie ein fallendes Blatt als ein Monster von den Ausmaßen des Großen Saals von Schloss Bellemontagne. Die Rubinaugen hatte er halb geschlossen – *das tun sie immer, wenn sie aus dem Flug angreifen, hat Vater erzählt* –, doch das riesenhafte Maul, in dem Prinzessin Cerise gestanden hatte, war weit offen, und einen Moment lang bildete Robert sich ein, dass er bis tief hinab in den schreiend roten Schlund blicken konnte, dort, wo das Feuer schlief. Er erhaschte einen raschen Blick auf die Prinzessin, die sicher, außerhalb des Schattens am Boden stand, ehe der König den Himmel ausfüllte.

»Nein«, sagte Zauberer Dahr, recht verhalten angesichts der Umstände. »Oh nein, kommt nicht in Frage.« Der König stieß einen gellenden Schrei aus, und Robert und Prinz Reginald warfen sich hin und hielten sich die Ohren zu.

So sahen sie zwar nie die Flammen, aber sie spürten sie

auf ihrer Haut. Für Robert klang es, als schlüge der gesamte Himmel im Wind wie Wäsche auf der Leine. Noch Tage später ging dieses Geräusch ihm nach – doch was noch länger währte, war jener kleine Ausruf peinvoller Verblüffung, den er sich zu gerne nur eingebildet hätte.

Da es ihm insgesamt das Beste zu sein schien, die nächsten ein, zwei Jahre mit fest geschlossenen Augen auf dem Gesicht zu liegen, war es Prinz Reginald, der das weiße Aschehäuflein als Erster entdeckte. Es rauchte noch – der Prinz erinnerte sich nur zu gut an vergleichbaren Rauch – und roch ein bisschen nach Haarpomade.

»Nun denn«, sagte er laut. »Ich mag mich ja täuschen, doch *sollte* man annehmen, dass das nun reicht.« Robert aber hob erst den Kopf, als Prinzessin Cerise zu ihm kam.

ZWEIUNDZWANZIG

Ihr Name ist Marie-Galante«, sagte Robert seinen Schwestern, während der eisweiße Drachling sich auf seiner Hand putzte. »Ihr müsst sie immer beim vollen Namen rufen, sonst hört sie nicht.«

Patience hüpfte vor schierem Entzücken, Rosamonde aber, die solche Fragen immer sehr genau nahm, legte die Stirn in Falten. »Marie-Galante? Das ist doch ein Prinzessinnenname!«

Selbst Odelette zeigte sich etwas verwundert. »Gaius Aurelius … bist du dir sicher? Ich habe, glaube ich, noch nie von einem Drachen gehört, der …«

»*Das ist ihr Name!*« Seit seiner Rückkehr war Robert etwas kurz angebunden. »Die anderen akzeptieren es schon, und darauf kommt es an.«

»Marie-Galante … Marie-Galante«, sang Patience glücklich und kraulte den weißen Drachling vorsichtig mit dem Zeigefinger am Hals. »Vielleicht ist sie ja wirklich eine verwandelte Prinzessin?«

»Mädchen, ihr kommt noch zu spät zur Schule!«, schalt Odelette ihre Töchter. Üblicherweise hätten Patience und Rosamonde zu diesem Zeitpunkt schon ihr Frühstück verschlungen und wären so gut wie zur Tür hinaus, aber sie waren zu beschäftigt damit, mit dem kleinen Drachen zu spielen – im Gegensatz zu ihren älteren Brüdern, die so taten, als wären sie zu alt dafür (dabei schlief Caralos in letzter Zeit gern mit dem scheuen Reynald auf dem Kissen, wenn er damit durchkam).

Robert schritt derweil aus der Küche und ging nach oben auf das Zimmer, das einst der ruhigste und sicherste Ort auf der Welt gewesen war, vor gerade mal ein paar Jahrhunderten. Nun war es laut vor Erinnerungen, übersät von Katastrophen, für die ihn alle Welt unbedingt feiern wollte. Seit seiner Rückkehr schlief er oft im Zimmer seiner Brüder. Sein Stöhnen und Wimmern weckte sie zwar verlässlich aus dem Schlaf, doch sie kannten die Härten des Heldenlebens und wussten, dass sich da nichts machen ließ.

»Geh weg, Mutter«, sagte er, obgleich sie gar nicht geklopft hatte. Odelette sagte auch nichts, aber irgendwann stand er auf und öffnete ihr die Tür. »Ich bin müde, Mutter.«

»Wenn du nicht schlafen kannst, kann ich auch nicht schlafen, Gaius Aurelius Konstantin.« Sie marschierte an ihm vorbei, setzte sich aufs Bett und klopfte fest auf die Decke, damit er sich neben sie setzte. »Ostvald und Elfrieda waren gestern zweimal hier. Sie haben dich gesucht.« Weder antwortete Robert noch setzte er sich aufs Bett. »Und Prinz Reginald …« Odelette lächelte versonnen wie beim Gedanken an einen geschätzten Verwandten in einem weit entfernten Land. »Der Prinz hat gehofft, dich hier anzutreffen.«

Robert sah sie von der Seite an. »Was hast du ihnen gesagt?«

»Dasselbe wie immer. Genau wie besprochen.« Odelette hüllte sich in leichte Gekränktheit wie in eins ihrer Lieblingskleider. »Ich habe ihnen gesagt, dass du vollauf von den Pflichten deiner legendären Profession vereinnahmt bist …«

»Das mache ich nicht mehr, niemals wieder!«

»… edle Rosse von ihrer unerträglich lästigen Parasitenplage zu kurieren.« So gut er seine Mutter kannte, ihr Satzbau nötigte ihm immer wieder Respekt ab. »Oh, und König Antoine hat gleich zweimal Boten geschickt … jedermann sah sie zu unserer Tür galoppieren …«

»Götter, oh Götter.« Langsam nahm Robert Platz, fast ohne es zu merken. »Haben sie dir geglaubt?«

Hat sie immer schon so den Kopf gedreht, als würde sie mich um die Ecke mustern? »Nun, da kann ich mir leider nicht ganz sicher sein. Du weißt ja, was Ostvald über Könige sagt …«

»Mutter.« Robert sprach betont ruhig mit ihr, was ihm keineswegs leichtfiel.

»*Was* ich aber weiß …« Mehr, als dass sie die Stimme hob, störten ihn ihre Augen, die plötzlich größer und dunkler wirkten und ihn an andere Augen denken ließen. »Was ich sicher weiß, ist, dass ich mich schämen müsste für meinen Sohn, zum ersten Mal in meinem Leben, wenn er es wagen würde, sich aus Bellemontagne zu stehlen, ohne Prinzessin Cerise richtig Lebewohl zu sagen! So habe ich dich nicht erzogen, Gaius Aurelius Konstantin …«

Robert hatte seine Mutter noch nie weinen sehen. Niemals, nicht in achtzehn Jahren leidiger wie liebevoller Irrungen und Wirrungen. Allein die Vorstellung einer in Tränen aufgelösten Odelette Thrax ergab noch weniger Sinn als die Erinnerung an den Zauberer Dahr, der trotz eines Bidenhänders durch seine Brust wiederauferstanden war. Doch sah er die Tränen im Dämmerlicht glitzern, und ihre Hand, die sie wütend fortwischte, dass sie *aufhörten*, und er wusste ohne jeden Zweifel oder Worte, dass er verloren war.

»Dann erklär mir doch bitte, was Cerise und ich einander denn noch sagen sollten? Nach allem, was wir miteinander durchgemacht haben, wissen wir beide Bescheid. Sie kann nicht ändern, was sie ist, und ich würde das auch gar nicht wollen.« Er nahm Odelettes Hände, damit sie ihn ansah. »Und der arme Reginald … Reginald gäbe alles, was er hat, um bloß nicht König von Corvinia zu werden, besonders, da ihm nun klar ist, dass er wirklich der tapfere Held ist, nach dem er zufällig aussieht. Früher oder später wird er nach Hause gehen und Krije aus diesem goldenen Thron befreien müssen, in den Dahr ihn gesteckt hat.« Er konnte sich ein leises Glucksen nicht verkneifen. »Dem alten Ekel wird es kaum geschadet haben, und dem Prinzen erst recht nicht – wie soll man seinen Vater jemals wieder fürchten, wenn man ihn als aufgeputzte Fußbank kannte?«

Odelette schaffte es, gleichzeitig zu schniefen und zu kichern. Robert fuhr fort. »Und Cerise …« Er kostete den Namen nur sehr zögerlich. »Cerise muss die einzige Prinzessin Bellemontagnes sein, die sich je das Lesen und Schreiben beibrachte … mögen alle dummen Götter sie behüten, immerdar. Aber ihr bleibt ebenso wenig eine Wahl wie Reginald von Corvinia.« Er breitete fast flehentlich die Hände aus. »Verstehst du, Mutter? Du verstehst es doch?«

»Was soll ich deiner Meinung nach verstehen?« Odelette ging entrüstet auf Abstand. »Gaius Aurelius, ich bin eine dumme alte Frau vom Land, die bloß weiß, wie man eine Ziege melkt und abends die Hühner reinbringt …«

»Mutter, fang jetzt bloß nicht wieder …«

»Ich will dir aber sagen – da du nicht danach gefragt hast –, dass alle Drachen auf der Welt dich kennen werden, wohin du auch gehst. Kein einziger – ob riesig oder winzig klein, König oder Wändekrabbler –, der nicht deinen Geruch, dein Herz …«

»So einfach ist das nicht! Es ist *nie* so einfach …«

»Und was die Prinzessin anbelangt …«

»Mutter, ich schwöre, ich warne dich …«

Odelette packte seine Handgelenke und schüttelte ihn fester, als sie ihn je in seinem Leben geschüttelt hatte, selbst damals, als er die Schnappschildkröte im Bett seines Vaters versteckt hatte, weil Elpidus betrunken heimgekommen war und sie geschlagen hatte. »Und *ich* sage dir, dass die Prinzessin dir folgen wird, wohin du auch gehst. Weißt du das nicht?« *Götter, ich hatte ganz vergessen, wie stark sie ist!* »Wirklich nicht? Selbst *ich* weiß das, und ich bin bloß eine dumme alte Frau! Wenn du jetzt weggehst, ohne was zu sagen, wird sie dir auf den Fersen sein, solange deine Pferdeäpfel noch dampfen … Ist das nicht klar?« Wieder wurden ihre Augen feucht, doch die Tränen scherten sie nicht länger. »Das ist nämlich, was *ich* täte, und ich bin keine verdammte Prinzessin, aber so sind dumme Leute nun mal!«

Ich bin verloren. Verloren. Aus und vorbei.

»Ich rede mit ihr. Ehe ich irgendwo hingehe, führe ich ein ehrliches Gespräch mit ihr. Noch heute, versprochen! Bist du jetzt zufrieden, du schreckliche Person?«

Da lächelte seine Mutter plötzlich breit und lehnte selbst das durchaus saubere Taschentuch ab, das er ihr anbot. »Oh, ich bin ganz entspannt, Gaius. *Ich* bin die Entspannte.«

Als er schließlich aus dem Haus stolperte, bemerkte er

Ostvald und Elfrieda erst gar nicht, und sie traten auch nicht direkt auf ihn zu. Sie begleiteten ihn einfach, wie zu so vielen anderen Gelegenheiten seit ihrer Kindheit. Er brauchte auch länger als eigentlich nötig, um zu bemerken, dass sie Hand in Hand gingen, und dass Elfrieda auf Ostvald wartete, als diesem die Kutschenfeder runterfiel, die er ungeschickt mit sich schleppte. Keiner von beiden sagte ein Wort, doch sie lächelten einander an.

Schließlich blieb Robert stehen und wandte sich ihnen zu. »Es tut mir leid, ich habe euch nicht ignoriert.« Dann sagte er: »Doch, habe ich. Tut mir leid.«

»Wir haben einander Gesellschaft geleistet«, murmelte Ostvald eine Spur lauter als lautlos. Elfrieda errötete, widersprach aber nicht und ließ auch nicht seine Hand los.

»Während wir warteten, meine ich«, eilte sich Ostvald hinzuzufügen. »Darauf, dass du etwas sagst, meine ich.«

»Ihr habt uns heimgebracht«, sagte Robert, und als seine beiden ältesten Freunde nachdrücklich die Köpfe schüttelten, fuhr er fort. »Ihr habt uns gefunden – Prinzessin Cerise, Reginald und mich –, wie wir kopflos herumirrten, und habt uns sicher bis vor unsere Haustüren gebracht, ihr beide.« Er legte ihnen ganz sanft die Hände auf die Schultern. »Ich wusste, dass ihr da seid, ihr wart immer bei mir, ich konnte euch bloß nicht hören … nicht, wo ich war. Versteht ihr?«

Nach kurzem Zögern wagte Elfrieda sich vor. »Reginald … Er hat uns erzählt, dass du bei *ihm* warst, beim König …«

»Ich war niemals *vereint* mit dem König«, unterbrach Robert sie scharf. »Ich wurde nie *Teil* von ihm – das war Dahrs Traum, Dahrs arme Eitelkeit, nicht meine. Niemals meine, keinen einzigen Moment. Versteht ihr?«

Er bekam nie eine Antwort darauf, aber beide griffen sie nach seiner Hand und drückten sie. Schweigend liefen sie weiter und hielten nur gelegentlich, damit Ostvald seine Kutschenfeder auf der Schulter richten konnte. Erst, als Schloss Bellemontagne in Sicht kam, bog Robert ab und nickte entschuldigend. »Ich muss was erledigen«, sagte er. »Ich finde euch später.«

»Sie ist nicht da«, sagte Elfrieda. Robert starrte sie an, und seine Augen machten ihr Angst, obschon sie nicht hätte sagen können, wieso. »Du weißt, wo sie hingeht«, sagte sie.

Robert wandte sich ab, ohne zu antworten. Ostvald räusperte sich. »Nur … nur dass sie natürlich nicht immer da ist. Also nicht ständig …«

Für jemanden, der noch nie dort gewesen war, kannte Robert den Weg dahin sehr genau. *Durch die Königlichen Gärten … dann der Königliche Krocketplatz, an der Königlichen Laube links … ein Stück bis zur Königlichen Grotte … nach dem Königlichen Ziertürmchen beginnen schon die Königlichen Wälder, und nach einer Weile kommt da diese Lichtung mit dem Baum …*

Ihre Lichtung. Ihr Baum. Cerises Baum.

Doch nur Prinz Reginald war da. Reginald, zusammengesunken mit dem Rücken zum Baum und seinem unbestreitbar kräftigen Kinn müde auf die langen Finger gebettet. Für Robert sah er mehr denn alles andere wie ein einsamer Rittersmann aus, verlassen von einer wundersamen Geliebten, der er blass, in ewiger Verzweiflung, nachhängt. *Ich könnte mein Leben lang üben, geheime Mönchspraktiken studieren, damit Wände hochlaufen, und würde doch niemals, nie so aussehen. Keine Chance, Cerise.*

Prinz Reginald rappelte sich auf, als Robert die Lichtung

betrat, wich sogar ein Stück zurück, als hätte man ihn auf fremdem Grund überrascht. »Vergib mir, mein Freund«, murmelte er verlegen. »Ich habe bloß … Ich meine, ich habe gedacht … Überlegt …«

»Ja«, sagte Robert. Tatsächlich war es eine sehr kleine, verwilderte Lichtung; eigentlich nicht viel mehr als ein bisschen Gestrüpp. »Sie ist aber nicht hier.«

Reginald schüttelte den Kopf. »Ich habe gestern fast den ganzen Tag gewartet. Ich dachte … vielleicht, bloß eine Weile …« Er rieb sich hilflos den Nacken, ziellos, makellos. »Ich weiß nicht. Schätze, ich warte noch ein bisschen länger.«

Robert nickte. Er setzte sich ins Gras und zog die Beine an, und nach einem Augenblick des Zögerns tat Prinz Reginald es ihm gleich. Sie lächelten einander kurz zu, dann saßen sie schweigend und ließen sich an den Baum sinken.

Nach einer sehr langen Stille sah Reginald ihn schließlich an. »Ich habe das ernst gemeint, was ich da gesagt habe. An jenem Tag. Über deine Hochzeit.«

»Oh«, sagte Robert. *Jener Tag, an dem Cerise so elegant vor dem Königsdrachen geknickst hat und ich sie umgeworfen habe.* »Tja. Nun. Damit werden wir uns noch eine Weile gedulden müssen, oder nicht? Wir beide müssen zurück nach Corvinia, um uns um den armen alten Krije zu kümmern, du weißt schon.« Er stellte fest, dass er ihn wirklich gerne so nannte. »Armer alter König Krije.«

»Ja«, sagte Reginald. »Armer alter Vater.« Unverkennbar gefiel ihm der Klang ebenfalls. »Ehrlich gesagt habe ich überlegt, ob ich vorher nicht vielleicht noch ein bisschen auf Abenteuer gehe? Solange noch Zeit ist? Bloß ein paar kleine Abenteuer … und vielleicht auch ein paar Bier, wo ich schon dabei bin?« Da grinste er Robert unversehens an, und wirkte verschüchtert dadurch, fröhlich und jungenhaft. »Vielleicht auch sehr viel Bier.«

Robert erwiderte das Grinsen. »Und Mortmain?«

Fröhlich oder nicht, Reginald schaute sich hastig um und räusperte sich. »Mortmain. Weißt du … Weißt du, ich hatte überlegt, es ihm gar nicht zu sagen? Sondern … äh … einfach weg zu sein. Ich meine, natürlich würde ich eine Nachricht hinterlassen …«

Robert blinzelte kurz in der Morgensonne und dachte warmherzig an seine letzte Begegnung mit Prinz Reginalds Rechtschreibung zurück. »Hm … Ich weiß nicht, ob du damit lange durchkommst. Mortmain ist schnell von Begriff.«

Schneller als ich – er hat lange vor mir erkannt, dass ich nicht das geringste Interesse daran habe, Diener eines hohen Herrn zu sein. Doch der gequälte Ausdruck auf Reginalds unmöglich schönem Gesicht rührte ihn an, nicht zum ersten Mal, und brachte ihn auf eine Idee. »Wenn ich es recht bedenke«, warf er zaghaft ein, »gäbe der gute Mortmain doch eigentlich auch einen ganz guten König Corvinias ab. Bloß als Vorschlag, natürlich – vielleicht nur vorübergehend, also bis du zurückkommst …«

Robert nahm fast nicht wahr, wie Reginalds blaue Augen sich unverhofft aufhellten, weil in diesem Moment der ihm teuerste Mensch auf der ganzen Welt die Lichtung betrat, und er konnte sich nicht regen, er konnte nicht denken, und nichts von Bedeutung bedeutete mehr irgendwas. Einer der beiden Menschen auf der Welt sagte: »Da hast du dir ja ganz schön Zeit gelassen«, und der andere sagte zur selben Zeit: »Ach, sei still, mein Lieber«, und an den Rest erinnerte sich später keiner mehr.

Robert schaffte es noch, Prinz Reginald zu ermahnen. »Wenn du nach Corvinia gehst, dann gehst du nicht allein, in Ordnung?« Und Cerise gab Reginald einen recht sittsamen Kuss auf die Wange. Dann hängte sie sich richtig rein und küsste den Prinzen direkt auf die Lippen, worauf dieser sich vornehm verbeugte und aufbrach, um einen Vorsprung vor Mortmain zu haben. Sie ergriff Roberts Arm. »Ich habe mich einfach so lange gefragt, wie das wohl sein würde«, erklärte sie ihm ohne falsche Scham. »Ganz im Ernst, was soll man denn machen?«

Robert hob die rechte Braue – ein Trick, den er nach endlosem Üben von seiner Schwester Rosamonde übernommen hatte –, und die Prinzessin lachte und gab ihm flugs einen Kuss darauf. »Jetzt aber«, sagte sie. »Meinst du nicht, es wäre an der Zeit, dass wir mit Mutter reden?«

»Nein, meine ich nicht«, antwortete Robert. Er packte ihren Arm ein wenig fester. »Cerise. Du bist das einzige Kind deiner Eltern – selbst wenn sie dich jemanden heiraten ließen, der eben so die bessere Partie als ein Bettler abgibt …«

»Zum Kuckuck, fang mir nicht mit so was an, Aurelius Stinkefuß! Du weißt ja wohl, dass du von edlerem Geblüt bist, als unsereins sich je ausmalen könnte …«

»Auch wenn das stimmen würde – was es nicht tut, glaub mir –, würden sie es dir je gestatten, deine Krone einfach an den Nagel zu hängen, um mit einer traurigen Gestalt wie mir, die nicht mal recht weiß, was sie eigentlich ist, loszuziehen und Drachen nachzujagen?« Er bedeckte ihren Mund, ehe sie antworten konnte. »Würde *ich* es je gestatten?«

Sie biss ihm in die Hand.

Robert zog die Hand weg und starrte erst sie an, dann das Blut. Sie hatte ihn deutlich fester gebissen, als Adelise oder selbst die eisweiße Neue, Marie-Galante, es je hatten. Ihre Augen aber waren bemerkenswert friedfertig, wie Drachenaugen nie sein könnten. »Robert«, sagte sie mit einer Stimme, die er noch nie von ihr gehört hatte. »Mein einziger Gefährte, für immer Liebe meines Lebens – *gestatten* ist kein Wort, das du je wieder an mich richten wirst.«

Dann riss sie einen Streifen von ihrem seidenen Unterrock und verband ihm die Hand, während er immer noch starrte. Worauf sie ihm ein liebliches, hingebungsvolles Lächeln schenkte. »Niemand außer meinem Vater weiß das, aber meine Mutter ist wirklich *sehr* romantisch.«

Dieses Mal sprach er es immerhin laut aus. »Ich bin so verloren …«

Auf dem Weg zurück zum Schloss, vorbei an Königlichem Türmchen, Grotte und Krocketplatz, trafen sie Mortmain, der allein unterwegs war. Er grüßte sie freundlich und erkundigte sich, ob sie nicht zufällig Prinz Reginald gesehen hätten. Sie verneinten bedauernd und setzten ihren Weg fort. Doch Robert musste nicht den Kopf wenden, um zu spüren, dass Mortmain ihnen nachschaute; ratlos, auf der Hut und verloren wie er selbst und auch jeder sonst. Die Morgensonne, so golden wie des Königsdrachen Schuppen, wärmte ihnen den Nacken.

DANK

Mit jedem Jahr, das verstreicht, bin ich dankbarer für die Menschen, die mir lieb und teuer sind, wie Joe Monti, der diesem Buch den ganzen langen Weg über beistand, und Howard Morhaim, der mit der unbeirrbaren Wildheit eines Frettchens dafür kämpfte. Und ich habe mir mein Arbeitszimmer ein paar Jahre mit einem Frettchen geteilt, von daher weiß ich ausnahmsweise, wovon ich rede.

Deborah Grabien ist am ehesten die Schwester, die ich immer haben wollte, schon seit ich klein war. Nie ändert sie eine Zeile oder eine Figur – sie liegt mir bloß so lange in den Ohren, bis ich es selbst mache, und zwar richtig. Eine wahre Nervensäge und ein unschätzbares Geschenk.

Lauren Sands ist meine gute Freundin und Schieberin. Jeder Künstler, gleich welcher Art, braucht ein paar Leute, denen er oder sie wirklich vertrauen kann. Ich hatte mehr Glück als viele andere, mehr, als ich je erwartet hätte.

Und dann sind da noch die ganzen Menschen, mit denen ich gearbeitet habe, obwohl ich sie nie persönlich habe treffen können, denn das ist die wahnsinnig chaotische Weise, auf die Bücher nun mal veröffentlicht werden. Ich hatte das Riesenglück, Jéla Lewter und Caroline Tew auf meiner Seite zu haben. Dank ihrer akribischen Detailverliebtheit wurde der Text so gut wie nur irgend möglich. Außerdem

Christine Calella und Savannah Breckenridge, die dafür sorgten, dass die Leser überhaupt von der Existenz dieses Buches erfuhren. Ich bin dankbar für die hinreißende Artwork von Annie Stegg Gerard und Justin Gerard und obendrein die herrlichen Designs von Esther Paradelo und Lewelin Polanco, genau wie für die ungemeinen Mühen von Amanda Mulholland, Lauren Gomez, Zoe Kaplan, Christine Masters and Chloe Gray.

Ich bin euch allen dankbarer, als ihr je auch nur ahnen könnt.